MARTIN CRUZ SMITH

# Im Schatten von San Marco

MARTIN CRUZ SMITH

# Im Schatten von San Marco

ROMAN

Deutsch von Rainer Schmidt

C. Bertelsmann

Die Originalausgabe erschien 2016
unter dem Titel »The Girl from Venice«
im Verlag Simon & Schuster, New York.



MIX
Papier aus verantwortungsvollen Quellen
FSC® C014889
FSC www.fsc.org

Verlagsgruppe Random House FSC® N001967

1. Auflage

Neumarkter Str. 28, 81673 München
Umschlag: buerosued, München
Satz: Uhl + Massopust, Aalen
Druck und Binding: Friedrich Pustet, Regensburg
Printed in Germany
ISBN 978-3-570-10192-6

www.cbertelsmann.de

*Für Em, vom Anfang bis zum Ende*

# 1

Ohne das Mondlicht verschwanden kleine Inseln, und Venedig versank in der Dunkelheit. Die Sterne jedoch funkelten so hell, dass Cenzo sich von ihnen angezogen fühlte, während der Schlick zwischen seinen Zehen heraufquoll. Der leise Hall von Kirchenglocken wehte über die Lagune, von den Bauernhöfen trieb der Mistgeruch heran, und ein oder zwei Mal hörte er das Tremolo eines deutschen Kanonenboots, das sich durch das Wasser pflügte.

Die Ausgangssperre verhinderte jede nächtliche Aktivität. Ausnahmen gab es nur für die Fischer. Fischer waren nachtaktive Wesen; sie schliefen bei Tag und fischten bei Nacht. Tagelang blieben sie draußen auf der Lagune, und wenn sie dann an Land kamen, rochen sie so stark nach Fisch, dass die Katzen ihnen auf der Straße nachliefen.

Das einzige Licht, das Cenzo hatte, kam von einer Öllampe, die am Mast hing, aber er brauchte seinen Fang nicht zu sehen. Eine bloße Berührung verriet ihm, ob er es mit einer Meeräsche zu tun hatte, einem Wolfsbarsch oder einem alten Stiefel. Er selbst trug weder Schuhe noch Stiefel, denn der Schlick würde sie ihm von den Füßen saugen. Er hatte eine Vielzahl von Netzen und Fallen, Haken und Dreizacken, um damit zu fischen, und feuchtes Segeltuch, um die Beute zuzudecken. Jede Nacht war anders. Heute fing er hauptsächlich Tintenfische, die zum Laichen hergekommen waren. Sie drehten ihre unwirklichen Augen zur Lampe hin. Fünfzig Prozent der Fischer behaupteten, Tintenfisch fange man am besten bei Vollmond. Die anderen fünfzig Prozent sagten das Gegenteil. Seezunge, Wolfsbarsch und *orata* kamen in Weidenkörbe. Katzenfische warf Cenzo wieder ins Wasser.

Die Luft vibrierte, als alliierte Bomber über ihm vorbeizogen, um Tod und Zerstörung auf Turin, Mailand oder Verona regnen zu lassen. Auf alles, nur auf Venedig nicht. Das heilige Venedig wurde nur von Tauben angegriffen. Die Bevölkerung der Stadt hatte sich verdreifacht, als im Schutze der Verdunklung die Flüchtlinge hereingeströmt waren.

Nach dem Markt wollte Cenzo nach Hause segeln. Seit einer Woche hatte er sich nicht mehr mit Süßwasser gewaschen oder etwas anderes gegessen als gegrillten Fisch und gebackene Polenta. Er schob das Boot vom Gras herunter und wollte das Ruder hineinwerfen, als etwas Großes an die Oberfläche stieg. Cenzo hielt seine Lampe über das Wasser und erkannte die Gestalt eines Mädchens.

Es durchrieselte ihn kalt. Jeden Moment erwartete er, dass sich das Mädchen als Halluzination erweisen würde. Fischer sahen nachts auf dem Wasser alles Mögliche, und das Auge war leicht zu täuschen. Wenn er sie berührte, würde sie sich in den weißen Bauch eines Rochens oder das ausdruckslose Gesicht eines Oktopus verwandeln. Aber nein, sie blieb, wie sie war.

Sie trieb mit dem Gesicht nach oben in einem schmutzigen Nachthemd auf dem Wasser. Er war kein Fachmann für das Alter solcher Mädchen, doch er schätzte, sie war noch keine zwanzig. Sie war barfuß und hatte die Augen geschlossen, und ihre Haut war fast durchscheinend weiß. Sie hatte violette Lippen, und langes Haar und Seetang hatten sich um ihren Hals geschlungen. Cenzo war eigentlich nicht gläubig, aber er bekreuzigte sich automatisch, bevor er sie in die *Fatima* hob – was keine ganz leichte Aufgabe war, weil die Toten so schlaffgliedrig sind. Und schon während er sie noch auf den Boden des Bootes legte, wusste er, dass er sie hätte lassen sollen, wo sie war. Eine Frau im Boot brachte Unglück, und ein totes Mädchen war vermutlich noch schlimmer.

Ärger konnte er nicht gebrauchen. Auf der einen Seite waren die Faschisten, auf der anderen die Partisanen und auf der dritten deutsche Soldaten, die gleich schossen, wenn sie dich zu Gesicht bekamen. Nur ein Verrückter würde da die Hand heben und sagen: »Verzeihung, *signori*, aber ich habe dieses tote Mädchen im Wasser gefunden.« Cenzo fragte sich jedoch, wie ein Mädchen so weit weg vom Festland im Wasser treiben konnte. Gut, der größte Teil der Lagune war flach, doch die Kanäle waren ein Labyrinth, in dem man durch den Sog und Druck der verschiedenen Strömungen gefangen war wie ein Fisch im Netz. Jemand musste sie den weiten Weg hierhergebracht und dann aus irgendeinem Grund ins Wasser geworfen haben. Blutergüsse oder andere Spuren von Gewalt konnte Cenzo nicht erkennen.

Cenzo entwirrte ihr Haar. Sie hatte fedrige schwarze Wimpern und ein kleines Kinn, und mit den geschlossenen Augen und ihrer Jugend sah sie so heiter-gelassen aus wie die Jungfrau auf einem Gemälde. Er konnte sie nicht ins Wasser zurückwerfen wie ein Stück Müll. Aus Anstandsgründen faltete er ihre Hände auf der Brust und bedeckte sie mit dem Segeltuch, das er feucht hielt, um damit die Fische zu kühlen.

Was jetzt? Nach der Bibel sollten die Toten ihre Toten begraben, und die Lebenden sollten ihr Leben weiterführen. Trotzdem … trotzdem empfand er den Tod eines so jungen Menschen fast wie einen Schlag ins Gesicht. Er hielt sich selbst nicht für einen tugendhaften Mann. Kein Überlebender konnte das tun. Aber er war kompromissfähig. In dieser pechschwarzen Finsternis hatte ihn niemand gesehen. Er konnte den Leichnam am Ponte della Paglia in Venedig ablegen, wo die Toten zur Identifizierung aufgereiht lagen, und dann seinen Fang immer noch verkaufen, bevor der Fischmarkt geschlossen wurde.

Genug! Es war entschieden! Cenzo schaute über den Bug, legte die Ruder in die Dollen und beugte sich bei jedem Schlag mit dem ganzen Oberkörper nach vorn. Nach wenigen Augenblicken hatte er seinen Rhythmus gefunden und glitt zügig auf die Grenze zwischen Nacht und Abgrund zu.

Er stellte absichtlich keine Spekulationen über die Herkunft des Mädchens an. Ein grausamer Vater, ein eifersüchtiger Liebhaber, ein selbstmörderischer Kurzschluss? Wahnsinn? Vielleicht hatte der Teufel sie geschickt, damit sie ehrliche Fischer in den Untergang lockte. Beim ersten Windstoß hisste er das Segel, auf dem das Emblem der drei Putten im Dunkeln kaum zu sehen war.

Fischer glaubten an Dämonen und Gespenster. Alle kannten die Geschichten über Männer, die, einen Tag nachdem sie ertrunken waren, ihren Platz am Tisch ihrer Familie einnahmen. Über eine wundersame Erscheinung des heiligen Angelo, der einen Sturm beruhigte. Über einen Kapitän, der eine Warnung der Madonna selbst missachtete und von einem Strudel in die Tiefe gezogen wurde. Aberglaube. Fabeln. Märchen, mit denen man Kinder erschreckte.

Er war kaum aus dem Sumpf ins offene Gewässer gekommen, als das Motorengeräusch, das er vor einer Weile gehört hatte, zurückkam, aber jetzt war es viel näher. Ein deutsches Kanonenboot kam wie eine Lokomotive auf ihn zu, und der Scheinwerfer erfasste ihn mit seinem weißen Lichtstrahl.

# 2

Starrend von Maschinengewehren zu beiden Seiten und auf der Brücke, beherrschte das Kanonenboot die Lagune. Die entspannten »Kameraden«, die ursprünglich in Venedig stationiert gewesen waren, hatte man durch Veteranen von der Ostfront ersetzt, und die gute Laune angesichts der frühen Siege der Wehrmacht war jetzt, im Frühling 1945, der Erschöpfung eines aussichtslosen Krieges gewichen.

Das Gehirn eines Soldaten war ein einfaches Ding, ein Verbündeter, der bis zum bitteren Ende an seiner Seite kämpfte. Es warf nicht mitten im Krieg das Handtuch und brauchte nicht gerettet zu werden, und es begrüßte den Gegner auch nicht mit Wein und Rosen. Was war Mussolini jetzt – *il Duce* oder ein Clown? Und was waren die Italiener anderes als Verräter?

Die Soldaten warfen eine Leine zur *Fatima* hinüber, zogen sie längsseits zu sich heran und winkten Cenzo, er solle sein Segel einholen und herüberkommen. Auf dem Kanonenboot stießen sie ihn grob in die Kabine, wo zwei Offiziere in grauen Uniformen im Licht einer abgeschirmten Verdunklungslampe eine Seekarte studierten. Auch wenn das Kanonenboot die Lagune beherrschte, war es nur ein Insekt im Vergleich zu einem Kampfflugzeug der Alliierten. Der ältere der beiden wirkte abgespannt, während der jüngere, sicherlich von der SS, Frustration ausstrahlte. Um seine Würde zu bewahren, stülpte Cenzo sich seine formlose Mütze auf den Kopf. Soldaten lachten über seine bloßen Füße.

»Sie sind genau der Mann, den wir suchen.« Der ältere Offizier winkte Cenzo heran. »Sie müssen uns helfen, eine Wette unter Ehrenmännern zu entscheiden. Untersturmführer Hoff befürchtet, wir haben uns verirrt.«

Der andere Offizier protestierte. »Nein, Oberst Steiner. Ich habe nur die Meinung geäußert, dass wir uns auf die einheimischen Karten nicht verlassen können. Wir trauen den Leuten hier zu viel zu. Das Fischen in einer Lagune ist wie das Fischen in einer Regentonne.«

»Stimmt das?« Der Oberst sah Cenzo an. »Ist es so einfach wie das Fischen in einer Regentonne?«

»Ja, wenn man weiß, wo die Tonne ist.«

»Genau. Hoff, Sie können selbst von einem schlichten Fischer noch etwas lernen. Es ist bekannt, dass Italiener besser fischen als kämpfen. Meine Frage also: Wo sind wir?«

»Woher soll ich das wissen?«, knurrte der Jüngere. »Es ist stockfinster.«

Der Oberst wandte sich an Cenzo. »Können Sie uns auf dieser Karte zeigen, wo wir sind?«

Seinem Blick auszuweichen war nicht möglich. Die eine Seite seines Gesichts war zerstört und grau, und vom Ohr war nur noch ein Stummel übrig, aber die Augen waren strahlend blau. Er sah aus wie eine edle Büste, an der beim Fall vom Sockel ein Stück abgesplittert war, die aber immer noch beeindruckend wirkte.

Die Maschine des Boots lief im Leerlauf. Alle schauten Cenzo an, als wäre er ein tanzender Hund. »Sie haben es sicher eilig, zum Markt zu kommen. Also zeigen Sie uns auf der Karte, wo wir sind.«

»Das kann ich nicht.«

»Warum nicht?«

»Die Karte ist zu klein. Wir sind weiter im Norden, vor einem Sumpf namens San Spirito.«

»Kommt es darauf an?«, fragte Hoff. »Das hier ist doch alles ein einziger beschissener Sumpf.«

»Wenn man nicht weiß, wohin man fährt, ja«, erwiderte Cenzo.

Hoffs Blick war verschwiemelt wie bei einem Betrunkenen. »Weißt du, warum Italiener auf Händen und Knien fischen? Das ist doch die normale Stellung für einen Italiener. Fischt ihr nicht so?«

Cenzo zuckte die Achseln. »Kommt auf den Fisch an. Manche fängt man mit der Angel, andere mit dem Netz, und bei manchen muss man auf die Knie, um sie unterm Kinn zu kraulen.«

»Untersturmführer Hoff ist neu auf der Lagune. Vielleicht können Sie ihm Unterricht geben«, sagte der Oberst.

»Worin?«, fragte Cenzo.

»In den einfachen Freuden.«

»Es gibt nur eine Freude für einen Soldaten, und das ist der Dienst am Führer«, sagte Hoff.

»Das ist wahr. Habt ihr das gehört?« Der Oberst hob die Stimme, sodass alle an Bord ihn hören konnten. »Sehen Sie das auch so?«, fragte er Cenzo.

»Keine Ahnung. Ich fische nur. Nachts fische ich, und tagsüber schlafe ich.«

»Allein?«, fragte Oberst Steiner.

»Allein.«

»Und abseits der anderen Fischerboote?«

»Kommt drauf an, wo die Fische sind.«

»Und heute Nacht war es wie immer?«

»Normal, ja.«

»Sie haben nichts gesehen, nichts Ungewöhnliches gehört?«

»Ich fische und ich schlafe. Das ist alles.«

»Ein einfaches Leben.«

»Ja.«

»Zeig mir deine Papiere«, befahl Hoff.

»Habe ich nicht bei mir.«

»Du sollst sie aber immer bei dir tragen.«

»Kann ich nicht. Sie werden nass und fallen auseinander.«

»Du könntest ein Partisan sein. Oder mindestens ein Schmuggler.«

»Zeigen Sie mir Ihre Hände«, forderte der Oberst.

Cenzo hielt sie unter die Lampe. Sie waren muskulös und von Narben bedeckt.

»Die Hände sagen die Wahrheit über den Beruf eines Mannes«, erklärte der Oberst. »Und dies sind die Hände eines Fischers. Wie heißen Sie?«

»Innocenzo Vianello.«

»Und für Ihre Freunde?«

»Cenzo.«

»Aus?«

»Pellestrina.«

»Wo ist das?«, fragte Hoff den Oberst.

»Ein Dorf an der Lagune. Hinter dem Nirgendwo.«

Cenzo fiel auf, dass Steiner nicht nur Italienisch sprach, sondern sogar in den venezianischen Dialekt verfiel, der eigentlich noch einmal eine andere Sprache war.

»Nie gehört«, sagte Hoff.

»Natürlich. Zufällig heißt die Hälfte der Einwohner von Pellestrina Vianello«, sagte Oberst Steiner.

»Hut ab vor Ihren intimen Kenntnissen der lokalen Gegebenheiten«, sagte Hoff, »aber ich finde, Herr Oberst, Sie sind zu nachsichtig gegen Leute, die uns verraten haben. Es klingt ja, als hätten Sie Venedig gern.«

»Ich liebe Venedig. Meine Familie hatte eine Villa hier auf dem Lido, und meine Brüder und ich verbrachten die Sommer hier am Strand. Meine erste Oper habe ich in La Fenice gesehen. Meine erste Liebe, ein Mädchen vom Lido, habe ich in der Cabana neben unserer erlebt. Nach der Universität hier habe ich Architektur in Verona und Mailand studiert. Was glauben Sie, wie es mir geht, wenn ich die großen Tempel unserer Zivilisation in Schutt und Asche gelegt sehe? Schauen Sie sich Rotterdam an. Oder Berlin. Na los, Vianello, verschwinden Sie. Bringen Sie Ihren Fisch zum Markt, solange Sie noch können.«

Die Soldaten gingen zur Seite und machten Cenzo Platz, aber Hoff war noch nicht fertig. »Vianello, wie alt bist du?«

»Achtundzwanzig.«

»Dann musst du doch beim Militär gewesen sein. Wo?«

»In Abessinien.«

»Gegen Eingeborene mit Musketieren und Speeren. Das nennst du Krieg?«

»Mir kam es vor wie einer.«

Cenzo erinnerte sich an Hütten aus Flechtwerk und Lehm, die sich in Staubwolken auflösten, an schwarze Körper, bedeckt mit den nassen Geschwüren, die das Senfgas hervorrief, an Panzer, die im Sand festsaßen und so nützlich waren wie Teekannen in der Wüste.

Hoff folgte Cenzo an die Reling. »Angenommen, du wärst ein Admiral und würdest feststellen, dass du einen Pestkranken an Bord hast.«

»Ich bin kein Admiral, und ich habe kein Schiff.«

»Aber nehmen wir es an. Wäre es nicht deine Verantwortung gegenüber deiner restlichen Besatzung, diesen Mann zu isolieren?«

»Wahrscheinlich.«

»Und das ist im Wesentlichen die Aufgabe, die man Oberst Steiner und mir hier anvertraut hat. Das ist ein heiliges Vertrauen. Bring dein Boot näher heran.«

»Warum?«

»Weil ich es dir befohlen habe. Segelst du dieses Boot allein?«

»Ja.«

»Das muss schwer sein.«

»Mit zwei Mann geht es besser, aber einer genügt.«

»Lass mich sehen.«

»Sie wollen auf mein Boot kommen?«

»So war das gedacht.«

Cenzo packte die Leine der *Fatima* und zog das Fischerboot heran. Die Soldaten versammelten sich an der Reling. Cenzo hatte sie kaum beachtet, weil er hoffte, sie würden es dann umgekehrt auch nicht tun. Aber jetzt war ihre Neugier geweckt. Ein Hauch von Alkohol hing in der Luft. Die Männer hatten getrunken, das war ihm bisher nicht aufgefallen. Oberst Steiner war wieder in seine Karte vertieft. Von ihm würde keine Hilfe kommen.

Die *Fatima* schwankte, als Hoff hinunterstieg. Cenzo folgte ihm, Hoff schaltete eine Taschenlampe ein, und Cenzo hob in ihrem Licht feuchtes Segeltuch von den Kisten, aus denen die erstaunten Augen der Tintenfische blickten, und von anderen Kisten mit Seebrassen und Wolfsbarsch. Das Segel der *Fatima* war eingeholt, und eine Postkarte mit dem Bild der Jungfrau war an den Mast genagelt. Hoff ließ den Strahl seiner Lampe über Zigarrenkisten mit Haken und Nadeln wandern, über einen Dreizack und einen Kescher, über Anker und Gaff, und das alles führte zu dem Haufen Segeltuch im Bug, dessen Falten sich im Licht der Lampe in Hügel und Täler verwandelten. Was mochte darunter sein? Ein Betrunkener? Ein Hund? Ein totes Mädchen?

»Wenn wir dich schon inspizieren, machen wir es richtig«, sagte Hoff.

Er fing mit den Kisten an, aber statt die Tintenfische zu inspizieren, kippte er sie über Bord und trat die Kisten ein.

Die Soldaten hatten ihren Spaß. Manche schlugen vor, was der Leutnant als Nächstes eintreten sollte, als wäre es ein Geschicklichkeitsspiel auf der Kirmes. Cenzo fragte sich, wie sie reagieren würden, wenn Hoff das Segeltuch zurückschlug. Da würde ihnen das Maul offenstehen. Und dann?

Wieso hatte er das Mädchen aufgefischt? Er musste verrückt sein. Das Problem war der Krieg. Er sollte zu Ende sein. Aber die Amerikaner brauchten eine Ewigkeit, Mussolini führte eine Marionettenregierung, und die Deutschen kämpften immer weiter wie enthauptete Ameisen.

»Was ist unter der Plane?«, fragte Hoff.

»Sehen Sie doch nach.«

Cenzo schloss die Augen und malte sich aus, wie er nach Hause kam, empfangen von einer Parade von Kindern und miauenden Katzen. Wie er sich nach dem Baden zum Essen an den Tisch setzte: Melone mit Prosciutto, ein cremiges Risotto mit einer Karaffe kaltem Prosecco, gefolgt von einem Osso Buco und einem schweren Rotwein.

Er öffnete die Augen erst wieder, als er Hoff sagen hörte: »Der übliche Misthaufen!«

Im Flackerlicht sah Cenzo zertretene und geplatzte Tintenfische, zertrümmerte Kisten, zerfetzte Netze und zerschnittenes Segeltuch. Von dem Mädchen war nichts zu sehen. Blut hatte er nicht erwartet – die Toten bluteten nicht. Aber sie lösten sich auch nicht in Luft auf.

Erst einen Augenblick später begriff Cenzo, dass Hoff die *Fatima* verließ und auf das Kanonenboot zurückkehrte. Von dort genoss der Offizier die Genugtuung, einen letzten Befehl erteilen zu können. »Schaff dein Boot weg von hier! Das ist ja ein schwimmender Schweinestall, eine Schande!«

Cenzo ruderte am Rand des Sumpfs entlang. Er wusste nicht, ob das Kanonenboot ihm folgen würde, und als der Scheinwerferstrahl über das Wasser strich, war er in eine Öffnung geglitten, die so seicht war, dass das Kanonenboot nicht hereinfahren konnte. Sicherheitshalber ließ er das Segel unten und steuerte die *Fatima* aus einem Kanal in den nächsten, bis sie in einem Dickicht aus Schilf und Gras zum Halten kam.

Er hob seine Lampe und sah sich um. Der Schaden im Boot war nicht so schlimm, wie er zuerst befürchtet hatte. Der Fang einer Nacht war verloren, und seine Kisten waren kaputt. Harpune und Angelrute waren zerbrochen und würden ersetzt werden müssen, aber die Netze und das Segeltuch konnte man flicken. Und das Päckchen mit der gebackenen Polenta war unversehrt. Als er mit seiner Bestandsaufnahme fertig war, sprang er mit der Laterne über Bord ins hüfttiefe Wasser, um ein Netz zu bergen, das sich im Ruder verheddert hatte.

Das Mädchen war ihm ein Rätsel. Wer war sie, wo kam sie her – und wo war sie hin? Möglicherweise hatten die Soldaten vom Kanonenboot sie geholt, während er mit Oberst Steiner und Untersturmführer Hoff beschäftigt gewesen war.

Oder war sie ein Erzeugnis seiner Fantasie, das Wahnbild eines Mannes, der in einer Welt des Zwielichts lebte? Hatte jemand außer ihm das Mädchen gesehen? Und warum hatte Cenzo selbst sie den Deutschen gegenüber nicht sofort erwähnt, als er an Bord des Kanonenboots kam? Es war nicht ungewöhnlich, dass ein Fischer, der Stunde um Stunde in die Dunkelheit starrte, in einem Nebelstreif ein Gespenst sah, und wenn der Wind über eine offene Flasche strich, ein schmachtendes Stöhnen hörte.

Ein dumpfes Dröhnen ließ ihn hochschauen. Bomberverbände – britische Lancasters und amerikanische Liberators – kehrten in lockerer Formation von ihrem nächtlichen Einsatz zurück. Manche klangen gleichmäßig und fern, andere heulten mit sterbenden Motoren. Ein Bomber stand in Flammen, und sein Lärmen und buntes Leuchten erinnerte an ein Kirmeskarussell. Kein lebendes Besatzungsmitglied konnte mehr an Bord sein, aber die lodernde Maschine behielt ihre Höhe und ihren Kurs, bis sie außer Sicht war.

Cenzo hatte vor, diesen Krieg auszusitzen. Abessinien hatte ihm gereicht. Italien war in ein Land eingefallen, dessen Luftwaffe aus einem Flugzeug bestand, hatte unaufgeklärten Eingeborenen die Zivilisation gebracht und die Geburt eines neuen Römischen Reiches verkündet. Jeder Patriot hatte das Recht, sich in die Brust zu werfen und das Kinn vorzustrecken, denn jetzt war das Mittelmeer wieder *Mare Nostrum*: Unser Meer!

Etwas auf der anderen Seite brachte das Boot ins Schaukeln und riss ihn aus seinen Gedanken. Er war so zufrieden mit sich gewesen, dem Kanonenboot entkommen zu sein, dass er nicht auf den Gedanken gekommen war, einer der Deutschen hätte ihm folgen können.

Er stemmte sich mit den Ellbogen über den Bootsrand, bereit zum Angriff, aber was er vor sich sah, war das vermeintlich tote Mädchen. Sie saß aufrecht im Boot und biss, ohne mit der Wimper zu zucken, in seine Polenta.

# 3

Cenzo kannte die Strömungen und verborgenen Kanäle der Lagune, die tiefen Siele und die Inseln, die mit Ebbe und Flut bald auftauchten, bald verschwanden, und er hatte gehofft, das Mädchen sei nur eine Vision. Aber hier war sie, leckte sich die Finger und starrte ihn im trüben Licht seiner Laterne an, während sie den letzten Rest seiner gebackenen Polenta verzehrte.

»Schmeckt's denn?«, fragte Cenzo. »Das ist mein Abendessen. Ist es gut?«

Das Mädchen antwortete nicht.

»Was machst du hier draußen?«, fragte er.

Schweigen.

»Wie heißt du?«

Kein Wort. Aber das war in Ordnung. Je weniger er über sie wusste, desto besser. Sie war wie ein Fisch, der ihm ins Boot gefallen war. Jetzt musste er sie wieder über Bord werfen. Vielleicht würde sie einfach verschwinden. Es war unnatürlich, wie sie erst da war, dann nicht. Ihr Alter konnte er nicht schätzen – irgendwo zwischen fünfzehn und zwanzig.

»Ich dachte, du wärst tot. Warst du tot? Bist du wieder lebendig geworden? Willst du es nicht sagen? Wie du willst. Ich werde dich zur Polizei bringen. Wenn dir das nicht passt, kannst du jederzeit wieder ins Wasser springen.«

Er stand auf, nahm ein Ruder und stieß die *Fatima* durch das Schilf. Es war eine schöne Nacht, und der Himmel war voller Sterne. Geräusche wurden weit über das Wasser getragen, und so war es gut, dass sie nicht reden wollte. Er verstand nur nicht, wie das Mädchen sich so weit vom Festland hatte entfernen können. Die Lagune war so flach, dass man an vielen Stellen durchs Wasser waten konnte, aber dazu musste man gegen die Strömungen ankämpfen, die hierhin und dorthin flossen. Auch das Sumpfland war ein Labyrinth von Kanälen, wo hier das Schilf, dort das Wasser bis an die Hüften reichte.

Als Wind aufkam, zog er das Segel wieder hoch. Die *Fatima* war ungefähr so elegant wie ein Holzschuh, aber gerade ihre Schlichtheit war ihre Stärke. Mit ihrem hochgezogenen Bug taugte sie auch für schlechtes Wetter, und mit ihrem platten Boden ohne Kiel konnte sie auch durch seichtes Wasser fahren. Cenzo warf einen Blick auf das Mädchen. Sie kämmte sich das Haar mit den Fingern wie eine Dame und drehte sich hin und her, um zu sehen, wo sie war. Angst hatte sie nicht, das musste er ihr lassen. Aber eine Antwort gab sie ihm immer noch nicht.

Sardinen sprangen ins Boot und schnellten auf dem Deck umher. Freiwillige, wahrscheinlich auf der Flucht vor einem Hecht, dachte Cenzo. Bevor er auf ihnen ausrutschte, warf er sie lieber wieder ins Wasser. Das Mädchen blieb sitzen, ein unwillkommener, aber entschlossener blinder Passagier. Sie ließ ihn nicht aus den Augen.

Cenzo hatte nicht unbedingt ein Herz aus Stein. Doch er sorgte für zwei Familien, und Menschen hingen von ihm ab. Er durfte kein Risiko eingehen. Vor einem Monat war die Leiche eines deutschen Soldaten in der Lagune angeschwemmt worden. Die Deutschen hatten sieben Italiener verhaftet und erschossen.

Vor ihm lag ein altes *lazaretto*, eine Insel, auf der man Pestopfer isoliert und verbrannt hatte. Kein schöner Nebenschauplatz der venezianischen Geschichte, aber gut geeignet, um jemanden abzusetzen, der dort gefunden und gerettet werden sollte, dachte Cenzo. Dann sah er, dass das Kanonenboot am Anleger der Insel praktisch auf ihn wartete.

Es sah aus wie eine riesige Muschel, die halb aus dem Meer ragte. Auf dem Oberdeck saß Untersturmführer Hoff rittlings am Maschinengewehr und sang mit einer lyrischen Tenorstimme: »Wie einst Lili Marleen«. Vermutlich war es nicht leicht, auf der Verliererseite eines langen Krieges den Korpsgeist noch aufrechtzuerhalten, dachte Cenzo, und eine kleine Aufmunterung war ab und zu nötig. Diese Truppe hier bestand aus wandelnden Toten. Sie hatten in Anzio gekämpft und verloren, sie hatten in Montecassino gekämpft und verloren, und sie hatten genug vom Krieg gesehen, um zu wissen, dass dieser hier für sie höchstwahrscheinlich im Grab enden würde.

Cenzo holte das Segel ein und wich dem Kanonenboot weiträumig aus. Die *Fatima*, einmal in Fahrt, trieb in die Mündung eines Kanals. Dem Mädchen war anzusehen, dass sie glaubte, er habe einen Handel mit den Deutschen gemacht und sei entschlossen, sie ihnen auszuliefern. Sie warf ihm einen Blick zu, der ihn in die Hölle verbannte, und sprang ins Wasser.

Hoff stieg vom Kanonenboot herunter, knöpfte sich die Hose auf und ging mit unsicherem Schritt in die Dunkelheit, um ein natürliches Bedürfnis zu erledigen. Er pinkelte fröstelnd und stellte sich dann auf die Zehenspitzen, als er das Mädchen am Ufer heraufklettern sah. Seine Geduld war belohnt worden.

Sie war am gegenüberliegenden Ufer und stieg dort zu den

Wegen und Bänken eines ungepflegten Gartens hinauf. Eine Meute Ratten kam unter einem Rankendickicht hervor und floh. Eine Balustrade aus Marmor und Ziegelsteinen führte am Kanalufer entlang, und ihr war, als bewegten sich Gesichter hinter den Fenstern im obersten Stock eines Hauses. Mit pantomimischen Gebärden rief sie um Hilfe, aber die Gestalten dort oben schlurften weiter wie in traumartiger Trance umher. Sie stieß eine rostige Eisentür auf und trat ein. Zerbrochenes Glas schnitt sich in ihre Füße, und sie duckte sich, als ein Lichtstrahl sie wie ein weißer Schmetterling durch einen Korridor trieb.

»Mein kleiner Schatz«, rief Hoff auf Deutsch, »weißt du, was das hier war? Ein Heim für die Geisteskranken. Aber diese Insel war auch eine Quarantänestation für Träger des Pestbazillus. Die wurden hier festgehalten, bis sie gesund wurden oder starben. Meistens starben sie.«

Sie drückte sich in einen Raum, der als Rumpelkammer diente. Hier gab es nur noch enthauptete Heiligenfiguren, alte Installationsrohre und Fledermäuse, die wild durcheinanderflatterten. Hoff spielte mit seiner Taschenlampe, als wäre sie eine Taschenuhr an einer Kette. Er kam näher, und seine Stimme wurde nachdenklich, ja philosophisch.

»Der Krieg ist zu anonym geworden. Den Helden von heute wird man keine Oden mehr schreiben. Kein ›Horst-Wessel-Lied‹ und nichts über den ›Angriff der leichten Brigade‹. Auch in den Lagern schrumpft deine Identität auf eine Nummer auf deinem Arm. Du solltest mir dankbar sein, dass ich dir diese Würdelosigkeit erspare.«

Sie schlich hinaus in einen Hof voll verwildertem Oleander. Der Lichtstrahl der Taschenlampe spielte Verstecken mit ihr, bis sie sich hinter einen Marmorbrunnen duckte, der ihr mit seiner Skulptur des geflügelten Löwen, des Symbols Venedigs, bis an die Brust reichte. Der Lichtstrahl hüpfte über die Kacheln des Hofes immer näher an den Brunnen heran, bis das Licht ihr in die Augen schien.

»Giulia«, sagte Hoff. »Fast wärst du uns entwischt. Ja, wir hatten dich schon von der Liste gestrichen. Eine große Enttäuschung.« Er packte sie bei den Haaren, und als sie nach ihm trat, hielt er sie auf Armlänge von sich wie einen gefangenen Fisch. »Bald wirst du deinen Vater sehen. Die Zeit wird knapp.« Der offene Schlund des Brunnens inspirierte Hoff. »Quarantäne. Natürlich. Das vorgeschriebene Mittel gegen Ungeziefer.«

Doch als er sie hochheben wollte, flog sein Kopf zur Seite. Taumelnd drehte er sich um und sah Cenzo mit einem blutigen Eisenrohr in der Hand. Einfach lachhaft, dass ein so unbedeutender Mann – ein Italiener, und noch dazu ein barfüßiger Fischer – einen SS-Offizier angriff! Hoff wich Cenzos zweitem Schlag aus und riss ihm das Rohr aus der Hand. Er öffnete die Halfterklappe seiner Pistole, aber das Mädchen biss ihm in die Hand, und die Waffe fiel zu Boden. Mit einem Schlag schleuderte er sie zur Seite und begann einen Ringkampf mit Cenzo, so intim, als wäre es ein Tanz. Beide würgten einander und traten die Waffe und die Lampe hin und her. Hoff bekam die Pistole zu fassen, aber Cenzo konnte das Rohr aufheben und schlug ihm damit quer über die Stirn. Das Mädchen hob die Lampe auf und leuchtete Hoff damit in die glasig werdenden Augen. Ein Ausdruck von Fassungslosigkeit zog über sein Gesicht, dann erschlafften die Züge. Cenzo stieß den Mann über die Kante des Brunnens, wo er einen Moment lang schwebte, bevor er in den Schacht fiel. Ein dumpfer Aufschlag, und dann war es still.

Cenzo hob Rohr, Pistole und Lampe auf und warf alles hinter Hoff in den Brunnen.

Deutsche stocherten mit Taschenlampen in der Dunkelheit herum und riefen Hoffs Namen. Cenzo und das Mädchen flüchteten aus dem Hof in einen Garten. Er trug sie, denn ihre Fußsohlen waren wund, und seine waren schwielig. Außerdem kannte er die Insel schon seit seiner Kindheit. Er wusste, welche Wege ein Labyrinth bildeten, wo die Artischockendisteln mannshoch wuchsen und wo wilde Ziegen zwischen den Olivenbäumen umherstreunten. Auf einem Pfad, der sich durch die Dunkelheit schlängelte, brachte er sie zum Wasser. Dort setzte er sie ab, und sie wateten zum Heck der *Fatima*.

Cenzo nahm an, dass ein paar Deutsche an Bord des Kanonenbootes geblieben waren. Er gab dem Mädchen die Bugleine zum Halten und schob die *Fatima* vom Gras hinaus ins Wasser. Dann ruderte er im Stehen und mit beiden Händen. Er stemmte sich mit seinem ganzen Körper in jeden Schlag, und die Ruderblätter hinterließen kleine Wirbel auf der Wasseroberfläche. Die Rufe auf der Insel verhallten hinter ihnen, aber Cenzo zog das Segel erst auf, als sie wirklich außer Hörweite waren und auch der Scheinwerfer des Kanonenboots sie nicht mehr erreichen konnte.

»Die Deutschen werden ihren Freund im Dunkeln nicht sofort finden, aber sie sind gründlich. Finden werden sie ihn. Dann werden sie dich und mich suchen. Wenn du also irgendwohin kannst, müsstest du es jetzt sagen.«

Sie schwieg.

»Der Deutsche hat dich Giulia genannt«, sagte er. »Ist das dein Name?« Es war, als wollte er eine Muschel mit bloßen Fingern öffnen. »Giulia, warum hat der SS-Mann von einer

Liste gesprochen? Was für eine Liste hat er gemeint? Eine Namensliste? Mit jüdischen Namen?« Sie antwortete nicht. »Vielleicht verstehst du es noch nicht: Verglichen mit einem Kanonenboot ist die *Fatima* nicht viel schneller als – na ja, als ein Korken, der auf dem Wasser schwimmt. Ich kann einfach nicht glauben, dass dein ganzer Plan darin bestand, einfach ins Wasser zu springen.«

Sie zuckte zusammen, als er auf sie zukam, und zog sich seine Jacke um die Schultern. Solange sie schwieg, war sie ein Rätsel. Cenzo wusste nichts über sie, und über die SS wusste er nur, dass es zwei Gruppen von Leuten gab, die sie so wütend verfolgte wie das Mädchen Giulia: Partisanen und Juden. Und natürlich die Leute, die ihnen halfen.

»Giulia?«, fragte er noch einmal, doch die Erschöpfung forderte ihren Tribut, und das Mädchen war eingeschlafen. Cenzo schaute hinauf zum Himmel, zu den Sternbildern, die ihn getröstet hatten, als er ein kleiner Junge war.

Als das Mädchen aufwachte, war der Himmel hell und blau, und die *Fatima* hielt auf ein paar verwitterte Hütten zu, die auf Pfählen im Wasser standen. Cenzos Hütte war am weitesten vom Ufer entfernt. Er reffte das Segel, machte an seinem Anleger fest und ließ das Mädchen eine Leiter hinaufklettern.

Die Hütte war mit genügend Werg abgedichtet, um ein Boot zu kalfatern. Sie hatte Bullaugen anstelle von Fenstern, und durch Lücken im Boden konnte man in das Wasser darunter schauen. Gummistiefel standen neben einer Seekiste und einem Wäschesack. Zwieback und Käse hingen in einem Netz unter der Decke, wo die Ratten nicht herankommen konnten. In einer Ecke lagen zusammengerollte Fischernetze. Ein Tisch aus Apfelsinenkisten hatte Schubladen für Besteck,

Papier, Schnur und Flicknadeln. An einer Wand waren Kleiderhaken befestigt, ein Gemälde an einer anderen zeigte ein Fischerboot auf stürmischer See. Auf dem Boden reihten sich Gläser mit Pinseln, eine Zigarrenkiste mit Farbtuben und Terpentin und eine mit Farbe beschmierte Palette.

»Zieh die nassen Sachen aus.« Cenzo warf ihr ein trockenes Hemd und eine Hose zu, steif vom Salz, und schnitt ein Stück Tau von einer Rolle ab, das sie als Gürtel benutzen konnte. Er kehrte ihr den Rücken zu, während sie sich umzog, und er stellte sich vor, wie er in ihren Augen aussah: ein wilder Mann, halb bekleidet, mit zerzaustem Haar, dunkelhäutig wie ein Inder.

»Jetzt setz dich hin.« Sie gehorchte zögernd, und er untersuchte ihre Füße. Sie waren eher zerkratzt als zerschnitten – erstaunlich nach einem Lauf über die Glasscherben. Bei Licht hatte er das Mädchen noch nicht genauer betrachtet. Herrisch sah sie aus, mit glattem Haar und einem spitzen Kinn. Cenzo hielt ihr zugute, dass die Welt, die sie sah, ein Ort war, an dem ihr Name auf einer Liste stand. Das Mädchen wurde von Geistern verfolgt.

»Giulia, ich heiße Cenzo. Mein Boot ist die *Fatima*, und das hier ist mein … mein Palast, sozusagen. Entscheidend ist, du bist hier in Sicherheit, solange du dich nicht sehen lässt. Die *Fatima* ist beschädigt, und ich brauche Material, um sie zu reparieren. Aber Kollaborateure und Faschisten werden mich im Auge behalten. Ich muss mich normal benehmen und tun, was ich immer tue. Ich werde zum Haus meiner Mutter gehen, dort baden, in die Bar gehen und ein bisschen Karten spielen. Tut mir leid, doch das alles wird Stunden dauern. Mach keine Dummheiten – versuch zum Beispiel nicht, über die Lagune zu schwimmen. Das geht nicht. Und vor allem, rühr die Farben nicht an. Bis jetzt habe ich das Kanonenboot noch nicht gesehen, und auch keine SS. Aber wer weiß? Vielleicht haben sie den Offizier noch nicht gefunden, und wenn sie ihn gefunden haben, nehmen sie vielleicht an, er war so betrunken, dass er in den Brunnen gefallen ist. Vielleicht haben sie auch keinen Sprit mehr. Möglich ist alles. Hunger?«

Er nahm den Käse herunter und schnitt ihr ein Stück ab. Sie beobachtete Cenzo misstrauisch, während er eine Flasche Grappa hervorkramte. Hausgebrannter Grappa, und schon der Dunst verschlug ihr den Atem.

»Hör zu, ich verstehe nichts von solchen Geschäften. Ich will versuchen, dir zu helfen, aber du musst sehr vorsichtig sein. Du hast bestimmt schon von amerikanischen Piloten gehört, die von Partisanen gerettet und in Sicherheit gebracht wurden? Ich habe jedoch noch nie einen dieser Helden gesehen.«

»Byron«, sagte sie.

Er war überrascht. »Wer?«

»Byron, der berühmte Dichter. Er ist durch die Lagune geschwommen.« Ihre Stimme war brüchig, weil sie so viel Salzwasser geschluckt hatte.

»Tatsächlich?«

»Ich möchte mitkommen«, sagte sie.

»Das geht nicht. Und ich werde keinen Helden für dich finden, wenn ich hierbleibe.«

»Du bist keiner?«

»Allmählich kapierst du.«

# 4

Das Fischerdorf Pellestrina lag eingeklemmt zwischen der Lagune auf der einen und dem Meer auf der anderen Seite. Einfache zweigeschossige Häuser standen so dicht zusammen, dass sie einander fast berührten. Was wollte man erwarten von einer Gemeinde, die in ihrem verbissenen Kampf gegen das Meer regelmäßig von *acqua alta* heimgesucht wurde? Zum Rest des Dorfes gehörten ein Wellenbrecher, den die Römer, und ein Bunker, den die deutsche Wehrmacht gebaut hatten. Heiligenfiguren balancierten kippelig auf dem Dach der Kirche, müde vom Hinausschauen aufs Meer. Am Südende des Dorfes gab es eine Bar und eine Grotte Unserer Lieben Frau von Fatima, doch das Leben im Dorf drehte sich um die Fischerboote, die hier knarrend am Steg dümpelten. Ihr Bug war mit orientalischen Augen bemalt, und die Segel trugen das bunte Emblem ihres Eigners: einen bellenden Hund, ein Einhorn, einen lodernden Märtyrer.

Zwei alte Fischer sogen an ihren Pfeifen und sahen zu, wie Cenzo sein Netz über das Pflaster am Kai ausbreitete. Enrico und Salvatore Albano waren so runzlig und braun von der Sonne, dass man sie für Baumstämme halten konnte.

»Dein Netz ist ja ganz zerrissen. Hattest du Streit mit einem Schwertfisch?«, fragte Enrico.

»Um mit einem Schwertfisch zu kämpfen, braucht man ein

Schwert«, sagte Salvatore. »Willst du meins ausborgen? Es ist rostig, aber einsatzbereit.«

»Klingt ja furchterregend«, sagte Cenzo. »Vielleicht erschreckst du den Schwertfisch damit zu Tode.«

»*Touché!*« Auf diesem Witz würden sie jetzt eine Stunde herumkauen können.

Er ließ ihnen sein Segel zum Flicken da. Damit konnten sie sich ein bisschen Kleingeld verdienen, und sie hatten etwas zum Reden. Sie tratschten nicht weniger als die alten Frauen, und er wusste, was sie über ihn sagten. Er war Innocenzo Vianello, der Mann, der mit der schönsten Frau von Pellestrina nicht ins Bett gehen wollte.

Cenzo ging in das Geschäft für Fischereibedarf, um Ersatz für das zerbrochene Ruder, die Harpune, die Eimer und Kisten zu beschaffen, die Hoff zerbrochen hatte. Die nächste, wichtigere Station war Nidos Bar.

Die Bar hatte keinen Namen außer dem des Eigentümers, Nido. Sie hatte eine lange Theke aus Mahagoni, eine Espressomaschine so groß wie eine Dampflokomotive und lauwarme Flaschen mit Grappa, Wein und anderen Spirituosen. Ein Wandbild aus Muscheln stellte eine Karte von Venedig und der Lagune dar.

Nidos Schädel war so blank wie eine Billardkugel. Er war Boxer gewesen und hatte die Welt gesehen. An der Wand hingen Fotos, die ihn zeigten, wie er mit erhobenen Fäusten neben Georges Carpentier, Max Schmeling und Primo Carnera posierte.

»Der arme Primo«, sagte Nido. »Ich fürchte, er dachte, ich hätte den bösen Blick.«

»Warum?« Cenzo liebte Nidos Boxergeschichten.

»Diese Geschichte von Primo habe ich dir noch nie erzählt. Als Amerika in den Krieg eintrat, ließ Mussolini einen Wochenschaufilm drehen, in dem ein italienischer Held gegen einen amerikanischen Neger kämpfte. Sie engagierten Primo als den Italiener, aber sie konnten nirgendwo in Italien einen Negerboxer finden. Also gaben sie sich mit einem Nordafrikaner zufrieden. Mit einem Musiker ausgerechnet. Zwei von uns kriegten den Auftrag, ihm das Boxen beizubringen. Beim Klang des Gongs kam der Musiker aus seiner Ecke gerannt, schlug einmal zu, und Primo war k. o. Das muss doch der böse Blick gewesen sein.«

Salvatore und Enrico kamen herein und gingen durch die Bar nach hinten. Draußen standen Tische unter einem Spalier aus Weinranken. Ein Kartenspiel war im Gange, und sie setzten sich dazu. Hände, die schwielig waren vom Fischen, hielten die Karten, und ab und zu rief jemand: »*Sette!*«, wenn er gewann, und »*Merda!*«, wenn er verlor.

»Ist nicht so, als ob sie Geld hierließen«, sagte Nido zu Cenzo. »Ich würde sie ja rauswerfen, aber sie sind die zuverlässigsten Gäste, die ich habe. Außerdem, wo sollten sie sonst hin?«

»Du hast ein weiches Herz«, sagte Cenzo.

Die Brüder Albano grinsten und gackerten miteinander. Sie hatten ihr Leben lang Karten gespielt. Jetzt war es, dachte Cenzo, ein Wettlauf zwischen Altersweisheit und Altersschwachsinn.

»Wie wär's mit einem Grappa?«, fragte Salvatore.

Enricos Augen wurden feucht bei diesem Gedanken. »Sehr freundlich.«

Salvatore kam schlurfend von der Bar zurück und lächelte. Er pfiff durch die Lücke, die ein Goldzahn hinterlassen hatte, den er für die Kriegsanstrengung gespendet hatte.

»Schwerter sind Trumpf«, verkündete Enrico und wackelte mit dem Kopf hin und her.

»Was denkst du?«, fragte Nido und sah Cenzo an.

»Ich denke, das bin ich in dreißig Jahren.«

»Ha!«, sagte Enrico. »Der ist nicht so unschuldig, das sage ich dir. Die Weiber kommen und gehen bei dem.«

»Er muss ihnen ausweichen wie ein Stierkämpfer«, fügte Salvatore hinzu.

»Diese Celestina hat einen Arsch wie ein Maserati«, schwärmte Enrico.

»Jetzt habe ich es vergessen. Was ist Trumpf?«, fragte Salvatore.

»Diese Celestina.« Enrico lächelte selig. »Sie ist eine echte *nonpareil.*«

»Wie war's beim Fischen?«, fragte Nido.

»Die Nazis waren früh unterwegs«, erwiderte Cenzo.

»Auf der Lagune? Was wollten sie da?«

»Weiß der Teufel. Sie haben mir ein paar Sachen kaputt gemacht und das Boot verwüstet.«

»Und dein Fang?«

»Haben sie zertrampelt.«

»Dann bist du hier richtig. Nicht mal der Teufel kommt hierher.« Nido schenkte zwei Gläser Wein ein. »War das alles?«

»Ich glaube, ja.«

Nido beugte sich über die Theke. »Ich sag dir, was ich gehört habe. Letzte Nacht haben die Deutschen eine Razzia in der psychiatrischen Klinik auf San Clemente gemacht. Da waren Juden versteckt, und ein paar haben sich in die Lagune hinausgeflüchtet.«

»Da müssen sie aber ziemlich verzweifelt gewesen sein.«

»Müssen sie wohl. Sogar der Papst versucht jetzt, ihnen zu

helfen. Wenn du ein Jude bist, der darauf gewartet hat, dass der Papst dir hilft, dann ist es jetzt zu spät, mein Freud. Zu spät. Trink aus.«

Der Wein war so sauer, dass Cenzo die Augen brannten, aber Nido trank ihn, als wäre er weich wie Seide. »Als die Deutschen dein Boot verwüstet haben, hast du keinen Widerstand geleistet oder sonst eine Dummheit gemacht?«

»Ich doch nicht.«

»Gut«, sagte Nido. »Ich habe nämlich gehört, dass letzte Woche ein gewisser Fischer aus Pellestrina, der den Beschreibungen nach so aussah wie du, und ein Fischhändler aus Venedig, der große Ähnlichkeit mit deinem Freund Eusebio Russo hatte, im Kino während der Wochenschau immer ein unflätiges Geschrei anfingen, wenn Il Duce auf der Leinwand erschien. Es heißt, die beiden hätten das ganze Publikum aufgestachelt. War ein ganz schöner Tumult! Darüber weißt du nichts, oder?«

Tatsächlich waren Cenzo und Russo betrunken gewesen, und sie hatten lediglich gerufen, Il Duce sei ein *idiota*, was man kaum als unflätig bezeichnen konnte.

»Nein«, sagte Cenzo. »Ich habe mich offiziell zum Feigling erklärt. Ich habe vor, diesen Krieg zu überleben, und den nächsten auch.«

Auf dem Wandbild über der Bar bestand Venedig aus einer großen Meeresschnecke. Die Inseln waren vergoldete Napfschnecken, und der Lido bestand nur aus Schwertmuscheln. Aber gäbe es Venedig ohne den Lido? Die Wellen würden ungehindert anrollen, die Kanäle fluten und die Stadt wegspülen, die sich La Serenissima nannte – die Durchlauchtigste. Was war Pellestrina? Eine Miesmuschel, eine kleine Schnecke. Doch ohne die Fischer des Lido, was würden die Venezianer essen?

»Hast du sonst noch etwas über diese Razzia gehört?«, fragte Cenzo.

»Na, sie waren hinter Juden her, oder? Das ist das Einzige, was einen Sinn ergibt.«

Eine Gestalt im Schwarz der Faschisten kam in die Bar.

»Ich nehme alles zurück«, sagte Nido leise. »Manchmal kommt der Teufel doch her.«

Staffelführer Farina stellte eine Aktentasche auf den Tresen. Farina war der führende Faschist des Dorfes, und sein berechnender Blick landete wie eine Fliege bald hier, bald dort. Begleitet wurde er von einem pummeligen Jungen in einer kurzen schwarzen Hose und einer schwarzen Straußenfedermütze auf dem Kopf.

»Cenzo, du bist genau der Mann, den ich gesucht habe. Ich trage dich ein«, erklärte Farina.

»Wofür?«

»Worüber wir gesprochen haben. Wir schließen die Reihen. Möchtest du, dass die Frauen von Pellestrina von bestialischen Amerikanern vergewaltigt werden? Könnte ein italienischer Mann das hinnehmen? Gerade du solltest Heim und Herd des Italieners verteidigen wollen.«

»Meinst du, dies ist ein guter Augenblick?«, fragte Cenzo.

»Es ist der perfekte Augenblick«, sagte Farina. »Du bist ein dekorierter Veteran, ein geachteter Mann, und unsere deutschen Kameraden treiben den Feind zurück nach Russland.«

»Wenn sie das so gut machen, wozu brauchen sie mich dann?«

»Das ist eine defätistische Einstellung. Sieh dir meinen Sohn an. Ein wahrer Sohn der Wölfin.« Der Sohn der Wölfin wischte sich mit dem Ärmel über die Nase. »Umberto ist erst elf und kann schon ein Maschinengewehr bedienen.«

»Dann muss er große Ähnlichkeit mit seinem Alten haben.«

»Mir juckt die Nase«, sagte Farina. »Das ist mein Sarkasmusriecher.«

Der Staffelführer bemühte sich, so etwas wie Humor zu zeigen. »Cenzo, wenn du nicht den Mut hast, für deine Heimat zu kämpfen, gibt es andere Möglichkeiten, deine Solidarität zu demonstrieren.« Farina schnallte seine Tasche auf, nahm eine Zeitung heraus und schlug sie auf. Cenzo sah eine Seite mit Anzeigen für Zahnpasta, Lippenstift, Bruchbänder und Urlaub in Tirol.

»Sieh dir das hier an«, sagte Farina. »›Komm als Gastarbeiter ins Dritte Reich. Lerne einen neuen Beruf. Lerne Deutsch.‹«

»Ich habe einen Beruf«, sagte Cenzo. »Er heißt ›Fischer‹.«

»Siehst du, das würde nur ein Feigling sagen.«

»Außerdem läuft der Tourismus nach Deutschland ganz hervorragend, wie ich höre. Ein Zug nach dem anderen fährt hin.« Cenzo meinte Züge mit Särgen. Das wussten sie beide.

Nido schaltete sich ein. »Ist das die Zeitung von heute?«

»Die Zeitung von heute mit einer Einladung aus Deutschland.«

Nido nahm die Zeitung. »Gut. Und was läuft im Kino? Früher gab's Bilder von eleganten Leuten mit weißen Telefonen und Federboas und Künstlerinnen wie Mary Pickford und die Garbo. Und was für Schauspielerinnen kriegen wir jetzt? Deutsche Liesels und Gretels und Christels.«

Farina nahm ihm die Zeitung weg und steckte sie wieder in seine Aktentasche. »Lach nicht. Der Tag der Abrechnung wird kommen. Wer heute nicht hinter dem Duce steht, wird morgen teuer dafür bezahlen.« Der Staffelführer reckte das Kinn nach vorn und deutete in Richtung Himmel. »Eine neue Generation wird Italien retten.«

»Ja, ja.« Cenzo nickte. »Aber bis dahin hätte ich einen Vorschlag.«

»Ich bin sehr gespannt.«

»Du weißt, dass ich male.«

»Er ist ein Künstler«, sagte Nido.

»So weit würde ich nicht gehen«, wehrte Cenzo ab.

»Sei nicht so bescheiden«, sagte Nido. »Du hast echtes Talent.«

»Wie auch immer. In ihrer Trauer kommen die Leute zu mir und wollen, dass ich ihnen ein Votivbild von der wundersamen Errettung oder dem Tod des geliebten Menschen male, je nachdem. Du hast sie schon gesehen?«

»Jeder hat sie schon gesehen«, sagte Farina. »Komm zur Sache.«

»Eine sehr anrührende, emotionale Szene. Stürmische See, oder ein Kind, das aus großer Höhe herabfällt – und darüber schwebt die Jungfrau, eine leuchtende rettende Gestalt.«

»Und?«

»Wie wär's, wenn wir statt der Jungfrau eine andere rettende Gestalt hätten? Ich meine den Duce.«

»Statt der heiligen Jungfrau?«

»Genau. Es gibt Fotos von Il Duce in jeder Schule, in jedem Haus, in jedem öffentlichen Gebäude, aber dies würde ihn in eine neue Dimension erheben. Kein Kind, nicht einmal ein Sohn der Wölfin, könnte mehr schlafen ohne den Schutz eines heiligen Duce. Ich könnte die Jungfrau mit ihm übermalen.«

»Das ist brillant«, sagte Nido.

Farina wagte kaum, zu atmen. Für eine solche Unterhaltung konnte man erschossen werden. Oder befördert. In Zeitlupe packte er Umberto und bugsierte ihn zur Tür hinaus.

Kaum waren sie draußen, stieß Nido einen Pfiff aus. »Dünnes Eis, mein Freund, sehr dünnes Eis. Denk daran, sogar ein Wurm hat Zähne.«

»Und was ist mit dir?«

»Ich bin zu alt, um noch interessant zu sein. Außerdem, wenn sie diese Bar schließen, gibt es einen echten Aufstand. Bleib noch einen Moment. Ich habe eine weitere Primo-Geschichte für dich.«

»Erzähl.«

»Ein paar Freunde und ich waren in New York, um Primo bei seinem Training für einen großen Kampf gegen Max Baer zu helfen. Primo ging elf Mal auf die Matte, und jedes Mal haben wir gesagt: ›Bleib unten!‹ Er war nur eine hässliche Fresse aus Udine, aber er hatte Mut.«

»Und was willst du mir damit sagen?«

»Dass du unten bleiben sollst.«

Cenzo verließ die Bar und ging zum Haus seiner Mutter. Seine Mutter nicht zu besuchen und dabei seine Wäsche abzuliefern, hätte ihr Anlass zu Bemerkungen gegeben.

Als er ankam, war Sofia Vianello auf dem Dach und hängte Bettlaken auf die Leine. Sie war eine kleine, schwarz gekleidete Frau. Tatsächlich waren alle Frauen in Pellestrina schwarz gekleidet, denn jede von ihnen hatte einen Mann oder einen Bruder oder einen Sohn verloren. Die Männer im Dorf trugen schwarze Armbinden, die an ihre Jackenärmel genäht waren.

Cenzo kam eine Woche zu früh, und bei seinem plötzlichen Auftauchen erwartete sie das Schlimmste. »Was ist passiert? Ist etwas mit dem Boot?«

»Nein. Ich habe mein Netz zerrissen.«

»Woran?«

»Ich weiß es nicht. Etwas unter Wasser.«

»Ugo hat seine Netze nie zerrissen.«

»Mein Bruder war eben perfekt.«

»Ich sage Celestina, dass du hier bist.«

»Bitte störe sie nicht. Ich bleibe nur eine Sekunde.«

»Wir stören sie nicht. Sie wird traurig sein, wenn sie dich nicht sieht.« Seine Mutter beugte sich über die Balustrade und rief hinüber zum Nachbarhaus: »Celestina! Rate, wer hier ist!«

»Nicht. Ich muss wieder gehen.«

»Unsinn. Du musst etwas essen, bevor du wieder gehst. Celestina!«

Er hörte Schritte auf der Treppe, und jemand kämpfte sich zwischen den Bettlaken hindurch.

»Ist sie nicht schön?«, fragte seine Mutter.

Doch, Celestina war schön. Selbst in Trauer war alles an ihr wogend und drall. Sie hatte eine gesunde, olivfarbene Haut, und die langen schwarzen Strümpfe forderten dazu heraus, sie herunterzurollen. Im Dorf war es üblich, dass ein unverheiratteter Mann die Witwe seines Bruders heiratete, und in Ugos Fall war dieses Unternehmen überfällig. Celestina war offensichtlich willens, und dennoch war Cenzo blind für ihre Anziehungskraft.

»Geht's dir gut? Ist was passiert?«, fragte Celestina.

»Nein. Ich habe meiner Mutter gerade erzählt, dass es ein kleines Problem mit den Netzen gab, und ich wusste, wenn mich jemand am Kai gesehen hat und es ihr erzählt, macht sie sich Sorgen.«

»Er hat gehofft, dich zu sehen«, behauptete seine Mutter.

»Nein«, widersprach Celestina. »Es gibt so viele Mädchen in Pellestrina.«

»Aber keins ist wie du. Stimmt's nicht, Cenzo?«

»Ich glaube, er ist nur hier, um seine Wäsche waschen zu lassen.« Celestina lachte, wenn auch mit einem panischen Unterton. Es stimmte, was sie gesagt hatte: Es gab viele Mädchen in Pellestrina und nur wenige heiratsfähige Männer, und Cenzo, der Kandidat Nummer eins, war seltsamerweise nicht zu fassen.

»Ich könnte etwas zu essen gebrauchen«, sagte er. »Vielleicht auch ein bisschen Proviant für das Boot.«

»Ich habe Minestrone gemacht.« Celestina lief die Treppe hinunter, um eine Schüssel Suppe und einen Fladen Brot auf den Tisch zu bringen. »Ich gehe dann jetzt«, sagte sie. »Ich weiß, du und deine Mutter, ihr wollt miteinander sprechen.«

Während Cenzo aß, schaute seine Mutter ihn an.

»Was ist los mit dir? Zuerst läuft dir deine Frau weg. Jetzt verschmähst du die Frau deines Bruders? Du kannst doch von Glück sagen, dass du noch eine Chance bekommst.«

»Die Suppe ist gut. Woher habt ihr die Bohnen?«

»Vergiss die Bohnen. Denk an die Familie.«

»Ich unterstütze unsere Familie. Ich bin nicht so reich wie manche, aber ich helfe.«

»Ich rede nicht von Geld. Sie ist zu jung, um allein zu sein. Und wenn wir schon davon reden, Innocenzo – du bist zu jung, um ohne Frau zu sein.«

»Wir haben eine Vereinbarung, du und ich. Ich werde heiraten, wenn der Krieg vorbei ist. Ich dachte, wir wären uns einig.«

»Das waren wir, als ich dachte, der Krieg wäre fast zu Ende. Bevor der Duce, möge er in der Hölle braten, und Hitler, möge er mit ihm braten, beschlossen haben weiterzukämpfen. Das ist jetzt mehr als vier Jahre her. Vielleicht hört dieser Krieg nie mehr auf.«

»Celestina ist eine schöne Frau. Wenn jemand anders ihr einen Antrag macht, werde ich nicht im Weg stehen.«

»Du bist unmöglich. Nenne mir ein Argument gegen Celestina.«

»Das kann ich nicht. Sie bringt eine Wurst dazu, aufzustehen und zu pfeifen.«

»Weil sie immer das Richtige tut. Sie ist keine von den Frauen, die sich plötzlich alles anders überlegen und bald kommen, bald gehen. Von der Sorte brauchst du keine mehr, hoffe ich.«

Er schämte sich dafür, wie er Celestina behandelte, doch je mehr sie sich bemühte, ihm zu gefallen, desto distanzierter wurde er. Es war ihre Berechenbarkeit, die ihn auf Abstand hielt. Sie konnte kein Wort sagen, keine Geste machen, die er nicht vorausgeahnt hätte. Einen Tag lang konnte er das ertragen, aber ein ganzes Leben voller Leblosigkeit, wo jede Handbewegung, jeder Lidschlag mechanisch war? Nicht, dass er es ihr hätte vorwerfen können. Sie war aufrichtig, und das hätte genügen sollen.

Cenzo wischte den Rest seiner Suppe mit einem Stück Brot aus dem Teller und schob dann seinen Stuhl zurück. »Ich muss zurück zum Boot. Aber eins noch: Hast du ein paar Decken übrig?«

»Wozu brauchst du Decken? Du hast hier ein Bett.«

»Schon gut, dann schlafe ich in der Kälte.«

»Du bist unmöglich.«

Ja, er war unmöglich. Ein Feigling und ein betrogener Ehemann. Ein Wrack.

# 5

Er stieg die Leiter hinauf und fand das Mädchen in einer Ecke der Hütte. Sie kauerte dort mit einem Filetiermesser in der Hand.

»Essen.« Er öffnete seinen Seesack und zog Beutel mit Wurst heraus, mit getrockneten Erbsen, getrockneten Bohnen, Dörrfisch, Zwieback, Olivenöl und Wein. »Nicht schlecht, oder? Und gebackene Polenta. Die magst du gern, das weiß ich schon.«

»Warum hast du so lange gebraucht? Ich dachte schon, du lieferst mich an die Deutschen aus.«

»Wie kannst du so was sagen?«

»Die meisten Leute würden es tun.«

»Aber ich nicht. Ich habe dir doch gesagt, ich muss mich verhalten wie an einem normalen Tag. Wenn ein verrückter SS-Offizier mir meine Ausrüstung kaputt macht, muss ich normalerweise ans Dock, um alles zu reparieren. Die Leute, die mich am Dock sehen, erwarten, dass ich in die Bar meines Freundes Nido gehe, und das kann ich auf keinen Fall tun, ohne meine Mutter zu besuchen.«

»Und das ist alles?«

»Das ist alles. Also beruhige dich. Mir ist ein alter Freund eingefallen, der helfen kann.« Er streckte die Hand aus, aber sie gab das Messer nicht her. Sie war jetzt trocken, und das hatte ein paar Veränderungen mit sich gebracht. Ihr Haar war ein Schwall schwarzer Locken, und ihre Augen glühten vorwurfsvoll.

»Wie nett von dir«, sagte sie. »Du lässt mich hier in dieser Bruchbude und trinkst den ganzen Tag mit deinen Freunden.«

»Das ist keine Bruchbude.«

»Für das ungeschulte Auge doch.«

»Ich habe gesagt, ich muss mich normal benehmen. Ich esse, fische, schlafe, esse, fische, schlafe. Das ist das Leben eines Fischers.«

»Aber –«

»Ich sage dir, ich gebe mir Mühe. Siehst du, ich habe dir Decken von zu Hause mitgebracht, und außerdem ein Hemd und eine Hose, die dir besser passen dürften.« Er reichte ihr die Sachen wie ein Geschenk.

Sie betrachtete sie geringschätzig.

»Du hast vielleicht schon bemerkt«, sagte er, »dass Pellestrina nicht die Hauptstadt der Mode ist.«

»Dreh dich um.«

»Warum? Oh.« Er gehorchte. Sie war nur um Haaresbreite mit dem Leben davongekommen. Er wollte gern fair und verständnisvoll sein, doch es war nicht zu übersehen, dass Gegenstände in der Hütte – Stiefel, Hut, Seekiste – bewegt worden waren. »Du hast dich umgeschaut.«

»Nein, gar nicht.«

»Hast du dich von den Fenstern ferngehalten?«

»Das sind keine Fenster, das sind Gucklöcher. Mich hat niemand gesehen, wenn es das ist, was dir Sorgen macht.«

Er könnte ihr noch eine Menge Dinge beibringen, die sie nicht tun sollte – an Deck pfeifen oder das Ruder falsch herum ins Boot legen –, aber sie würde bald genug verschwunden sein, und er hatte nicht vor, ihr Unterricht im Fischen oder in der Seefahrt zu geben. Er war nicht neugierig auf ihre Geschichte oder ihre Familie, und es interessierte ihn nicht, was sie mochte und was nicht. Sie war aus Venedig, und er war aus Pellestrina, und das waren nicht nur zwei verschiedene Seiten der Lagune, sondern zwei verschiedene Welten. Sie sprach mit der eleganten Trägheit der venezianischen Mundart. Wenn er sprach, verschwanden die Konsonanten. Sie sah genauso aus wie das, was sie war, dachte er: ein als Fischer verkleidetes Mädchen. Sie würde niemandem etwas vormachen können.

»Wie alt bist du?«, fragte er.

»Achtzehn.«

»Wirklich?« Verwundert sah er sie an. Sie war ein kleiner Vogel mit Augen, die ein Zimmer erleuchten konnten.

»Es ist unhöflich, jemanden so anzustarren«, sagte sie.

»Verzeihung. An diesem Ende der Lagune werden nicht viele Leute von den Toten auferweckt.«

»Hier scheint es überhaupt nicht viele Leute zu geben.«

Nein, kein Vogel. Sie war wie ein Igel, der bei der leisesten Berührung die Stacheln aufstellte.

Sie schlang ein Brot mit Schinken und Provolone herunter und trank einen halben Liter Wasser. Als sie fertig war, fragte er: »Du kennst den Lido also?«

»Natürlich. Ich bin mein Leben lang hergekommen.«

»Und was kennst du hier?«

»Alles. Wir haben ein Haus in Venedig und eine Cabana hier. Wir waren immer im Hotel Excelsior und im Casino.«

Das hatte er sich gedacht. Sie kannte die Lagune nicht, das Marschland, die Fischerdörfer. Wahrscheinlich würde sie Pellestrina nicht auf der Landkarte finden.

»Und was war dein Plan? Wo wolltest du hin?«

»Mein Vater hat gesagt, ich soll nach Süden gehen, bis ich amerikanisches Militär finde.«

»Viele Leute warten auf die Amerikaner. Was würdest du tun, wenn du sie findest?«

»Ich würde ihnen sagen, wer ich bin.«

»Und wer bist du?«

Sie antwortete nicht.

»Du möchtest also die Amerikaner finden. Sprichst du denn Englisch?«

»Selbstverständlich. Was soll ich sonst mit ihnen?«

»Sonst noch was?«

»Französisch.«

»Anscheinend bist du gebildet. Deiner Familie muss es gut gehen. Französisch hier, Cabana da.«

Sie richtete sich steif auf. »Ich kann dich später bezahlen. Was verlangst du?«

»Ich will nichts von dir. Glaubst du, ich tue so etwas für Geld? Weißt du, das ist ziemlich beleidigend.«

»Ich will dir nichts schuldig sein.«

»Bist du aber. Du verdankst mir dein Leben. Wie viel ist dein Leben wert?«

Aha, jetzt hatte er einen Treffer gelandet. Sie hatte plötzlich Tränen in den Augen. Sofort tat es ihm leid. Aber sie war ein bewegliches Ziel – gerade noch eine Jeanne d'Arc und im nächsten Moment ein verletzliches Mädchen. »Ich habe gehört, letzte Nacht haben die Nazis die Juden verhaftet, die sich im Krankenhaus auf San Clemente versteckt hatten. Warst du auch da? Und waren deine Eltern bei dir?«

»Das weiß ich nicht.«

»Das weißt du nicht? Der SS-Offizier wusste sogar, dass du Giulia heißt.«

Sie zuckte die Achseln.

»Okay, du hast gewonnen. Von einem toten Deutschen kriege ich mehr Informationen als von dir, und du erwartest, dass ich meinen Kopf riskiere. Ich tu's auch, aber nur, um dich loszuwerden.«

»Der Name ist auf der ganzen Welt weit verbreitet. Hast du diese Insel je verlassen?«

»Ja.«

Das verdankte er Mussolini. Der Krieg in Afrika hatte alle möglichen Fähigkeiten erfordert. Männer, die bis dahin nur gefischt hatten oder hinter dem Pflug gegangen waren, hatten lernen müssen, wie man Geschütze bediente oder einen Panzer fuhr. Oder, wenn ihr Panzer von feindlichem Feuer getroffen wurde, wie man sich aus einem menschlichen Wesen in eine Büchse von Fett und Gelatine verwandelte.

In Abessinien hatte Cenzo ein Aufklärungsflugzeug geflogen und hatte wie der Daumen Gottes Bomben aus dem Himmel auf die schwarzen Heiden geworfen. Eine Grenze hatte er bei Giftgas gezogen. Er und sein Kopilot hätten wegen Befehlsverweigerung erschossen werden müssen, obwohl – war es nicht gleichgültig, ob man einen armen Kerl mit TNT in die Luft sprengte oder ihn mit Gas lebendig verbrannte? Zur Strafe mussten sie tote Eingeborene mit Bulldozern in Massengräber schieben und wurden dann unehrenhaft aus dem Dienst entlassen, eine Auszeichnung, die sie höher schätzten als jede Einsatzmedaille.

»Dir ist also jemand eingefallen, der helfen kann?«

»Möglicherweise.« Er würde ihr den Namen seines alten Kopiloten nicht verraten, aber der Mann war ein regelrechter Garibaldi, ein überlebensgroßer Held, auf den ein Mädchen all seine Hoffnungen richten konnte.

»Danke.«

»Gern geschehen.« Er hatte sich gefragt, wann sie das Wort aussprechen würde.

»Wann, glaubst du, können wir gehen?«

»Je eher, desto besser.« Das klang nicht ganz so, wie er es beabsichtigt hatte.

»Du hast es doch sicher eilig, mich loszuwerden«, sagte sie.

»Es wäre für alle Beteiligten besser.«

»Je weniger du weißt…«

»Desto besser ist auch das.«

Er spürte, dass sie nach einem neutralen Thema suchte. Er selbst zog Fisch in Erwägung, Boote, Merbromin.

»Was tust du, wenn du in eine Bar gehst?«, fragte sie.

»Ich trinke.«

»Und was tust du, wenn du nicht in die Bar gehst?«

»Ich flicke meine Netze.«

»Und wenn du dich mit deinen Freunden triffst, worüber redet ihr dann?«

»Über das Wetter. Das Wetter ist wichtig für einen Fischer.«

»Stört es dich, wenn ich ein bisschen schlafe?«

»Nein.«

»Wir schließen einen Pakt des Schweigens«, sagte sie.

»Einverstanden.«

Sie breitete die Decken aus, die er mitgebracht hatte. Er merkte, dass sie nicht schlafen wollte, sondern nur eine Ausrede suchte, um sich und ihn von der Last des Gesprächs zu befreien.

»Ich persönlich kann D'Annunzios Lyrik nicht ausstehen«, platzte sie heraus.

Wie kam sie jetzt darauf?

Er überlegte. Sie sprach Französisch, Englisch und Italienisch. Die italienische Schulbildung befasste sich mehr mit den fundamentalen Schreib- und Lesekenntnissen als mit Fremdsprachen. Unterricht in einer Zweitsprache bekam man vielleicht an einer Privatschule, aber drei Sprachen? Das roch nach einem Privatlehrer. Und wenn ihre Familie sich 1938, nach dem Erlass der Rassengesetze, hinter Gartenmauern zurückgezogen und sich vollends versteckt hatte, als 1943 die ersten Juden verhaftet wurden, hatte sie fast fünf Jahre lang ein sehr abgeschirmtes Leben geführt. Das würde ihre Zurückhaltung erklären. War das vielleicht auch der Grund, weshalb sie so jung aussah und sich so benahm? Als hätte man ihr nicht erlaubt, erwachsen zu werden?

Manchmal waren es Sardellen oder Meerbrassen, die schwärmten. Heute schwammen Tintenfische unter der *Fatima*, als das Boot von der Hütte ablegte. Mit einer Laterne, die groß genug war, könnte man sie führen, wie ein Dirigent sein Orchester führte, dachte Cenzo. Über ihm zogen die allnächtlichen britischen Bombergeschwader vorbei, funkelnd und mit dröhnenden Motoren auf dem Weg nach Turin oder Mailand.

»Bombardieren sie auch Fischerboote?«, fragte Giulia.

»Manchmal. Wenn du Jagdflugzeuge kommen siehst, duck dich nach unten.«

Sie blieb trotzig aufrecht. »Du hast ein paar ordentliche Bücher in deiner Seekiste und ein paar schöne Volkskunstarbeiten.«

»Die Bilder sind keine Volkskunst, und ich bin kein Analphabet. Bitte, lass die Sachen in Ruhe.«

»Habe ich dir von Byron erzählt?«

»Hast du, ja. War er ein guter Fischer?«

»Das weiß ich nicht.«

»Dann bin ich quitt mit ihm.«

»Das ist doch albern. Byron war ein Dichter.«

»Du hast sicher genug.«

»Wovon?«

»Vom Reden.«

»›Wie ein Regentropfen eingesogen, sein End' er röchelnd in der Tiefe fand, grablos und unbeläutet, sarglos, unbekannt‹«, zitierte sie.

»Das klingt ja heiter«, sagte Cenzo.

Er wollte keine Gedichte hören. Er wollte sie möglichst rasch loswerden, wie jede andere Schmuggelware für den Schwarzmarkt. Wenn er sie heute Nacht abladen könnte, würde er es tun. Wenn Eusebio mit seinem Stand wie immer auf dem Fischmarkt am Rialto wäre, dürfte die Übergabe einfach werden. Russo war ein erfolgreicher Schmuggler und ein meisterlicher Taschenspieler im Umgang mit Corned-Beef-Dosen oder Zigaretten. Und wenn Russo es nicht konnte, würde er wissen, wer es könnte.

Die See war ruhig und spiegelte einen Dreiviertelmond, der die Fische anlockte. Aber auch die Fischerboote aus den Häfen von Pellestrina, Malamocco und Burano. Jedes Boot hatte sein Territorium, und schwarze Stangen wiesen den Weg zu den Reihen von pflückreifen Muscheln.

»Denk daran, ich kann schwimmen«, flüsterte sie.

»Und die Luft anhalten und dich totstellen. Kannst du das noch mal tun?«

»Warum?«

»Wir könnten wieder auf Deutsche stoßen, und die sind sofort misstrauisch, wenn auf einem Fischerboot keine Fische sind.«

»Und?«

»Und deshalb werden wir ein paar Fische fangen.«

»Wie denn?«

»Kannst du die Laterne festhalten?«

Er gab ihr die Öllampe, damit sie sie so tief wie möglich über den Bootsrand hielt und das Licht in das Brackwasser voller Schwebstoffe, winziger Partikel des Lebens, scheinen ließ. Ein Spiralnetz wimmelte von Sardinen, leuchtend blau wie Messerklingen, die endlos im Kreis schwammen. Cenzo zog das Netz aus dem Wasser und schüttete die Fische ins Boot.

»Deine Aufgabe ist es, sie mit dem Segeltuch zu bedecken, damit sie feucht bleiben.«

»Warum?«

»Tu es einfach.« Es ist, als schleppte ich Kleopatra auf ihrer Barke hinter mir her, dachte er.

»Das ist alles? So geht Fischen?«

»So ungefähr. Solange du weißt, wo die Fische sind. Also bist du heute Nacht ein Fischer.« Er nahm ein bisschen Schlick in die Hand und wischte ihr damit durchs Gesicht. Ihre hellen Wangen sollten sie nicht verraten.

Beim Fischen ging es mehr darum, sich um die Netze zu kümmern, als darum, tatsächlich einen Fisch an den Haken zu bekommen. Für Cenzo verging die Zeit auf dem Boot immer rasch. Die Arbeit machte ihm Freude, seit er ein *putto di mare* war, geboren für die See. Sein Vater hatte auf drei *putti* gehofft, aber die Alliierten hatten einen Sohn niedergeschossen, und den zweiten hatte der Ruhm verführt. Jetzt gab es nur noch Cenzo.

Dass das Mädchen die Fischerei als niedere oder erniedrigende Tätigkeit betrachtete, störte ihn kaum. Für ihn waren Fische geheimnisvoll, eher ein Volk denn eine Art und eine

Einladung in eine andere Welt. Wenn sie es anders sah, hatte sie Pech.

Das Mädchen war eine kurze Störung in seinem Leben, und je weniger er über sie wusste, desto besser.

»Es ist nicht so wie früher«, sagte er. »Die Ausgangssperre hat viele Restaurants schließen lassen, aber wir haben zu tun, nicht wahr? Also gut.« Er signalisierte ihr, in Deckung zu gehen, denn sie näherten sich dem Markt.

Venedig war geformt wie ein Fisch, und der Fischmarkt am Rialto war sein Schlund. Die Stadt war zwar verdunkelt, aber die Lichter der Boote auf dem Wasser wurden immer mehr. Sie näherten sich dem Kai, und Cenzo bedeutete Giulia, sie solle sich verstecken. Eine zweite Welle von Bombern auf ihrem nächtlichen Einsatz zog am Himmel über sie hinweg, regelmäßig wie ein Uhrwerk.

Unvermittelt tauchten die Marktstände vor ihnen auf, behängt mit genügend Laternen, um nicht nur Tintenfische, sondern auch glasige Kalmare zu beleuchten, silbrige Sardellen, schielende Seezungen, jadegrüne Hummer und rubinrote Scheiben Thunfisch – alles, was das Meer hervorbrachte.

Marmorsäulen ragten zwischen Wellhornschnecken und Miesmuscheln auf, und auf den vom Schleim glänzenden Steinplatten wurden Geschäfte abgewickelt. Mit einem langen Ruder stakte Cenzo die *Fatima* an den Kai. »Bleib unter dem Segeltuch«, befahl er Giulia.

»Bin ich da in Sicherheit?«

»Wenn du es schaffst, den Mund zu halten.«

Das Morgengrauen verwandelte die Wolken über ihnen in farbige Wattebäusche.

Cenzo fand den Stand seines Freundes Russo, aber Russo

war nicht da. Der Stand war leer bis auf eine Tafel mit dem Bild Mussolinis und dem Schriftzug »Sei loyal!«.

Wie ein Mann, der verzweifelt die Karten neu mischt, suchte Cenzo nach anderen Möglichkeiten. Sobald er seinen Fang verkauft hatte, steuerte er die *Fatima* in den Schatten des Rialto, legte dort an und betrat die Kirche San Giacometto.

Der Beichtstuhl der Kirche hielt sich an den Zeitplan der Fischer. Als Cenzo hineinging, spürte er, dass sich hinter dem Vorhang etwas bewegte, und er roch Zigarettenrauch.

»Was ist mit dem Fischhändler Russo passiert?«, fragte er.

»Er war ein Unruhestifter. Ein Kommunist. Bist du ein Freund von ihm?«

»Er schuldet mir Geld.«

»Ich glaube, das wirst du nicht wiedersehen.«

Seit Cenzos letzter Beichte war einige Zeit vergangen, aber er erinnerte sich, dass der Priester zu Beginn fragte, *wie lange* sie zurücklag, und am Geruch erkannte er, dass der Priester eine Juno rauchte, eine Papierrolle, halb gefüllt mit Rohtabak. Er kannte die Werbung: »Berlin raucht Juno!« Er schlüpfte hinaus und überließ den Beichtstuhl einer alten Frau, die aussah, als könnte sie es nicht erwarten, eine ganze Litanei von Sünden zu bekennen.

Das Tageslicht schob sich an den oberen Stockwerken der Palazzi herunter. Im Dämmerlicht wurden die geisterhaften Umrisse des Rialto allmählich real. Ein Priester kam eilig aus der Kirchentür und ließ den Blick nach beiden Seiten über den Verkehr wandern, war aber ratlos angesichts des Durcheinanders von Fischerbooten, Feuerwehrbooten, Gondeln, Fähren und Kohlenbarken. Cenzo stand an Bord der *Fatima* und ruderte zweihändig unter der Brücke hindurch in die goldene Morgendämmerung des Canal Grande.

# 6

Manche Leute, fand Cenzo, zum Beispiel der Graf von Monte Christo, hatten das Glück, mit einem Wohltäter zusammengesperrt zu sein. Giulia war offensichtlich bei einem Idioten gestrandet. Er überlegte krampfhaft, wer außer Russo in der Lage sein könnte, ein Mädchen aus Venedig hinauszuschmuggeln. Leider waren Schmuggler keine vertrauenswürdigen Individuen. Er hatte von Partisanen gehört, die abgeschossene alliierte Piloten in Sicherheit gebracht hatten. Aber mit Ausnahme von Russo waren die Partisanen, die Cenzo kannte, lauter Hühnerdiebe.

Giulia verkroch sich in einer Ecke der Hütte und wollte weder essen noch trinken. Sie war ohnehin schon ein dünnes Handtuch, und jetzt war sie anscheinend entschlossen, sich vor Enttäuschung zu Tode zu hungern.

»Es tut mir leid, dass mein Freund nicht da war«, sagte Cenzo. »Anscheinend haben die Faschisten ihn verhaftet, bevor wir zum Markt kamen. Pech gehabt.«

Tagsüber schliefen Fischer eigentlich, aber Cenzo blieb wach für den Fall, dass das Mädchen sich wieder ins Wasser stürzen sollte. Er spürte den kühlen Hauch aufziehenden Regens. Was das Wetter anging, war er wie ein Barometer. Ein leises Trommeln auf dem Dach der Hütte war sicher die ideale Begleitmusik für ein Nickerchen, doch das war ein

Luxus, den er und das Mädchen sich nicht leisten konnten, jedenfalls nicht gleichzeitig.

»Schlaf du«, sagte er. »Ich wecke dich, wenn jemand kommt.«

»Kommt denn jemand?«

»Eigentlich nicht.«

Cenzo wölbte eine Hand um seine Zigarette und sah durch einen Spalt in der Wand zu, wie die weißen Schaumkronen über die Lagune wanderten. Menschen ertranken. Sein jüngerer Bruder Ugo hatte nie schwimmen gelernt. Manche Fischer waren so – als forderte man die Notwendigkeit dazu heraus, wenn man schwimmen lernte.

Ein paar Fischerboote steuerten auf den Kai zu, um ihre Netze zu erneuern oder Ausrüstung zu beschaffen. Manche Fischer erkannte er an ihren Segeln, zum Beispiel Scarpa an seinem *Bellenden Hund*, Zennaro am *Panther* und Busetto am *Einhorn*. Vergnügungsboote sah er überhaupt nicht. In den Augen eines Fischers drangen Leute mit Jachten kaum durch die Wasseroberfläche. Fischer waren raue Kerle. Reiche Jungs warfen sich in Pose. Giulia konnte er sich vorstellen, am feinen Ende des Lido zwischen Hotel-Cabanas und Filmstars aus Hollywood, wo Kellner gekühlte Drinks am Strand hin und her trugen und kleine Flugzeuge Banner mit der Aufschrift »Cinzano« hinter sich her durch den Himmel zogen. Jetzt natürlich nicht. Filmstars kamen nicht mehr auf den Lido.

Der Tod war launenhaft. Die Deutschen mussten Untersturmführer Hoffs Leiche inzwischen gefunden haben, aber sie hatten noch keine Italiener dafür umgebracht, wie sie es sonst taten. Andererseits war Russo vom Fischmarkt weggeholt und durch ein Bild des Duce ersetzt worden. Netze waren da berechenbarer. Jedes Netz, unabhängig von Größe und Form, endete in dem, was die Fischer die »Todeskammer«

nannten. Von dort gab es kein Entkommen mehr; die Fische schwammen im Kreis herum und nirgends hin.

Er lehnte sich an die Wand und schloss die Augen.

Wie war das Mädchen so weit hinaus in die Lagune gekommen? An dieser Stelle ergab die Geschichte keinen Sinn. Wenn sie so reich war, wieso hatte die Familie ihr die Flucht aus Venedig nicht bezahlt? Wenn ihr Vater so gescheit war, wieso hatte er dann so lange abgewartet? Sie selbst war wirklich tapfer, das musste Cenzo ihr lassen.

Ein lautes Prasseln schreckte ihn aus dem Schlaf, und er trat ans Fenster. Ein starker Regen färbte die Lagune schwarz und ließ die Hütte auf ihren Pfählen zittern. Als das Unwetter zunahm, pfiff der Wind durch die Bodendielen. Die *Fatima* war unter der Hütte vorn und achtern an den Pfählen festgemacht. Draußen auf dem Wasser würden die Boote sich in den Wind drehen, aber in einer Fischerhütte konnte man nur zuhören, wie die Planken sich ächzend bogen. Das Mädchen schlief noch – das Geschenk der Jugend. Sein Blick fiel auf ihre Hände, und er sah, wie zierlich sie waren. Seine eigenen Hände würden vom ständigen Kampf mit Rudern und Leinen irgendwann aussehen wie Klauen. Kein Wunder, dass er ein so grobes Exemplar Mensch war.

Einen Augenblick lang war es gespenstisch still, dann hörte man einen leisen Stoß, als das Boot gegen die Pfähle stieß. Der zweite Stoß war ein bisschen lauter. Cenzo ging hinaus auf den Steg und blieb stehen. Die Leine war gerissen, und die *Fatima* hatte sich um neunzig Grad von der Leiter weggedreht. Der Wind nahm weiter zu, die Bewegung des Bootes wurde stärker. Es schlug immer heftiger gegen die Pfähle, die die Hütte trugen. So hatte Gott sich die Sache nicht gedacht, dachte Cenzo. Kisten und Ausrüstungsgegenstände schossen wie Federbälle auf dem Deck der *Fatima* hin und her und ließen ihm keinen Platz zum Hinunterspringen. Er musste auf das Boot, aber immer wenn er springen wollte, neigte das Boot sich auf die andere Seite, und die Kisten prallten gegen den Mast.

Auf dem Anleger der Fischerhütte lag ein neu gekauftes Ruder. Er hob es auf und versuchte, damit das Schwingen des Bootes zu verlangsamen, doch das Ruderblatt brach ab und flog durch die Luft. Cenzo stürzte sich ins Wasser, das soeben noch hüfthoch war und ihm im nächsten Moment über den Kopf reichte, während es ihn hin- und herriss. Er schaute hoch. Wie eine Erscheinung der Heiligen Jungfrau sah er Giulia auf dem Anleger der Hütte. Sie verschwand wieder, und er nahm an, sie sei weggeschwemmt worden. Regen und Wellen ließen ihn kaum an der Oberfläche bleiben. Als er schon dachte, sie sei verloren, erschien sie wieder, und jetzt hatte sie ein Tau. Das eine Ende machte sie am Geländer fest, das andere warf sie ihm zu. Es entrollte sich in der Luft. Er fing es auf, band es an die vordere Klampe des Bootes und kämpfte sich halb schwimmend, halb watend bis zur nächsten Fahrrinnenboje. Dort machte er das Seil fest, erst locker, dann straff.

Giulia wuchtete ein zweites Tau hoch in den Wind, sodass es bis zur zweiten Boje flog. Er band es dort fest und machte dann das erste wieder los und brachte es zur dritten Boje. Auf diese Weise zog er das Boot praktisch um die Hütte herum nach Lee, wo es vor dem Wind geschützt war.

Dann war das Unwetter vorbei. Es zog weiter wie eine schwarze Lokomotive, die zum nächsten Bahnhof fährt. Er kletterte die Leiter hinauf. Giulia saß in der Ecke und verschlang ein Stück Polenta.

»Bei meinem ersten Sturm auf See war ich starr vor Angst«, erzählte Cenzo. »Die Wellen waren so hoch, dass ich dachte, das Meer steht auf dem Kopf. Da war ich sechs Jahre alt.«

»So jung?«

»Ich wollte ein Hemd. Ich hatte keins, und mein Vater sagte, ich müsse es mir verdienen. An dem Tag fing ich an, auf seinem Boot zu arbeiten. Nicht auf dem hier – es war ein größeres. Ich musste das Deck schrubben, die Netze flicken, Zigaretten und Kaffee besorgen. Er hat mir nie etwas erklärt. Er hat es einfach getan, und ich habe zugesehen. Er war der König. Von einem Ende der Lagune bis zum andern kannte er mehr gute Stellen als alle andern für seine Netze. Andere Männer wollten für ihn arbeiten, weil er immer etwas fing. Wenn er nach dem Aufwachen die Segel aufzog, rollten kleine Jungs heraus. Mein Familienname ist Vianello, aber meine Brüder und ich wurden nur *putti di mare* genannt.«

»Eine hübsche Art, geweckt zu werden. Wie im Märchen.«

»So klingt es, nicht wahr?«

In dem weiten Hemd und der schlotterigen Hose sah sie aus wie ein unterernährter Junge, obwohl sie sich mit Polenta und Schinken vollstopfte und Wasser aus einer strohumwickelten Flasche in sich hineinschüttete. Sie hatten Stunden gebraucht, um das Boot zu sichern, und hatten nicht gemerkt, wie es Nacht wurde. Jetzt beleuchtete nur der matte Schein einer Hängelampe das Innere der Hütte.

Sie wischte sich einen Krümel vom Kinn.

»Woher weißt du, wie man ein Boot dreht?«, fragte er.

»Ich habe gesegelt.«

»Segeln, schwimmen und Gedichte. Nicht schlecht.« Nido würde sagen, die Kleine war eine Wucht. »Aber wenn wir aus dieser Klemme herauskommen wollen, sind mehr Informationen nötig. Ich weiß nichts über dich oder deine Familie. Dein Vater kannte die feine Gesellschaft, Leute mit Kabinenkreuzern und Villen und so weiter. Als erfolgreicher Geschäftsmann war er sicher auch Mitglied der Finanzklubs. Und deine Mutter als Mitglied der feinen Gesellschaft hatte vermutlich mit Wohltätigkeitsorganisationen und Spendensammlungen zu tun. Deine Familie muss mit einflussreichen Leuten bekannt gewesen sein.«

»Mein Vater hat immer gesagt, du weißt nie, wer deine Freunde sind, bis du welche brauchst.«

»Na, er hatte sicher mehr Freunde als ich. Wir müssen sie nur erreichen.« Er konnte sich gut vorstellen, wie sie Musikstunden bekam. Auf dem Flügel, vor dem sie saß, standen Familienfotos in silbernen Rahmen. »Erzähl mir von deinen Eltern.«

Ihr Vater, sagte sie, sei Vittorio Silber, Gründer einer Firma für medizinischen Bedarf mit Sitz in Venedig. Er war ein Patriot, hatte im Ersten Weltkrieg gedient, war ein großzügiger Spender auf dem Gebiet der medizinischen Forschung und ehemaliger Vorsitzender des Vivaldi-Musikvereins. Adèle Silber, seine Frau, gab während der Opernsaison die kultiviertesten Partys auf dem Lido, und während des Filmfestivals ließ sie am Strand ein Zelt errichten. Angesichts seiner Verbindungen konnte niemand sich vorstellen, dass die neuen Rassengesetze in Italien eine Gefahr für Vittorio Silber darstellen könnten. Die Eltern waren nicht gläubig, aber sie waren Juden. Anders ausgedrückt, keine jüdische Familie fügte sich besser in die italienische Gesellschaft als die Silbers.

»Die Ärzte auf San Clemente haben viele von uns aufgenommen. Jemand muss die SS informiert haben, denn bei ihrer Razzia im Krankenhaus hatten sie alle unsere Namen. Vater hat mich im Wäscheschacht versteckt und bestritten, dass ich bei ihnen gewesen war, aber die SS hatte eine Liste. Sie haben meine Eltern und die anderen Juden schließlich abgeführt.«

»Hast du jemanden von der SS erkannt?«

»Nur den Offizier, den du in den Brunnen geworfen hast.«

»Keine Verwandten von dir?«

»Nein. Unsere Freunde wurden mit meinen Eltern zusammen verhaftet. Was glaubst du, wo sie hingekommen sind? Wahrscheinlich nur ins Gefängnis, oder?«

»Wahrscheinlich.«

»Du bist sehr freundlich. Ich weiß, dass sie alle tot sind. Ich sehe sie im Traum.« Sie räusperte sich. »Hast du denn eine Familie?«

Darauf war er nicht gefasst. »Schwer zu sagen.«

»Was soll das heißen?«

»Das soll heißen, mein jüngerer Bruder ist tot, mein Vater ist tot, und meine Mutter versucht, über mein Leben zu bestimmen. Kurz gesagt.«

Hoffentlich war die Sache damit erledigt, dachte er. Aber sie fragte weiter. »Und wieso bist du nicht verheiratet?«

»Das bin ich. Das heißt, ich war es. Sie ist tot. Bei einem Luftangriff ums Leben gekommen.«

»In Venedig?«

»In Mailand.«

»Hast du Kinder?«

»Nein.«

»Warum war sie dort?«

»Sie hat dort gedreht.«

»Was?«

»Sie war Schauspielerin.«

»Beim Film?«

»Ja.«

Giulia rümpfte beinahe die Nase. »Das kann man kaum als Schauspielerei bezeichnen. Ich würde sagen, es ist Mimikry.«

»Weißt du, du bist ziemlich versnobt.«

»Wenn es um den Vergleich zwischen Film und Theater geht, ja, dann bin ich es wohl«, gab sie zu. »Hast du ein Foto von ihr?« Cenzo zeigte ihr eine Atelieraufnahme, und Giulia klang plötzlich wie ein kleines Mädchen. »Ich glaub's nicht.«

»Sie war schön«, sagte Cenzo. »In Pellestrina war sie verschwendet.«

»Und sie ist nach Mailand gekommen? Wie hat sie denn hier draußen entdeckt werden können?«

»So was kommt vor. Eine Frau, die wirklich schön ist, erlebt seltsame Dinge.«

»Wie *Die Schöne und das Biest.* Wie hieß deine Frau?«

»Gina.«

»Und wie hat man sie entdeckt? War es ein Filmagent?«

»Ich sagte schon, jemand, der zufällig in Pellestrina war.«

»Wie kommt jemand *zufällig* nach Pellestrina?«

»Jemand, der hier Familie hat.«

»Ein Bruder zum Beispiel?«

»Wie kommst du darauf?«

»Du hast gesagt, es gab drei *putti di mare.* Drei Brüder. Der jüngere ist gestorben. Du bist hier, und dann muss es noch einen älteren Bruder gegeben haben.«

»Was meinst du damit?«

»Hat deine Frau dich wegen deines älteren Bruders verlassen?« Sie hatte scherzhaft begonnen, aber jetzt begriff sie, dass sie über die Wahrheit gestolpert war.

»Ich glaube, das ist genug Geschichte für heute«, sagte Cenzo.

»Wie hieß er?«

»Giorgio.«

»Giorgio Vianello, der Schauspieler? Er war einer der Lieblingsschauspieler meiner Mutter. Und er hat deine Frau geliebt?«

»Wie du es sagst, klingt es wie eine Story aus einer Schnulzen-Illustrierten.«

»So klingt es auch.«

Das alles machte Cenzo zur Zielscheibe ihres Spottes. »Und wenn ich das Biest und Gina die Schöne war, was war dann Giorgio?«

»Prinz Charming.«

»Wahrscheinlich hast du recht.« Er zündete sich eine Zigarette an. »Okay, jetzt bin ich an der Reihe. Hast du Brüder oder Schwestern?«

»Ich bin allein. Vater hat immer Witze darüber gemacht und mich seinen ›Liebling‹ genannt.«

»Das kann ich mir denken. Und als die SS die Juden im Krankenhaus verhaftete, hast du dich in der Wäscherei versteckt. Haben sie dich gesucht?«

»Natürlich. Ich sage doch, sie hatten eine Namensliste.«

»Und was hast du getan?«

»Ich habe mich zum Wasser hinuntergeschlichen und bin am Sumpfland entlanggeschwommen.«

»Du bist eine gute Schwimmerin.«

»Wir hatten ein Sommerhaus an einem See in den Bergen.«

»Du bist also von San Clemente weggeschwommen.«

»Bis ich dich gefunden habe.«

»Und dann hast du dich totgestellt. Nicht besonders vertrauensvoll.«

»Ich vertraue niemandem.«

»Das ist klug.«

Der Himmel dröhnte, als eine Formation alliierter Bomber an der Küste heraufflog. Die deutschen Kampfflieger leisteten so gut wie keinen Widerstand mehr, aber gelegentlich blitzte Flak-Feuer auf wie nächtliche Blüten.

Giulia hatte dunkle Ecken und Kanten, die einen durchschnittlichen Jungen wahrscheinlich abschrecken würden. Ihr Blick hatte etwas Abweisendes, das verstörte, doch als er daran dachte, wie sie Byrons »röchelnd in der Tiefe« zitiert hatte, musste er auch die Möglichkeit in Betracht ziehen, dass sie Sinn für Humor hatte.

»Warst du lange verheiratet?«, fragte sie jetzt.

»Vier Monate. Ich glaube. Für sie war die Zeit länger als für mich. Sie brauchte mehr, als ich ihr geben konnte. Man kann es ihr nicht verdenken – nicht, wenn sie ein Filmstar werden konnte.«

»Und dabei hat Giorgio ihr geholfen?«

»Er hatte Beziehungen.« Das sollte als Erklärung reichen. Er hatte dieses Gespräch angefangen, um sie zum Reden zu bringen, aber jetzt hatte sich das Blatt gewendet. »Giorgio war ein Held. Als Junge wurde er von Mussolini persönlich bei einem Schauschwimmen bemerkt und in eine Spezialausbildung geschickt. Er lernte fliegen und Ein-Mann-U-Boote fahren. Einmal im Jahr kam er in Pellestrina vorbei, um sich fotografieren zu lassen und zu demonstrieren, dass er das gemeine Volk hinter sich gelassen hatte. Er versenkte ein britisches Kriegsschiff mit einer Haftmine, weißt du – ganz allein. Sie haben einen Film darüber gedreht, *Der Löwe von Tripolis*, und der endete mit einer Heimkehrszene, wo all die hübschen Mädchen von Pellestrina auf dem Kai stehen und jubeln, als er mit seinem Wasserflugzeug landet. Gina hätte nicht dabei sein dürfen, weil sie verheiratet war, doch so viele hübsche Mädchen gab es in Pellestrina auch wieder nicht. Giorgio bemerkte sie, und ich fühlte mich selbst geschmeichelt, als er zum Essen zu uns nach Hause kam. Meine Mutter war hingerissen. Giorgio war sehr aufmerksam zu Gina, aber ich dachte, so waren die Leute beim Film eben. Extrovertiert und immer fröhlich. Und zwischendurch verliebten sie sich, genau wie im Film. Er ließ sie vom Studio zu Probeaufnahmen nach Turin einladen, und eine Woche später bekam ich ein Telegramm, in dem stand, dass sie nicht mehr zurückkommen werde. Sie fing mit den Dreharbeiten zu einem Film an, und dann war sie tot.«

»Und?«

»Ich hab's doch gesagt. Einen Monat später drehte sie in Mailand einen Film mit Giorgio, und eine Bombe kam durchs Dach.«

»Warst du froh?«

»Eigentlich nicht.«

»Aber du musst sie doch gehasst haben.«

»Nein.«

»Du hättest sie zurückgenommen?«

»Sofort.«

Giulia musterte ihn. »Du bist verrückt. Wenn ich jemanden hasse, dann für immer. Was soll ich jetzt tun?« Sie schob das Kinn vor. »Mich ins Segel einrollen wie eine *putta di mare*?«

»Wenn du willst.«

»Vielleicht will ich es.«

»Willst du nicht wissen, warum die *putti* – warum wir im Segel geschlafen haben?«

»Warum denn?«

»Um den Kakerlaken zu entgehen. Jetzt weißt du es.«

# 7

Cenzos Mutter und Celestina kamen ihm mit wehenden Kopftüchern über den Kai entgegengelaufen wie zwei schwarze Hühner.

»Bitte«, sagte seine Mutter, »mach keinen Ärger.«

»Tu, was deine Mutter sagt«, fügte Celestina hinzu.

»Was sagt sie?«

»Nichts.« Seine Mutter rümpfte die Nase, als sie an ein paar Frauen vorbeikamen, die Spitze knüpften. Das Verknoten und Wiederverknoten von Garn zu verschlungenen Mustern war eine Kunst, die Tratsch erforderte. Pellestrina war ein kleiner Tümpel, und der geringste Skandal schlug darin hohe Wellen. Sofia Vianello war es gewohnt, bei müßigen Spekulationen das große Wort zu führen, nicht aber, deren Gegenstand zu sein. Zum Glück war Giulia in der Hütte und störte nicht.

»Sei brav«, flehte sie Cenzo an.

»Das bin ich doch immer.« Er war nur zum Kai gekommen, um das zerbrochene Ruder zu ersetzen, aber sein Segel hatte signalisiert, dass er kam. Als sie beim Haus angekommen waren, schob seine Mutter sie alle in die Küche und ließ sie am Tisch unter der Reihe bronzener Töpfe Platz nehmen, die am Deckenbalken hingen. Was immer seine Mutter vorhatte, er wünschte, sie würde sich damit beeilen.

Als er die Schritte auf der Treppe hörte, wusste er Bescheid. Es waren die Schritte blank polierter Schuhe, dachte Cenzo. Giorgio Vianello war ein Mann für teure Rollen: englischer Anzug, französische Pomade, ein Siegelring wie für eine vornehme Familie, weiße Zähne und ein Errol-Flynn-Schnurrbart. Die Mundart von Pellestrina hatte er nicht verloren, er hatte sie vielmehr eingetauscht gegen einen unbestimmten, eleganten Akzent. Die Leute verglichen ihn mit Clark Gable. Tatsächlich war er kein großartiger Schauspieler, aber er war ein Held, und meistens spielte er eine Version seiner selbst: einen U-Boot-Kommandanten, einen Kampfpiloten, einen verwundeten Offizier, der sich in eine schöne Krankenschwester verliebt. Prince Charming, wie Giulia gesagt hatte.

»Was machst du hier?«, fragte Cenzo.

»Ich besuche meine Familie«, sagte Giorgio.

»Das hast du jetzt getan. Du kannst wieder gehen.«

Sofia Vianello stellte vier Gläser und eine Flasche Wein auf den Tisch. »Setzt euch, setzt euch. Giorgio hat diesen guten Wein mitgebracht. Es kommt nicht jeden Tag vor, dass ich meine beiden lebenden Söhne zusammen sehe.«

Giorgio zog einen Stuhl für Celestina heraus, eine Höflichkeit, die sie beinahe in Ohnmacht fallen ließ.

»Ich werde nicht mit ihm trinken«, sagte Cenzo.

»Wie du willst«, sagte Giorgio. »Ich trinke auf meine Mutter.«

»Bitte.« Sofia füllte die Gläser.

Cenzo wäre am liebsten gegangen, aber er wollte sich nicht nachsagen lassen, er habe sich aus seinem eigenen Haus vertreiben lassen. Außerdem brauchte er noch ein paar Kleider für Giulia. Von Giorgios Wein würde er nichts trinken, aber er setzte sich hin.

»Und was bist du inzwischen? Doch sicher mindestens ein General?«

»Bestimmt«, sagte Sofia. »Sieh ihn doch an. Die Leute sagen, Il Duce fragt ihn dauernd um Rat.«

»Mama, der Duce hat mich noch nie um Rat gefragt.«

»Na, das sollte er aber. Dann ginge alles viel besser. Dein Bruder Ugo wäre noch bei uns.«

»Auf Ugo.« Giorgio hob sein Glas.

Cenzo sah sich gezwungen mitzutrinken, und Giorgio lächelte, als hätte er einem Kind einen grundlegenden Zug im Schachspiel beigebracht.

»Und? Bist du jetzt General?«, fragte Cenzo.

»Nein. Ich bin beim Propagandaministerium.«

»Ich möchte annehmen, am Ende eines Krieges gibt es nicht mehr viel Propaganda.«

»Im Gegenteil. Es gibt jeden Tag mehr.«

»Warum?«

»Weil es aus ist.«

»Haben wir gewonnen?«

»Ich fürchte, nein.«

Das war das Letzte, was Cenzo von seinem Bruder erwartet hatte.

»Der Krieg ist aus, und wir haben verloren?«

»Wir sind bei unseren letzten Verrückten angekommen. Hitler hat eine neue Geheimwaffe. Er hat *immer* eine neue Geheimwaffe. Er hatte Raketen und Düsenjäger, aber die andere Seite hat die Rote Armee.«

»Hat jemand das dem Duce gesagt?«

»Ja. Der Mann, der den kürzesten Strohhalm gezogen hat.«

»Und wer war das?«

»Das will niemand verraten.«

»Wird dir etwas passieren?«, fragte Celestina.

»Nein. Ich war ja nur ein Soldat und hatte meine Befehle, und dann war ich ein Schauspieler und habe mich an mein Drehbuch gehalten. Mir wird man nichts tun.«

Hoffentlich nicht, dachte Cenzo. Er wollte persönlich das Vergnügen haben, seinen Bruder zu erwürgen.

»Wenn der Krieg so gut wie aus ist, warum verhaften die Deutschen dann immer noch Juden?«

»Ich sage doch, sie sind verrückt.«

»Die SS macht Razzien in Krankenhäusern. Das hat doch keinen Sinn«, sagte Cenzo.

»Was kümmert dich das?«

»Warum bist du wirklich hier? Es ist ein bisschen spät, um noch Fischer zu werden.«

»Willst du es ernsthaft wissen?«

»Ich kann es kaum erwarten.«

Giorgio schenkte ihnen nach. »Der Krieg ist vorbei – oder so gut wie vorbei, und wir müssen in die Zukunft schauen. Wir werden fähige Leute brauchen, um Italien wieder aufzubauen. Gute, ehrliche Leute ohne den Makel der Vergangenheit.«

»Kennst du so jemanden?«, fragte Cenzo.

»O ja. Du würdest dich wundern.«

»In Venedig?« Celestina war hingerissen.

»Speziell in Venedig.«

»Wen?«

»Ich will nicht vorgreifen. Ich kann nur sagen, wenn der Staub sich gelegt hat, werden kompetente Leute die Führung übernehmen. Wir oder die Roten.«

»Die Kommunisten?«, fragte Sofia.

»Ich fürchte, ja. Wir können nur hoffen, dass die echten Patrioten die Gelegenheit erkennen und zugreifen.«

»Das heißt, es gibt also eine Gelegenheit«, sagte Cenzo.

»Wenn man es im rechten Licht sieht.«

»Das hast du ja immer gekonnt.« Cenzo stand auf. »Na, ich muss jetzt los. Soll ich allen erzählen, dass du den Krieg für verloren erklärt hast?«

»Ich würde es bestreiten. Ich würde unsere Mutter nicht in eine so peinliche Lage bringen.«

»Gesprochen wie ein Diplomat.«

»Hat mich ebenfalls gefreut, dich zu sehen«, sagte Giorgio.

Cenzo widerstand der Versuchung, die Faust zu ballen und Giorgio ins Gesicht zu schlagen. Vielleicht konnte Giorgio eine Prügelei gewinnen – Prince Charming gelang es meistens –, aber Cenzo hätte die Genugtuung, Giorgios Lächeln für immer zu verändern. Dass sie ein höfliches Gespräch führen konnten, ohne jemals Ginas Namen zu erwähnen, machte ihn rasend, aber seine Mutter war eine entschlossene Garantin für gutes Benehmen, und Celestina spielte ihre Rolle, als wäre das alles ein Melodram aus Hollywood.

»Cenzo«, sagte Giorgio, »ich vermisse Gina genauso sehr wie du.«

Cenzo ging, ehe er die Beherrschung verlor. Giorgio hatte seine Trümpfe gut ausgespielt. Welche Ansprüche hatte ein Ehemann, verglichen mit der Leidenschaft eines Liebhabers?

Als Cenzo gegangen war, untersuchte Giulia die Hütte. Sie war neugierig. In Fragen der Literatur oder der Kunst schien er regelrecht ungebildet zu sein. Aber wenn es um das Meer ging, war er eine Enzyklopädie. Für sie war der Lido ein Spielplatz mit Cabanas und Vergnügungsparks, mit Prominenz und vornehmer Gesellschaft. Die Welt der Fischer war dabei unsichtbar. Doch allmählich begriff sie, dass für Cenzo ihre

Welt auch nicht existierte, während die Lagune von einem Leben wimmelte, von dem sie nichts geahnt hatte.

»So ein altkluges Kind«, hatte man Giulia immer genannt. »Und so eine attraktive Familie.« Alle Silbers wurden bewundert. Partys im Hause Silber waren Soiréen, auf denen die geistreiche Konversation strömte wie Champagner. Komponisten unterhielten am Flügel, und die Tische funkelten von Silber, Kristall und Kerzenlicht. Adèle Silber trug Schiaparelli und Chanel, und Vittorio kleidete sich wie ein Finanzier in dunkle zweireihige Anzüge. Es war lächerlich, Cenzo mit ihnen zu vergleichen, aber hier trug ihre Tochter Sachen, die am besten zum Fischen geeignet waren.

Bis zum Schluss hatte ihr Vater immer wieder gesagt, Italien sei kein zweites Polen, kein Ungarn, keine Ukraine und kein Frankreich, denn italienische Juden seien in erster Linie Italiener. Er war sicher, Mussolini werde sich Hitler entgegenstellen, und sah sich gedemütigt, als Mussolini vor dem Führer kapitulierte und anfing, die Juden zu verhaften.

Giulia vertrieb sich die Zeit wie Rapunzel. Sie öffnete die beiden Truhen, von denen Cenzo gesagt hatte, sie solle sie nicht anrühren. Beide hatten eine Haspe, aber kein Schloss. Warum auch?, dachte sie. Er hatte ja sicher nichts zu verbergen. In der ersten Truhe waren gewöhnliche Aquarelle von Sonnenuntergängen, Meeresszenen, Fischerbooten und – talentierter gemalt, als sie erwartet hätte – einer dunkelblonden Frau von dramatischer Schönheit.

Die zweite Kiste enthielt ein Glas mit Pinseln, Farbtuben, Terpentin, einen Blechdeckel, der als Palette benutzt worden war, und ein Gemälde, das ein Fischerboot auf See zeigte. Ein amerikanisches Jagdflugzeug beschoss es mit feurigen Kugeln. Zwei Fischer ertranken im Meer, ein dritter kniete auf dem

Deck und betete zu einer leuchtenden Madonnenerscheinung. An den drei Putten auf dem Segel erkannte Giulia, dass es die *Fatima* war. Sie betrachtete das Bild, als stelle es ein echtes Wunder dar. Das Flugzeug stieß herab wie der Zorn Gottes. Der Ertrinkende verdrehte die Augen. Die Madonna schaute zu, gleichmütig wie eine Puppe.

Cenzo segelte zu seiner Hütte zurück und fragte sich, wer schlimmer war, er oder Giorgio. Und wieso hatte er das Gefühl, er selbst und nicht Giorgio sei hier der verlorene Sohn? Er machte die *Fatima* an der Leiter zur Hütte fest und war halb in der Tür, als er Giulia im Schneidersitz auf dem Boden hocken sah. Sie hatte eine Schere in der Hand, und der Boden um sie herum war von dicken schwarzen Locken bedeckt.

»Was hast du getan?«, fragte er.

Sie lächelte. »Ich bin ein Fischer.«

»Ein was?«

»Ein Fischer. Niemand wird mich sehen, aber wenn doch, wird man mich für einen Jungen halten.«

»Sei nicht albern. Du hast keine Ahnung vom Fischen.«

»Aber ich kann so aussehen, als hätte ich welche.«

Er ging um sie herum. Ihr Haarschnitt war ein zotteliger Albtraum.

»Du würdest nicht mal einen Blinden täuschen.«

»Ich dachte, es hilft.«

»Da hast du dich geirrt.«

Ihr Lächeln zerbrach.

»Hast du schon mal daran gedacht, was sie mit Frauen machen, die kollaborieren?«, fragte er. »So siehst du jetzt aus – wie eine kleine Kollaborateurin. Wie soll das helfen? Wenn du so gescheit bist, überleg's dir.«

Sie zog die Knie hoch und schluckte ihre Wut herunter. Er spürte, dass sich auch ihm die Kehle zusammenschnürte. Giulia stand auf und stieg hinunter auf die *Fatima*, und er wusste, wenn sie gekonnt hätte, wäre sie ganz verschwunden. Zu spät wurde ihm klar, dass das Haar bei einem so stolzen Mädchen kein geringes Opfer war. »Biest« hatte sie ihn genannt, und sie hatte recht. Er stieg ins Boot hinunter und fand sie im Heck. Dort saß sie und starrte nach Venedig hinüber. Andere Fischerboote fuhren vorbei; jeder wollte als Erster auf dem Markt sein.

»Ich wünschte, mein Vater wäre hier«, sagte sie.

»Das wünschte ich auch. Er würde dir erklären, dass die Lagune breiter ist, als du denkst.«

»Du bist herzlos. Ich verstehe, warum deine Frau dich verlassen hat.«

Er musste ihr zustimmen. Er hatte ihr keine Chance gegeben. Außerdem war die dauernde Streiterei ermüdend. Das war nicht das Bild, das er von sich selbst hatte. Er schämte sich.

»Entschuldige. Es tut mir leid, was ich über dein Haar gesagt habe.«

»Es war eine dumme Idee.«

»Nein, es war clever. Ich habe nur meine schlechte Laune an dir ausgelassen.«

»Du kannst deine Entschuldigungen für dich behalten. Ich will sie nicht.«

»Ich war dumm.«

»*Tu es encore un ingrat et un fou.*«

»Das klingt, als ob es stimmt.«

»Sobald es hell wird, will ich, dass du mich gehen lässt.«

»Wenn du willst.«

»Ich will in meinem ganzen Leben keinen Fisch mehr essen.«

»Das verstehe ich.«

»Du bist ja plötzlich sehr freundlich.«

»Das Leben eines Fischers ist nicht jedermanns Sache.« Cenzo lehnte sich an die Bordwand und schaute zu den flimmernden Sternen hinauf. »Kennst du die Sternbilder?«

»Ich habe sie gelernt.«

»Das ist gut, denn dann kannst du dich nachts nie verirren. Auf See ist das wichtig. Die Sterne können Schutzengel sein, die auf dich achtgeben.«

»Du bist abergläubisch.«

»Alle Fischer sind abergläubisch. Wir brauchen jede Hilfe, die wir bekommen können.«

Sie zögerte. »Ich muss dir ein Geständnis machen. Ich habe in der Kiste, in die ich nicht schauen durfte, ein Bild gesehen. Von einem ertrinkenden Fischer. War das dein Bruder Ugo?«

»Ja.«

»Hast du es gemalt?«

»Ja.«

»Dann ist er nicht nur ertrunken, sondern wurde von einem amerikanischen Flugzeug getötet?«

»Ja.«

»Hasst du die Amerikaner?«

Er musste nachdenken. »Wenn man mitten im Krieg die Seiten wechselt, wird es sehr verwirrend.«

»Als hätte man zwei Versionen der Wahrheit?«

»Für alle Fälle.«

»Ich hab's ernst gemeint, was ich über das Weggehen gesagt habe. Ich kann mich nicht bis in alle Ewigkeit in deiner Hütte verstecken.«

»Du könntest auf dem Boot helfen. Alle wissen, dass mir ein Mann fehlt.« Er strich ihr mit der Hand über den Kopf. Ihr Haar sah stachlig aus, aber es war seidenweich. »Ich mache dich mit ein paar Fischen bekannt.«

# 8

Giulia bestand auf einem Besuch auf San Clemente. Cenzo fand, dass er ihr nicht verwehren konnte, dort Abschied zu nehmen. Die meisten Leute konnten an einem Grab stehen, wenn ihre Eltern starben. Sein Ruderblatt rührte das Wasser auf, während er durch ein Fernglas die Insel betrachtete.

»Aber zumindest sollten wir fischen«, sagte er. »Wenn die Deutschen uns beobachten, werden sie es merkwürdig finden, wenn wir es nicht tun.«

»Glaubst du, sie haben den Toten im Brunnen gefunden?«

»Inzwischen ja. Wundert mich, dass sie ihn nicht sofort entdeckt haben.«

»Ich habe kein schlechtes Gewissen deswegen.« Trotzdem schaute sie zur Seite.

»Du hast ihn ja auch nicht umgebracht. Das war ich.« Er ließ seine Worte wirken.

Er hatte ihr das Haar nachgeschnitten, damit es ein bisschen weniger wirr aussah. Sie starrte hinunter auf einen Schwarm Seenadeln, die im Schatten des Bootes Schutz gesucht hatten. Die Fische stoben auseinander, als ein Aal zwischen sie schoss.

»Große Fische fressen kleine Fische«, sagte er. »Das ist ein Naturgesetz.«

»Mussolini hat meinem Vater versprochen, dass es für jüdische Veteranen Ausnahmen geben würde.«

»Der Duce hat eine Menge versprochen. Kaum war er eine Marionette der Deutschen, waren alle seine Versprechungen vergessen.« Vielleicht hätte er das nicht sagen sollen. Es klang, als wäre ihr Vater ein Mann gewesen, der nie einen Fehler machte, bis er es doch tat. »Wie lange wart ihr in dem Krankenhaus?«

»Zwei Jahre. Ich bin nicht zur Schule gegangen. Meistens habe ich gelesen. Eine Menge Freud.«

»Oh.«

»Ich könnte dir wahrscheinlich bei deinen tiefsitzenden psychologischen Problemen helfen oder deine Träume analysieren.«

»Wie würdest du das machen?«

»Normalerweise fangen wir bei der Mutter an.«

»Das glaube ich. In diesem Augenblick würde ein umsichtiger Mann wahrscheinlich sagen, es wird Zeit, dass wir von hier verschwinden. Wir wollen keine Aufmerksamkeit erregen.«

»Meine Mutter hatte Stil«, sagte Giulia. »Sie war immer beschäftigt. Musste ständig die Opernsaison eröffnen oder das Filmfestival oder den Karneval.«

»Das muss dir doch Spaß gemacht haben.«

»Nein, ich war ihr im Weg. Ich glaube, ich war meiner Mutter peinlich. Sie war die Königin der Cabanas. Die Männer schlugen sich darum, sie mit Sonnenöl einreiben zu dürfen. Als sie sich dann von ihr abwandten, weil sie Jüdin war, brach es ihr fast das Herz. Sie sagte, ich sei hässlich und hätte die Männer verscheucht.«

»Vielleicht war sie eifersüchtig.«

»Nein. Sie hatte Geschmack. Und sie liebte Pelze – Pelze und Federn. Am Ende nähte sie ihren Schmuck in ihre Pelze ein und bewegte sich wie ein Faultier. Eins muss ich ihr lassen. Als sie sagte, es sei Zeit, Italien zu verlassen, da *war* es Zeit. Aber mein Vater war ein ehrenhafter Mann, der glaubte, andere seien ebenso ehrenhaft. Mussolini hatte meinem Vater sein Wort gegeben, und mein Vater glaubte ihm.«

»Und am Ende war es zu spät?«

»Es war zu spät.«

Er streckte den Zeigefinger nach vorn. »Ich sehe Rauch, der auf der anderen Seite der Insel aufsteigt, und ich glaube nicht, dass es ein Traum ist.«

Giulia kam wieder zu sich. »Wahrscheinlich eine Fähre.«

»Das werden wir bald sehen.« Tatsächlich hatte er schon so viel gesehen, dass sich seine Nackenhaare sträubten.

»Ich sehe nichts.«

»Wirst du gleich.« Er schaute an seinem Segel hinauf, das unentschlossen luvte. Da würde er keine Hilfe bekommen.

Ein Kanonenboot kam um die Insel herum. Dass die Deutschen noch bei San Clemente patrouillierten, konnte ein gutes Zeichen sein, dachte Cenzo, falls es bedeutete, dass sie immer noch am falschen Ort nach Giulia suchten. Doch weil sie so unbedingt noch einmal nach San Clemente hatte fahren wollen, war sie jetzt genau da: am falschen Ort.

Als Teil einer Flotte wäre das Kanonenboot wohl nur ein kleines Kriegsschiff gewesen. In der Lagune wirkte es riesig. Das Sonnenlicht blitzte auf der Brücke. Cenzo konnte die Offiziere dort nicht erkennen, aber er hoffte, Oberst Steiner, der mit Untersturmführer Hoff zusammengewesen war, gehörte nicht zu ihnen. Soldaten standen an der Reling, und ihre Uniformen flatterten im Fahrtwind des Kanonenbootes, das mit dreißig Knoten über das Wasser rauschen konnte. Cenzo zählte zehn andere Fischerboote vor dem Horizont.

Die meisten nutzten die Ebbe, um Muscheln von den Leinen zu streifen. Andere schüttelten Fische aus ihren Netzen, oder die Männer an Bord schliefen ein bisschen. Cenzo konnte nicht erkennen, auf welches Boot die Deutschen zuhielten. Der *Bellende Hund* lag auf der einen Seite, das *Einhorn* auf der anderen. Ihm blieb nichts anderes übrig, als Kurs auf die Sonne zu nehmen und zu rudern.

»*Merde*«, zischte Giulia. »Sie kommen geradewegs auf uns zu.«

»Setz die auf.« Er reichte ihr seine Mütze.

»Dann werden sie dich erkennen.«

»Wenn sie mich suchen, suchen sie nach einem einzelnen Mann auf einem Boot. Wir sind jetzt aber zwei. Außerdem schauen sie direkt in die Sonne. Wir werden sie mindestens blenden.«

»Vielleicht sollte ich es mit Schwimmen versuchen.«

»Das würde ich nicht mal deinem Lord Byron empfehlen.«

Giulia spähte über das Heck zurück. »Sie kommen immer noch. Lieber ertrinke ich, als dass ich mich von ihnen festnehmen lasse.«

»Sie kriegen uns nicht, solange du tust, was ich sage. Wenn ich sage: ›Spring‹, dann springst du. Behalte die Mütze auf, und mach keinen eleganten Kopfsprung. Wir fahren zwischen die Sandbänke. Ewig können sie uns nicht folgen.«

»Sie können uns einfach abschießen.«

»Das werden sie nicht tun. Die Sache macht ihnen viel zu viel Spaß.«

»Spaß?«, fragte sie. »Warum sollten wir ihnen helfen?«

»Weil sie so eine klägliche Bande sind. Zieh die Mütze ins Gesicht und schau nicht hoch.«

Cenzo ruderte weiter und ignorierte das Kanonenboot, das

immer näher kam. Im Sonnenlicht ließ die Ebbe vor ihnen die Sandbänke auftauchen.

Das Kanonenboot wurde langsamer und blockierte mit dröhnender Maschine gelassen die Ausfahrt für die *Fatima*. »Spring!«, rief Cenzo und gab Giulia einen aufmunternden Schubs. Kaum war Giulia im Wasser, steuerte er die *Fatima* auf Grund, warf das Ruder hin und hob eine Holzkiste auf. Dann sprang er ihr nach. Das Kanonenboot kam unmittelbar hinter ihnen zum Halten, doch statt einen Fluchtversuch zu unternehmen, schob Cenzo die *Fatima* weiter in den Schlick.

»Was machst du da?« Ein Offizier in einer schlammbespritzten Uniform trat heraus auf das Deck des Kanonenboots. Schwungvoll wie ein Dirigent schwenkte er eine Pistole. »Ich habe gefragt, was du da machst.«

»Ich fische«, sagte Cenzo.

»Du fischst? Ihr Italiener macht immer alles falsch. Du musst im Wasser fischen, nicht an Land. Oder vielleicht dachtest du ja auch daran, wegzulaufen.«

»Nein.« Cenzo spähte angestrengt zum Kanonenboot hinüber und versuchte zu erkennen, ob Oberst Steiner einer der Männer auf der Brücke war.

»Vielleicht wollte dein dünner Freund weglaufen.«

»Warum? Er ist ein guter Junge.«

»Alle Italiener sind gut, bis man ihnen den Rücken zuwendet.« Der Offizier rief einen Befehl, und zwei Soldaten sprangen vom Kanonenboot und richteten ihre Pistolen auf Cenzo und Giulia.

Vielleicht hatten diese Deutschen hier keinen Humor, dachte Cenzo. »Entschuldigen Sie«, sagte er. »Ich spreche nicht so gut Deutsch.«

»Ich glaube, dein Deutsch ist ausgezeichnet. Auf jeden Fall gut genug.«

»Ich werde es Ihnen zeigen«, sagte Cenzo.

»Was zeigen?«

»Wie man an Land fischt.«

Cenzo sprang in die Höhe und landete hart auf den Fersen. Er trat und wühlte den Sand auf, bis eine Garnele mit grünlicher Schale und roten Beinen in dem Tümpel erschien, den er gegraben hatte. Cenzo hüpfte und tanzte wie ein Kosake und bewegte die Arme im Takt seiner Schritte und befahl Giulia, die Kiste zu füllen. Der SS-Offizier zielte mit seiner Pistole erst auf Cenzo, dann auf Giulia, aber dann lachte er über diese verrückten Italiener, die mit ihren Fischen tanzten und sogar anboten, ihren Fang mit den Soldaten zu teilen. Die sagten: »Nein, nein«, steckten ihre Pistolen ein und kletterten kopfschüttelnd zurück auf das Kanonenboot, das rückwärts in tieferes Wasser hinaus- und auf die anderen Fischerboote zufuhr. Sie hatten es nicht auf die *Fatima* abgesehen. Sie waren müde Männer am Ende eines Krieges, bereit, auf alles zu schießen, was ihnen unter die Augen kam.

Giulia ließ sich auf den Boden fallen. Mit ihrer Mütze und den schlammbespritzten Füßen sah sie weniger aus wie ein *putto di mare* und eher wie ein Straßenbengel.

»Wir können jetzt zurückfahren.« Cenzo nahm ihr die Mütze ab.

»Wohin zurück?«

»Zur Hütte, wohin sonst?«

»Sollen wir uns den Rest des Tages verstecken?« Sie schaute hinaus über die breite Lagune. »Bring mir das Fischen bei.«

»Bist du bereit, nass zu werden und nach Fisch zu stinken?«

»Das ist besser, als gefangen genommen zu werden. Dazu brauche ich eine Rute und eine Rolle.«

»Ja? Ich nehme an, wenn man reich ist und den ganzen Tag Zeit hat, um einen Fisch zu fangen, dann ist das eine Methode. Aber wenn du Berufsfischer bist und tausend Stück fangen musst, benutzt du ein Netz. Du jagst den Fisch nicht mit einem Angelhaken an einer Schnur, sondern begrüßt ihn in deinem Netz. Und du wirfst dein Netz nur in einem Kanal aus, wo deine Familie seit Generationen ein Geburtsrecht besitzt. Glaubst du, das kannst du?«

»Du hast gesagt, ich kann es.«

Mit ihren schlecht geschnittenen Haaren erinnerte sie ihn an eine Katze, die sich geschmeidig um seine Beine schmiegte.

»Na schön, wir werden sehen.«

»Die Grundel ist ein hässlicher Kunde«, erklärte Cenzo. »Sie ist voller Stacheln und Bosheit, und man muss auf allen vieren ins Wasser und da im Schlick herumtasten, denn eine Angelrute oder ein Netz kann man nicht benutzen. Und man braucht beide Hände, um ihren Tunnel zu finden – ja, sie hat einen Tunnel – und sie zu fangen. Sie ist klein und, wie gesagt, hässlich. Bist du sicher, dass du Fischer werden willst?«

Giulia sagte nichts, aber sie machte ein entschlossenes Gesicht.

»Okay«, sagte er. »Ich bringe es dir bei.«

Statt herumzustampfen, wie er es bei den Garnelen getan hatte, watete er langsam durch das Wasser und betrachtete prüfend den Grund. Algen und Seegras wogten träge im Niedrigwasser.

»Wir haben Glück. Da ist eine, direkt vor deinen Füßen.«

»Ich sehe nichts.«

»Gib ein bisschen Wasser in den Eimer. Siehst du das Loch im Sand?«

»Nein.«

»Es ist mit etwas Sand bedeckt.«

»Wie soll ich es dann sehen?«

»Du musst hinschauen. Geh auf die Knie, so. Siehst du das Loch jetzt?«

»Nein.«

»Du schiebst eine Hand hinein und kitzelst die Grundel, und hops!, springt sie dir in die andere.« Es gab eine kleine Explosion im Sand, und ein kleiner brauner Fisch mit Reihen von Stacheln lag in Cenzos Hand. Er warf ihn in den Eimer. »Jetzt du.«

»Was soll ich tun? Ich sehe doch nichts.«

»Ich gebe dir einen Tipp. Die Grundel hat einen Tunnel, und das heißt, es gibt zwei Löcher, eins vorne, eins hinten. Klopfst du an die eine Tür, kommt sie zur anderen heraus. Pass nur auf, dass du die Stacheln nicht falsch herum erwischst.«

»Das ist doch blöd.«

»Da ist ein Loch, und das andere ist gleich dort. Siehst du?«

»Kann sein.«

»Du musst dich tiefer bücken.«

»Mach ich doch.«

»Noch tiefer. Siehst du das Loch?«

»Ich sehe es, ich sehe es.«

»Bring die Hände in Stellung.«

»Ich bin –« Eine Grundel kam aus dem Loch und schoss davon. »*Merde*, die sind aber schnell.«

»Na, du hast es versucht.«

»Warte. Ich glaube, ich sehe noch ein Loch.«

»Wirklich?«

»Ich hab sie. Autsch! *Merde*. Sie ist weg.« Sie lutschte einen Blutstropfen von ihrem Finger.

»Die Stacheln.«

»Sie sind so klein. Wieso machst du dir die Mühe, sie zu fangen?«

»Wenn du diesen hässlichen Fisch in ein Risotto tust und es köcheln lässt, bis er verschwunden ist, hast du das köstlichste Essen der Welt. Entsprechend ist der Preis auf dem Markt. Wie auch immer, du hast es versucht. Es ist nicht jedermanns Sache.«

»Ich sehe noch ein Loch.«

»Willst du es noch mal versuchen?«

»Es ist interessanter, als in der Hütte herumzuhocken.«

»Du bist klatschnass.«

»Du auch.« Sie schlich sich an das nächste Loch heran.

»Erst geduldig, dann schnell«, sagte er.

Die Grundel entglitt ihrer Faust.

»*Merde*! Beinahe!«

»Das ist auch etwas, worüber wir reden müssen. Dein Vokabular ist völlig falsch. Niemand hier sagt *merde*. Wir sind nicht in Frankreich. Sag *merda* wie eine Italienerin. Als ob du es so meintest.«

»Hier ist noch eine.«

Ein Krebs hob einen Seegrasstiel hoch, und ein stumpfnasiger, kämpferischer Fisch spähte heraus. Giulia schob eine Hand in das eine Loch, und der Fisch schoss ihr geradewegs in die andere.

»Geschafft! Geschafft! Ich hab's geschafft!«

»Das sagt ein Fischer aber nicht, wenn er einen Fisch gefangen hat.«

»Aber ich hab's geschafft.«

»Das stimmt.«

»Dinge, die du wissen solltest. Ein sauberes Boot verdient kein Geld. Ein roter Mond bringt das Blut zum Kochen. Fische niemals zwei Tage hintereinander an derselben Stelle. Auf dem Markt bedecke deine alten Fische mit den frischen. Ein echter Fischer braucht keine Stiefel. Fische springen zum Atmen. Auf dem Boot schläft der Kapitän im Heck, die Mannschaft im Bug. Fischer säubern ihren Teller mit Sand. Ganz unten im Topf ist die Suppe am besten. Wenn du ruderst, achte auf Minen. Das Glück küsst dich bei schlechtem Wetter.«

»Und was ist mit Frauen auf dem Boot?«

»Bringen entschieden Unglück. Außer wenn sie nackt sind. Dann bringen sie Glück.«

Bei so viel Unglück musste Cenzo über sich selbst lachen. Zwei Tage waren vergangen, seit er und Giulia Grundeln gefangen hatten. Man konnte nicht behaupten, dass er einen ernsthaften Versuch unternommen hatte, Giulia an Land zu schmuggeln. Wie hätte er das tun sollen, wenn sie solche Angst hatte, alleingelassen zu werden? Aber dazu kam, dass sie unterhaltsam war und rasch lernte. Für Fakten besaß sie ein natürliches Auffassungsvermögen. Und seine eigenen Probleme schrumpften zusammen, wenn er sich mit ihren beschäftigte.

Er brachte ihr bei, wie man bei Flut einen Kreis von Netzen auslegte und die gestrandeten Fische bei Ebbe einsammelte. Wie man Muscheln erntete. Wie man einen Rochen harpunierte. Wie man das Boot wieder ins Wasser schob, wenn es auf Grund gelaufen war. Nachts, wenn sie vom Bootssteg der Hütte aus die Sterne beobachteten, zeigte er ihr, wie man den Großen Bären fand, der da am Himmel schwebte. Und wie man sich das Recht verdiente, Fragen zu stellen.

»Gestattest du?«, fragte sie.

Sie öffnete die verbotene Seekiste und nahm das Gemälde heraus. Im matten Flackerlicht der Laternenflamme erstrahlte das Bild lebendig. Cenzos Bruder Ugo versank in den schäumenden Wellen, aber er winkte dem Kampfflugzeug zu, das diese Freundlichkeit mit goldenen Kugeln erwiderte. Cenzo war noch an Bord und betete auf den Knien zu der Erscheinung der Jungfrau, die in der Luft schwebte. Das Fischerboot, eine größere Version der *Fatima*, brannte. Flammen stiegen an dem Segel mit den drei *putti di mare* hinauf. Dieses Detail überraschte Cenzo ohne guten Grund – er hatte es schließlich gemalt. Hier waren die halb ausgedrückten Tuben mit Ölfarben in intensiven Grundtönen. Grün- und Blauschattierungen, die beinahe schwarz waren. Kadmiumrot wie verschmiertes Blut.

Er erinnerte sich, wie das Weiße in Ugos Augen Zink mit einem Hauch von Himmelblau – strahlte wie bei einem Mann, der vor seinem Erschießungskommando stand, während das Flugzeug, eine Mustang, glatt und makellos wie die Jungfrau, zu einem zweiten Angriff zurückkam, noch lauter und schriller als beim ersten Mal. Und die heilige Jungfrau segnete es. Sie segnete die Kugeln, die Ugo zerfetzten. Sie segnete Celestina und ihre tiefen Seufzer. Sie segnete den Duce und seine Schwarzhemden in den Bergen. Nur Cenzo segnete sie nicht, denn er glaubte nicht an diesen Krieg, und seine einzige Absicht war es, ihn zu überleben.

# 9

Für einen Fischer waren Netze ein tiefgründiges und komplexes Thema. Ein *bragotto* konnte von zwei Leuten geschleppt werden, um kleine Fische zu fangen, während die *baicolera* ein geflügeltes Netz war, mit dem man den edlen Wolfsbarsch fing. Eine *seragia* besteht aus sechs Netzen, die im Kreis an Stangen aufgespannt werden. Ein *saltarello* war ein Spiralnetz für Seebarsch und Lamprete. Eine *mezza luna* sah aus wie ein Halbmond. Das kunstreichste und schönste Netz war die *pesca il cielo*, die hoch über dem Wasser schwebte und »in den Wolken fischte«.

Und es gab Jahreszeiten. Im Winter verließen die Fische die Lagune und kehrten erst im März zurück, um im warmen Wasser zu laichen. Es gab Treue unter ihnen; Schwertfische schwammen in Paaren, Männchen und Weibchen. Es gab Unruhestifter; Seespinnen, die sich befreien wollten, verwüsteten die Netze. Für Delfine waren die Fische im Netz oft ein Festmahl. Jedes Netz, ganz gleich, wie es konstruiert war, endete in einer Todeskammer.

Das rätselhafteste Geschöpf von allen war die Blaukrabbe. Im ersten Morgengrauen fuhr Cenzo mit Giulia in einen Sumpf, wo schmale Kanäle sich durch das hohe Spartina-Gras schlängelten. Auf einem Steg stapelten sich Kisten und Säcke, und dazwischen lag ein Dutzend faule Katzen.

»Der Oktober ist die beste Zeit zum Krabbenfangen. Der November ist nicht schlecht, und im Dezember sind sie draußen im Meer. Im März kommen sie zurück, um ihre Eier abzulegen. Im Juni muss man zweimal am Tag nach den Krabbentöpfen sehen. Das ist dein Kalender.«

»Was ist, wenn jemand die Krabben stiehlt, während du nicht da bist?«

»Das wird Dieben nichts nützen, wenn sie sich mit Krabben nicht auskennen.«

»Eine Krabbe ist eine Krabbe.«

»Nein. Die teure Delikatesse, die in den feinen Restaurants von reichen Leuten mit zwei Bissen verspeist wird, ist ein Weibchen, das soeben seinen Panzer abgestreift hat.« Cenzo wühlte in der obersten Kiste, und als er die Hand herauszog, hing ein grauer Krebs, nicht größer als ein Flaschenkorken, mit einer Zange an seinem Finger. Er warf ihn auf den Steg, und eine Katze stürzte sich mit einem zierlichen Satz darauf. »Und woran erkennst du die Weibchen und weißt, wann sie den Panzer abwerfen?«

»Das weiß ich nicht«, sagte Giulia.

»Du weißt es nicht, weil die Fischer dieses Geheimnis für sich behalten.« Rasch sortierte er die anderen Krebse in der Kiste, steckte ein paar in einen Beutel und warf den Rest ins Wasser. »Als Erstes musst du dafür sorgen, dass sie gut mit Wasser vollgesogen sind, denn man verkauft sie nach Gewicht.«

»Und?«

»Was *und*?«

»Willst du mir das Geheimnis nicht verraten?«

»Ich werde es dir zeigen.« Er legte einen Krebs in eine Schüssel Wasser. »Die hier legt in zwei Minuten den Panzer ab.«

»Wir haben beide keine Uhr.«

»Ich glaube dir, wenn du sagst, die Zeit ist um.«

»Ist doch egal. Da passiert ja nichts.«

»Warte einfach.« Er durchwühlte die Kisten, während sie den Krebs in der Schüssel von allen Seiten betrachtete.

»Ich soll einfach warten?«

»Wie ich sagte.«

»›So war es stets, und immer wird es scheinen, als plage sich die Menge nur für einen. So will es die Natur.‹ Byron.«

»Ich habe nichts anderes erwartet. Gibt es zufällig noch jemanden, den du magst?«

»*King Kong* hat mir gefallen.«

»Der starke, schweigsame Typ.«

»Wir sind jahrelang nicht aus dem Haus gekommen. Wir hatten einen Projektor und haben uns immer wieder dieselben Filme angeschaut. *King Kong* haben wir sicher zehn Mal gesehen. Eine Geschichte über die wahre Schöne und das Biest.«

»Warum habe ich das Gefühl, dass es nicht sehr schmeichelhaft weitergeht?«

»Ich will sagen, es ist eine echte Liebesgeschichte. Vielleicht so echt wie keine andere.«

»Du hast *King Kong* zu oft gesehen.«

»Genau genommen ist es wie Dante. Noch ungefähr dreißig Sekunden. In der *Göttlichen Komödie* verliebt sich der Dichter Dante in Beatrice, wie King Kong sich in Fay Wray verliebt. Ich weiß nicht, warum es ›Komödie‹ heißt. Laurel und Hardy machen Komödien.«

Sie erschrak, als der Krebspanzer auf dem Rücken aufplatzte und der Krebs rückwärts aus sich selbst herauskroch, aus Panzer und Klauen. Hier und da knabberte er an einzelnen Kanten wie ein Mieter, der ein ordentliches Haus hinterlassen möchte.

Auf dem Rückweg holte Cenzo das Segel ein und stakte durch das Labyrinth aus Grasinseln und Kanälen, die so schmal und seicht waren, dass er das Steuer hochziehen musste, damit die *Fatima* weiterkam. Ein Reiher vermaß den Kanal mit gedankenverlorenen Schritten, und Mauersegler sausten hin und her durch die Nebelschwaden. Baufällige Jagdunterstände standen am Ufer eines Teichs.

»Im Winter«, sagte Giulia, »sind mein Vater und seine Freunde auf die Entenjagd gegangen. Ich weiß noch, wie er dann immer mit den blutigen Vögeln nach Hause kam und erklärte: ›Ich habe das Limit eingesackt.‹«

Cenzo hatte in der Entensaison schon Jäger durch den Sumpf geführt. Er erinnerte sich an die reichen Männer mit den geölten Stiefeln, den Taschenflaschen mit Whisky und den teuren Gewehren. Er erinnerte sich auch, dass er immer in Deckung hatte gehen müssen, wenn einer der Gäste einen Schuss abgab. Natürlich hatte hier niemand mehr gejagt, seit Krieg war.

Giulia hatte ein neues Thema gefunden. »Gefallen dir die Filme deines Bruders?«

»Ich bin kein Filmkritiker.«

Er hatte nur einen von Giorgios Filmen gesehen. *Der Löwe von Tripolis* war mit großem Tamtam im Filmpalast auf dem Lido aufgeführt worden. Die Familie hatte Ehrenplätze bekommen, und Gina hatte ihren Schrecken angesichts der Gefahren, die Giorgio auf dem Zelluloid hatte bestehen müssen, mit einem Taschentuch erstickt, das Cenzo ihr gegeben hatte.

»Es ist schwer zu glauben, dass du der Bruder von Giorgio Vianello bist«, sagte Giulia.

»Das finde ich auch«, sagte er.

Sie streckte die Hand hoch und schüttelte die unteren Äste einer Tamariske, sodass ein Schauer rosaroter Blüten auf sie herabwehte. Je öfter er sie bat, damit aufzuhören, desto heftiger schüttelte sie die Äste. Er hatte keine Lust auf Spielchen, aber andererseits war es erleichternd zu sehen, dass sie den Augenblick genoss wie ein Kind und Blüten durch die Luft wirbeln ließ.

»Ich wünschte, wir müssten nicht weg«, sagte sie gedankenverloren.

»Ich weiß.« Einen Moment lang stand er still da, wenn auch nur, um sich auszuruhen. Sie erstarrte, und er fragte: »Was ist?«

Giulia deutete nach vorn, wo Schatten über die Blüten fielen. »Da ist ein Boot.«

Die *Fatima* glitt an ein Boot heran, so schmal wie ein Stechkahn, und stieß dagegen. Das Boot war leer. Das war seine erste Sorge. Dann sah er die Einzelheiten: Es war kaum breit genug für einen liegenden Mann, es lag flach wie ein Krokodil über der Wasserlinie, und eine Flinte, fast so groß wie eine Kanone, ragte über den Bug nach vorn.

»Was ist das?«

»Das ist eine Entenflinte«, sagte Cenzo. »Ein *s'ciópon*.«

»Sieht anders aus als die meines Vaters.«

»Das glaube ich.«

Das *s'ciópon* war ein einläufiges Schrotgewehr, das fest auf dem Boot montiert und dazu gedacht war, ein großes Loch in einen Schwarm Vögel zu schießen, keine sehr subtile Waffe. Es knallte wie eine Kanone, und man konnte mit einem einzigen Schuss fünfzig Enten oder mehr erlegen.

Das Boot lag in einer Laube aus Spinnweben, die im Sonnenlicht glänzten. Wasser schwappte in der Mulde, in der der Jäger liegen sollte. Das Gewehr war mit Leinen vorn und achtern an Stangen festgemacht, die so schlaff waren, dass das Boot mit den Gezeiten auf- und absteigen konnte, aber straff genug, um die Flinte nicht abschwenken zu lassen.

»Wie lange, glaubst du, liegt es schon hier?«, fragte Giulia.

»Mindestens zwei Monate.« Er klappte die Kammer der Flinte auf und nahm eine riesengroße, verschimmelte Schrotpatrone heraus.

»Würde es noch funktionieren?«

»Es ist ein bisschen so, als wolltest du eine Fliege mit einem Hammer erschlagen, aber wenn man die Flinte reinigt und ölt, sollte es noch gehen. Es ist eine Todesfalle.«

Sie sah, dass er die Patrone wegwarf. »In der Hütte habe ich noch mehr davon.«

»Ich bekomme Gänsehaut.«

»Na ja, es ist schon ein unangenehmes Ding.«

Ein verfärbter Strick verband den Abzug mit einem Stolperdraht am Ende des Laufs. Die Flinte war eine Falle, die nie ausgelöst worden war. Aber sie war für jemanden gedacht. Jemand hatte da stehen sollen, wo Cenzo jetzt stand, und hatte niedergeschossen werden sollen. Doch das hatte das Mädchen nicht begriffen, und sie brauchte auch nichts davon zu wissen.

Es war dunkel, als Cenzo die Krebse abgeliefert hatte und zur Hütte zurückkam. Giulia hatte den Tisch mit Wurst und Käse gedeckt. Sie war nicht mehr das Mädchen, das er aus der Lagune gefischt hatte. An Deck tat sie mehr, als man erwarten konnte. Ihre spitzen Bemerkungen waren weniger geworden, und sie schien sich für die Kunst des Fischens zu interessieren.

Er glaubte nicht einen Moment lang, dass sie es tatsächlich tat, aber sie gab sich Mühe.

»Vielleicht besorge ich dir doch noch eine Angelrute, damit du den mächtigen Wolfsbarsch jagen kannst. Da kannst du kämpfen.«

»Was würde sonst noch Spaß machen?«

»Der Oktopus ist ein interessanter Charakter. Er zwinkert dir zu und verschwindet. Der Kalmar ist ein Torpedo. Plattfische sind Clowns mit beiden Augen auf einer Seite, weil Gott Humor hat. Und die Sepia ist weniger ein Fisch als vielmehr eine umgekehrte Molluske, die rückwärtsschwimmt.«

»Was …«

Cenzo legte unvermittelt den Finger an die Lippen und deutete nach unten. Er drehte die Lampe herunter und befahl ihr, sich in die dunkelste Ecke zu verdrücken. Dann nahm er ein Filetiermesser in die Hand.

Eine massige, aber vertraute Gestalt kam die Leiter herauf.

»Nido!«

»Ebenderselbe.« Der Barbesitzer stemmte sich durch die Luke nach oben und brachte sich in eine bequemere Position.

Cenzo warf das Messer beiseite. »Klopfst du nie an?«

»Bekommst du so viel Besuch?« Nido trug einen verschlissenen Pullover und eine Baskenmütze aus seiner Zeit als Boxer in Paris. »Hier ist es ja dunkel wie in einer Kohlenzeche. Was dagegen?« Nido drehte die Lampe auf. »Wir nehmen einen kleinen Imbiss? Ein Picknick für zwei?« Er warf einen vielsagenden Blick in die Ecke, wo Giulia sich zusammengerollt hatte. »Und ich war nicht eingeladen?«

»Ich kümmere mich um einen Neffen aus Mailand. Seine Eltern meinten, er wäre hier sicherer.«

»Als in Mailand?«

»Als in Mailand.«

»Eine komische Entscheidung.« Nido nahm sich ein Stück Schinken. »Wie heißt er?«

»Marco.«

»Und ist er dir eine Hilfe?«

»Er zeigt sich vielversprechend.«

»Das ist ein großes Lob aus deinem Mund. Du lässt ihn sicher schuften wie der Teufel. Sieh dir den Jungen an. Er schläft wie ein Stein.«

»Weck ihn nicht auf.«

»Na, ich wollte auch nur vorbeikommen und sehen, wie es dir geht. Du solltest den kleinen Marco mal mit in die Bar bringen, damit man ihm Hallo sagen kann.«

»Das werde ich vielleicht.«

»Das Rudern macht verdammt durstig«, sagte Nido.

Cenzo schenkte zwei Grappa ein. Nido schnupperte daran. »Fusel«, sagte er.

»Den hast du mir verkauft.«

»Dann sollte ich es ja wissen.«

»Willst du noch einen?«

»Warum nicht?« Nido nahm sich Schinken und Brot. »Cenzo, ich dachte, du und ich, wir wären uns einig, dass wir mit diesem Krieg nichts zu tun haben wollen. Wir wollten uns abseitshalten.«

»Wie kommst du darauf, dass ich das nicht tue?«

»Seit Tagen hat dich niemand gesehen.«

»Und?«

»Den Leuten fällt auf, dass du dich von den anderen Booten fernhältst. Dass du plötzlich noch jemanden an Deck hast. Dass du nicht mehr in die Bar kommst – nicht mal, um Farinas Faschistenpimmel in die Tür zu klemmen.«

»Worauf willst du hinaus?«

»Ich will darauf hinaus, mein lieber Freund, dass wir beide vereinbart haben, uns aus diesem idiotischen Krieg herauszuhalten. Jetzt bin ich mir bei dir nicht mehr so sicher. Die Deutschen sind vorbeigekommen und haben nach dir gefragt. Das ist immer ein schlechtes Zeichen, oder?«

»Was wollten sie wissen?«

»Sie haben allgemeine Fragen gestellt. Speziell eine: ob du Jude bist.«

»Das ist doch lächerlich. Die Vianellos leben seit Ewigkeiten hier.«

»Das habe ich ihnen auch gesagt.«

Giulia richtete sich auf, kühl und gefasst. »Er ist kein Jude. Er ist der Bruder von Giorgio Vianello, dem Filmstar.«

»Ah. Ich nehme an, das ist dein ›Neffe‹. Meine Güte. Und wenn ich mein Augenlicht und meinen Verstand nicht vollständig verloren habe, ist er eine Sie.«

»Dann weißt du jetzt Bescheid«, sagte Cenzo.

»Dir ist klar, dass du damit bei Tageslicht niemandem auch nur eine Sekunde lang etwas vormachen wirst.«

»Bis jetzt haben wir es ganz gut hingekriegt.«

»Tja, mein Lieber, aber die Deutschen haben etwas gerochen. Sie haben einen toten SS-Offizier in einem Brunnenschacht gefunden. Weißt du etwas darüber?«

»Nein.«

»Das war Notwehr«, sagte Giulia.

Nido rieb sich das Gesicht. »Cenzo, wie konntest du mitten auf einer gottverdammten Lagune so tief in die Tinte geraten?«

»Ich muss das Mädchen nur irgendwo in Sicherheit bringen. Ich habe schon früher Sachen für den Schwarzmarkt geschmuggelt.«

»Du hast Zigaretten geschmuggelt. Das hier ist was anderes. Frag deinen Freund Russo. Die Gestapo hat ihn verhaftet.«

Giulia stand auf. »Ich kann mich woanders verstecken. Mein Vater hat gesagt, der Krieg ist eine Sache von ein paar Wochen.«

»Und wo ist dein Vater jetzt?«, fragte Nido. »Die SS ist in eine Art finalen Blutrausch verfallen. Die sind gefährlicher denn je.«

»Dann geh ich allein.«

»Hörst du das, Nido?«, fragte Cenzo. »Ein Mädchen ist bereit, dahin zu gehen, wo erwachsene Männer sich nicht hintrauen. Was fällt dir dazu ein?«

»Dass mir meine eigene Haut am nächsten ist. Zu eurem Glück bin ich der Einzige in Pellestrina, der das Auftauchen deines ›Neffen‹ mit der Flucht eines jüdischen Mädchens in Verbindung gebracht hat.«

»Giulia. Sie heißt Giulia.«

»Es ist nicht deine Art, eine solche Nummer abzuziehen, Cenzo. Ganz und gar nicht deine Art.« Er sah Giulia an. »Wie alt bist du?«

»Achtzehn«, sagte Giulia.

»Sie ist noch ein Kind«, sagte Cenzo.

»Mit achtzehn ist man kein Kind mehr«, antwortete Nido. »Mach doch die Augen auf.«

»Es geht nur darum, sie für ein paar Tage hier zu verstecken. Höchstens für eine Woche«, sagte Cenzo. »Du kennst doch jeden in Pellestrina. Kannst du mich mit Partisanen zusammenbringen?«

»Mit welchen Partisanen? Mit den Kommunisten? Den Sozialisten? Den Anarchisten? Die erschießen sich gegenseitig und jeden Fremden. Normalerweise würde ich sagen, bring sie bei einer befreundeten Familie unter, bei einer Nonne oder einem Priester. Aber nicht, wenn Staffelführer Farina überall herumschnüffelt.«

»Und jetzt?«

»Jetzt hast du deine Antwort.« Nido stemmte sich hoch. »Komm morgen in die Bar. Allein, nur du. Bis dahin kann ich dir nur sagen, was ich zu Primo Carnera gesagt habe: ›Bleib unten!‹«

# 10

Cenzo segelte von der Hütte in Richtung Pellestrina, als er zu seiner Überraschung das Geräusch eines Flugzeugs hörte. Es war nicht das sinfonische Dröhnen eines mehrmotorigen Bombers oder das durchdringende Summen eines Jagdflugzeugs.

Stattdessen erinnerte es ihn an die kleinen Maschinen, die vor dem Krieg ihre Banner über den Lido geschleppt hatten: »Hotel Excelsior« oder »Cinzano«. Es erforderte Mut, jetzt so ein Ding zu fliegen und die feindliche Herrschaft über den Himmel herauszufordern. Der Pilot lockte absichtlich eine Zuschauermenge an, indem er so niedrig über den Dächern dahinflog, dass er sie beinahe berührte. Er raste vorbei an Fenstern, Segeln und Netzen, die zum Trocknen aufgehängt waren. Schließlich landeten seine Pontons auf dem Wasser, die Maschine glitt heran und kam an der Dorfpromenade zum Stehen.

Es war eine zweisitzige Fieseler Storch, ein militärisches Aufklärungsflugzeug. Aber nur selten landeten Flugzeuge in Pellestrina, und schon gar nicht mitten im Krieg. Der Pilot öffnete die Luke, kletterte auf den Ponton herunter und winkte den versammelten Zuschauern zu. Als sie ihn erkannten, fingen sie an zu jubeln. Es war der Filmstar, der »Löwe von Tripolis«. Giorgio Vianello – in Tweed, mit einer Fliegerbrille, die keck um seinen Hals hing, und einem Hollywoodlächeln für das Publikum.

Mit dem einzigen Motorboot, das es in Pellestrina gab, fuhr Giorgio an den Kai. Als Cenzo die *Fatima* festmachte, schlenderte sein Bruder bereits an den Häusern entlang, die am Kai standen, begleitet von einem Fotografen und einem Trupp Kinder, die wie Soldaten hinter ihm hermarschierten. Am Rand lief ein pummeliger Farina junior mit, der Sohn der Wölfin in seiner kurzen schwarzen Faschistenhose und mit seinem Holzgewehr. Die Frauen, die in den Seitengassen ihre Spitze knüpfen, verstummten und hielten die Nadeln still. Verstohlen folgten sie Giorgio mit ihren Blicken. Dies war schließlich der Hauptdarsteller aus *Wir marschieren auf Rom*, *Der junge Marconi* und *Der Löwe von Tripolis*. Seine Haut hatte sich an die Haut berühmter Schauspielerinnen geschmiegt, und wenn er zu weit gegangen war, hatte ihn das umso romantischer und vielleicht unwiderstehlich gemacht. Dass er sich in eine verheiratete Frau wie Gina Vianello verliebt hatte, zeigte nur, dass er ein Mann der Leidenschaft war.

Als er an einem Gemüseladen vorbeikam, stürzte der Händler heraus und drückte ihm einen Apfel in die Hand. Der Fotograf, ein Mann mit Adleraugen und einem Strohhut, sprang mit einer Blitzlichtkamera heran und verewigte den Augenblick.

Cenzo wollte zu Nido, aber Giorgio und sein Gefolge übten eine Anziehungskraft der Neugier aus, der er nicht widerstehen konnte. Er folgte ihnen.

Bei einer Fahrradwerkstatt deutete Giorgio beifällig auf ein Plakat mit einem Jungen, der seinen Reifen einem Soldaten auf einem Motorrad schenkte. Darüber stand: »Gummi?

Wer braucht es nötiger?« An einem Fenster mit einem Blumenkasten, in dem dichte Büschel von Geranien wuchsen, überreichte er einer Mutter, die ihre Söhne im Kampf verloren hatten, eine »Urkunde für faschistische Opfertaten«. In einem Bonbonladen kaufte er Dauerlutscher für alle Kinder. Er posierte noch einmal für ein paar Fotos und schickte sie dann weg. Die Menge löste sich auf, und Cenzo blieb allein zurück.

»Soll ich noch bleiben?«, fragte der Fotograf.

»Nein, das ist nur mein Bruder.«

Der Fotograf musterte Cenzo von oben bis unten und fand diese Aussage erheiternd. Er schnorrte eine Zigarette von Giorgio und spazierte zurück zur Dorfmitte.

»Was soll der ganze Zirkus?«, fragte Cenzo. »Glückliche Tage an der Heimatfront?«

»So kann ich aus dem Rundfunksender entkommen.«

»Um dafür möglicherweise abgeschossen zu werden.«

»Würde es dir gefallen, wenn ich abgeschossen worden wäre?«

»Ja.«

»Besser als die Intrigen und die Langeweile beim Generalstab.« Mit einem silbernen Feuerzeug zündete Giorgio zwei Zigaretten an und gab Cenzo eine. Er hielt Cenzo das Feuerzeug unter die Nase, damit er es bewunderte. Es war mit einem Weidenmuster verziert. »Japanisch. Die Details sind erstaunlich. Und wenn du auf eine verborgene Feder drückst…« Die Unterseite des Feuerzeugs klappte auf, und Cenzo sah einen kurzen Lauf und eine .22er Patrone. »Ein Geschenk vom japanischen Gesandten. Ein faszinierendes Volk, diese Japaner. Aber zum Untergang verurteilt.«

»Nicht mehr als wir.«

»Viel mehr. Italiener passen sich an. Du wirst nicht erleben, dass die Japaner mitten im Krieg die Seiten wechseln.« Er wollte Cenzo das Feuerzeug geben. »Ich schenk's dir.«

»Nein danke.«

»Ich bestehe darauf.« Giorgio wollte ihm das Feuerzeug in die Hand drücken.

»Nein.«

»Du änderst dich nie. Es ist zehn Monate her, dass sie dich verlassen hat, und acht, seit sie gestorben ist. Wird Zeit, nach vorn zu schauen.« Giorgio schob das Feuerzeug in seine Jackentasche. »Ich höre, du bist nicht glücklich bei dem Gedanken, Celestina zu heiraten. Die meisten Männer wären überglücklich, eine solche Frau zu bekommen. Hübsch genug ist sie, auf ihre dralle Art. Warum machst du deiner Mutter nicht die Freude?«

»Du meinst, ich soll *dir* die Freude machen? Dein Gewissen beruhigen?«

Giorgio lachte. »Als Fischer bist du verschwendet. Du hättest Priester werden sollen.«

»Wieso bist du so sicher, dass ich dich nicht umbringen werde?«

»Das hättest du inzwischen getan. Aber ich muss zugeben, der Gedanke lässt mich wachsam bleiben.«

»Leck mich am Arsch.«

»Ich habe Neuigkeiten über deinen Freund Russo. Ist Nidos Bar geöffnet?«

Cenzo hatte ohnedies dorthin gehen wollen.

So früh am Tag hatten sie die Bar für sich allein. Nido brachte zwei Campari. »Wenn ihr euch erschießen wollt«, sagte er, »macht ihr das hoffentlich draußen.« Er zog sich hinter den Tresen zurück und fing an, Gläser zu polieren.

Giorgio machte es sich auf einer Bank bequem. »Hier hat sich nichts verändert. Der authentische venezianische Charme. Dein Muschelwandbild und Nidos Boxerfotos. Gibt es immer noch Spaghetti mit Muscheln?«

»Nein. Der Koch ist bei Anzio gefallen.«

»Wie schade. *Cin Cin!*«

»Auf die sinnlos Gestorbenen.« Cenzo stieß mit seinem Bruder an. »Der Koch ist tot, Giovanni, der immer Akkordeon spielte, ist tot, und Scarpa junior, der Schuhmacher, ist tot. Ein Dutzend Fischer, mit denen du aufgewachsen bist, sind tot, getötet hier am Strand oder drüben im Zitronengarten, wegen des Krieges. Wegen eines Krieges, den du unterstützt – so, wie du ihn heute hier verkaufst. Du warst ein Held, aber jetzt bist du ein Vertreter.«

»Na, es ist ja fast vorbei.« Giorgio lehnte sich zurück.

»Das sagtest du schon.«

»Erzählt Nido immer noch diese verrückten Boxergeschichten?«

»Frag ihn doch selbst.«

Giorgio ließ es bleiben. Er wedelte Zigarettenrauch weg und fragte: »Hast du eine Ahnung, wie klein die Welt ist?«

»Die Lagune kommt mir ziemlich groß vor.«

»Vielleicht. Aber stell dir vor, wie unterschiedlich sie für ein Pferd, einen Krebs oder eine Taube aussieht. Wirklich, Cenzo, manchmal machst du mich wahnsinnig. Weißt du noch, wie ich immer deine Hausaufgaben gemacht habe?«

»Ich war nicht gern in der Schule.«

»Schade. Ich vermute, du wirst immer ein Fischer bleiben. Du hättest eine Ausbildung haben können.«

»Eine Ausbildung wie du? Ich weiß noch, wie du in der Schule einen Preis für deine faschistischen Aufsätze gekriegt hast. Absolute Scheiße. Warum bist du nicht in Salò und bügelst Mussolinis Hose?«

»Salò ist voll von ganz Unverbesserlichen, die bereit sind, das zu übernehmen.«

»Selbst jetzt noch?«

»Selbst jetzt noch.«

»Und die Deutschen?«

»Die Deutschen leben in einer anderen Dimension. Halb existieren sie für uns, und halb existieren wir für sie.«

Die Brüder sahen zu, wie Nido ihnen noch eine Runde einschenkte.

»Wie läuft's mit dem Schmuggel, Nido?«, fragte Giorgio.

»Ohne Sprit für mein Motorboot bin ich ein sehr ehrlicher Mann geworden.«

»Und die Boxerei?«

»Damit ist Schluss. Cenzo kann dir erzählen, dass wir beide zu Pazifisten geworden sind.«

»Beide? Das wird sicher ein paar Leute überraschen. Lass die Flasche hier.«

»Ich muss noch fischen«, sagte Cenzo.

»Unfug. Wie oft haben wir Gelegenheit zu einem zivilisierten Gespräch?«

Der Fotograf kam herein und schob sich auf eine Bank. Er wehrte Nidos Aufmerksamkeit ab, stellte seine Kamera vor sich auf den Tisch und legte eine Pistole dazu. Also war er vielleicht mehr als ein Fotograf, dachte Cenzo.

»Malst du immer noch Wunder?«, fragte Giorgio. »Oder ist dir die Farbe ausgegangen?«

»Die Wunder sind mir ausgegangen.«

»Das ist schade. Ich fand wirklich, du hattest Talent.«

»Du wolltest mir von Russo erzählen. Also los.«

»Ich habe gehört, die Deutschen haben ihn zur Vernehmung mitgenommen. Ist das wahr?«, fragte Giorgio.

»Keine Ahnung. Es gibt viele Italiener namens Russo, und in letzter Zeit gibt es hier anscheinend auch viele Deutsche.«

»Dieser Russo war ein Fischhändler. Er wurde wegen seiner Schwarzmarktgeschäfte festgenommen, was als geringfügige Straftat gilt. Tatsächlich ist jeder auf dem Schwarzmarkt unterwegs, wenn er essen will. Aber dieser Russo ist auch noch Kommunist.«

»Davon gibt es auch viele, habe ich gehört.«

»Dieser hier hat mit dir in Afrika gedient. Egal – er ist wieder frei. Ich dachte, das möchtest du wissen, falls er ein Freund von dir ist. Anscheinend wurde dein Name erwähnt. Hast du eine Ahnung, weshalb?«

»Nein?«

»Keinen Schimmer?«

»Nein.«

»Gut. Dann sage ich der SS, es gibt keinen Grund, dich zu behelligen.«

»Denen reicht dein Wort?«

»Warum nicht? Die Deutschen und ich sind seit Jahren Waffenbrüder. Da sollte ich doch wohl ein bisschen Einfluss haben. Cheers!«

Das war typisch, dachte Cenzo. Für seinen Bruder war alles geometrisch. Ein Winkel bestimmte einen anderen Winkel und der wiederum einen dritten, und so weiter. Giorgio dürfte wissen, dass ein jüdisches Mädchen aus dem Krankenhaus auf San Clemente geflohen war, dass die *Fatima* in derselben Gegend aufgebracht worden war und dass Cenzo einen Schwarzhändler namens Russo aufgesucht hatte.

»Wie lautet dein Titel heute?«, fragte Cenzo.

»Das ändert sich von Tag zu Tag. Ich war beim Luftfahrtministerium, aber die Deutschen geben uns keine Flugzeuge oder Fallschirme mehr. Also mache ich jetzt Rundfunksendungen.«

»Als Handelsvertreter des Todes.«

»Das ist ein bisschen hart. Ich gehöre zu den Leuten, die versuchen, Italien zusammenzuhalten.«

»Und wie?«

Giorgio holte tief Luft. »Weißt du, es wird Zeit, dass ich nach Salò zurückfliege. Ich wollte dich nur wegen deines Freundes Russo beruhigen, und vielleicht habe ich zu viel gesagt. Aber es war gut, dass wir beide uns so unterhalten haben, findest du nicht?«

»Wenn du es sagst.«

Giorgio stand auf. Er wollte die Hand ausstrecken, doch dann ließ er es bleiben. »Wir sollten das öfter tun.«

Am Eingang sammelte Giorgio seinen Fotografen ein, der Cenzo auf dem Weg nach draußen argwöhnisch musterte.

Nido kam an den Tisch. »Worum ging's?«

»Russo ist freigelassen worden.«

»Hat dein Bruder nach dem Mädchen gefragt?«

»Nein, aber ich könnte mir denken, dass es bei dem ganzen Treffen nur darum ging.«

Giorgio interessierte sich kein bisschen für Juden. Aber was hatte die SS so spät in diesem Spiel außer den Juden noch für Karten in der Hand? Die SS war Vergangenheit. Cenzo hatte den deutlichen Eindruck, dass Giorgio sich als Mann der Zukunft sah.

»Was das Mädchen angeht«, sagte Nido, »so hat die meiner Ansicht nach nichts zu befürchten, solange sie damit zufrieden ist, brav in deiner Fischerhütte zu bleiben. Da könnte sie ein Jahr bleiben, ohne dass man sie erwischt, wenn sie sich nur zusammenreißt.«

»Zufrieden damit, in einer Holzkiste zu leben?«

»Du wohnst mit ihr in einer Fischerhütte. Ich hoffe, du reißt dich auch zusammen.«

»Du klingst wie meine Mutter.«

Nido bekreuzigte sich. »Da sei Gott vor, dass deine Mutter von der Sache Wind kriegt. Bei dem bloßen Gedanken bricht mir der kalte Schweiß aus. Vergiss, dass ich davon angefangen habe.«

»Schon vergessen.«

»Okay. Was jetzt den Kontakt angeht – du weißt ja, wie es ist. Alle möglichen Leute kommen in die Bar, und du glaubst, du weißt, wer was ist. Aber wenn du jemanden ansprichst, weil du glaubst, er ist ein Partisan, und du hast dich verschätzt, dann wirst du an die Wand gestellt und erschossen. So oder so ist es nicht gut fürs Geschäft.«

»Du traust niemandem?«

»Vielleicht nicht mal mir selbst.« Nido schob einen glänzenden Schlüssel über den Tisch. »Für den Lagerraum hinter der Theke, solange sie nichts dagegen hat, wenn ich ab und zu da reinstürme, um eine Flasche Gin zu holen.«

»Danke.«

»Nimm schon, nimm.«

Cenzo steckte den Schlüssel ein. »Das werde ich nicht vergessen. Noch was anderes: Wenn Russo vorbeikommt, kannst du ihm sagen, dass ich morgen am Himmel fischen werde?«

»Was bedeutet das?«

»Er wird es wissen«, sagte Cenzo.

Nido wackelte mit dem Zeigefinger. »Das bedeutet aber nicht, dass ich mich in diesen schwachsinnigen Krieg einmische. Ich helfe lediglich einem Freund, der in einem kolossalen Ausmaß Mist gebaut hat. Außerdem traue ich deinem Bruder nicht. Ich nehme ihm die plötzliche Sorge um dich nicht ab.«

»Du glaubst nicht an Bruderliebe?«

»Nicht in diesem Fall. Ich will dir was erzählen.«

»Wieder eine Boxergeschichte?«

»Warte. Lass mich einfach erzählen. Ich habe mal in Birma geboxt. Ich hatte da einen Freund, der Tierarzt war, und der hatte eine Freundin, die einen zahmen Python bekam, als der noch ein Baby war. Wirklich. Eine wunderschöne Schlange mit bernsteingelben Augen. Als der Python größer wurde, rollte er sich im Schoß der Freundin zusammen, wenn die im Sessel saß und las, und er kroch zu ihr ins Bett, wenn sie schlief. Eines Nachts kriegte der Tierarzt einen Anruf von der Frau. Sie war nervös, denn statt sich zusammenzurollen, hatte der Python sich neben ihr im Bett ausgestreckt. Pfeilgerade ausgestreckt, vom Kopf bis zur Schwanzspitze. Der Tierarzt riet ihr, aufzustehen und aus dem Haus zu verschwinden. Er sagte: ›Er nimmt Maß.‹«

»Was willst du mir damit sagen?«

»Achte drauf, wen du umarmst.«

Abgesehen von einem kurzen Brummen, als Cenzo das Boot an der Hütte festmachte, verschlief Giulia seine Rückkehr. Ihr Gesicht sah blass und zart aus, und ihre Stirn glänzte im Mondlicht. War sie plötzlich schön geworden? Nicht auf alltägliche Art und Weise, sondern eher, als hätte sie nach Tagen auf dem Wasser die Anspannung eines wilden Tieres entwickelt.

Aber diese Haltung war unbewusst. Cenzo zündete die Laterne an und drehte die Flamme zu einem sanften Bogen herunter, dann öffnete er seine Seekiste und nahm seinen Skizzenblock und die Buntstifte heraus. Vielleicht weil er ergänzen musste, was er nicht sehen konnte, zeichnete er schneller und hingebungsvoller als gewöhnlich. Er benutzte Blau für die Schatten und Indischrot für die Konturen ihrer Wange und ließ ihr Porträt in einem Zug auf dem Papier entstehen, bevor sie aufwachen konnte. Schließlich malte er ihre Augen, als wären sie offen und schauten ihn an.

# 11

Hoch oben an den Bambusstangen spannte sich das Netz namens *pesca da cielo* am Rande des Sumpfes. Es ähnelte einer Wolke, die hoch am Himmel schwebte, sich blähte, Wasser regnen ließ und alle möglichen Fische sammelte. Cenzo zog an einem zentralen Knoten, das Netz öffnete sich, und Fische regneten auf das Deck der *Fatima*. Giulia duckte sich weg.

»Ich werde nie wieder mit dir fischen«, erklärte sie. »Du bist ein Ungeheuer.«

»Erst bin ich ein Biest, dann ein Ungeheuer. Als Nächstes eine Seeschlange?«

»Keine schlechte Idee. Mehr Lärm könntet ihr beide wohl nicht machen.« Eusebio Russo löste sich aus dem Nebel, ein großer Mann mit rotem Bart in einer Cordjacke und mit einer zerknautschten Mütze. Ein Auge war violett und zugeschwollen. Er sah Giulia an. »Und was für ein komischer Fisch ist das?«

»Ich heiße Giulia.«

»Ein Mädchen.«

»Meine Deckshilfe«, sagte Cenzo.

»Tatsächlich? Seit wann fährst du mit Mädchen?«

»Mit *einem* Mädchen«, sagte Cenzo.

»Was Unglück angeht, bringt ein Mädchen genauso viel wie ein Dutzend. Ich habe sie schon auf hundert Meter schwatzen hören. Macht sie immer so viel Krach?«

»Sie ist leise wie eine Maus, und sie ist nüchtern, was man von anderen nicht sagen kann.«

»Ich bin mit ihm geflogen, Giulia. Hat er dir von Afrika erzählt?«

»Nein.«

»Er ist zu bescheiden. Wir waren praktisch noch Jungs, da hat er Fotos davon gemacht, wie wir Giftgas auf die Eingeborenen warfen. Den hohen Offizieren gefiel das nicht, zumal wenn es vom Bruder des Löwen von Tripolis kam. Sie nahmen uns Kamera und Flugzeug weg und schickten uns als dienstuntauglich nach Hause.«

»Zumindest hat es uns erspart, für den Duce zu kämpfen.« Cenzo sah sich Russos Auge an. »Was ist passiert?«

»Hatte einen Zusammenstoß mit der SS. Wobei ich zugeben muss, dass ich dachte, es wird meine Beerdigung. Ich war in der Oper, als sie mich abholten. Und sie meinten es ernst. Handschellen. Ein Sack über dem Kopf. Und dann gab es nur ein blaues Auge, und ich stand wieder auf der Straße.«

»Dir ist kein SS-Offizier besonders aufgefallen?«

»Nein.«

»Kein Oberst mit einer Narbe auf der einen Seite des Gesichts, die aussieht, als hätte man ihn durch den Wolf gedreht?«

»Nein. Das alles kam mir vor wie ein großes Missverständnis. Hast du eine Zigarette?«

Cenzo zündete zwei Juno an und gab Russo die eine. Die Zigaretten glühten wie feuchte Zündschnüre. Giulia stand still da und übte sich in Geduld.

»Wieso hast du mich auf dem Fischmarkt gesucht?«, fragte Russo.

»Kannst du jemanden zu den Partisanen bringen?«, fragte Cenzo.

Russo spähte in alle Himmelsrichtungen, bevor er fragte: »Das ist eine rhetorische Frage, ja?«

»Eine theoretische.«

Russo holte tief Luft. »Okay, zunächst mal, zu welchen Partisanen? Manchmal helfen sie einander, manchmal schießen sie aufeinander. Die nördliche Region steht überwiegend unter Kontrolle der Garibaldi-Brigade.«

»Das sind Rote?«

»Genau. Dann gibt's die Kirche, aber die ist durchsetzt von Kollaborateuren. Der Heilige Vater hat lange Zeit die Augen geschlossen gehalten.«

»Was ist mit den Amerikanern?«, fragte Giulia. »Das sind richtige Soldaten.«

»›Die Amerikaner‹ heißt mein Lieblingsmärchen. ›Es war einmal eine amerikanische Armee, die nahm ein magisches Schlafmittel. Ende.‹ Die hätten schon vor einem Jahr hier sein sollen. Bist du deshalb hier, mitten auf der Lagune?«

»Ich lerne fischen«, sagte Giulia.

»Von meinem Freund Cenzo? Dafür könnte ich Eintrittskarten verkaufen. Was verschweigt ihr beide mir?«

»Ganz einfach«, sagte Cenzo.

»Jetzt werde ich nervös.«

»Du erinnerst dich an die Razzia, die die Deutschen vor zwei Wochen in dem Krankenhaus auf San Clemente durchgeführt haben?«

»Ja, davon habe ich gehört. Die SS hat alle Juden verhaftet.«

»Alle bis auf ein Mädchen, das wegschwimmen konnte.«

»Ist das wahr?« Russo schaute Giulia zögernd an. »Das ist nicht dein Ernst.«

»Sie ist eine ausgezeichnete Schwimmerin.«

»Und ihre Familie?«

»Alle verhaftet.«

»Entschuldige, aber warum wartest du nicht einfach ab?«, fragte Russo. »Die Deutschen werden früher oder später abziehen. Da interessieren sie sich nicht mehr für ein Mädchen, dem die Flucht gelungen ist.«

»Das Merkwürdige ist aber, sie sind immer noch hinter ihr her. Sie haben sich bei Nido nach ihr erkundigt. Es ist, als wollten sie nur noch Giulia fangen, bevor sie ins Vaterland zurückkehren.«

»Das ergibt keinen Sinn«, sagte Russo. »Cenzo, mein lieber Freund, was verschweigst du mir?«

»Ich habe einen SS-Offizier umgebracht.«

»Siehst du? Doch nicht so einfach.«

»Cenzo wollte das nicht«, sagte Giulia.

»Ich hatte keine Wahl. Hoff wollte sie umbringen.«

»Du kanntest den Offizier mit Namen? Das ist stark.« Russo wandte sich an Giulia. »Und seitdem fischst du hier? Gefällt es dir?«

»Es ist okay.«

»Aber für Cenzo muss es schon Leidenschaft sein. Perfektion ist alles. Wenn er sagt, du kannst fischen, lernst du offenbar schnell.«

»Kannst du ihr helfen oder nicht?«, fragte Cenzo.

»Erzähl's mir noch mal – wie hast du sie gefunden?«

»Sie trieb im Wasser.«

»Wie der kleine Moses?«

»Wie Moses.«

»Wie heißt sie mit Nachnamen?«

»Silber.«

»Reiche Familie?«

»Ja.«

»Das ist gut, aber warum waren sie noch in Venedig?«

»Sie haben die Lage falsch eingeschätzt.«

»Und du bürgst für das alles? Denn wenn etwas schiefgeht, alter Freund, dann bist du verantwortlich.«

»Absolut.«

»Richtig reiche Familie?«

»Steinreich. Ich bin sicher, sie wird sich großzügig zeigen. Aber du verstehst, dass sie dich erst bezahlen kann, wenn der Krieg vorbei ist.« Cenzo konnte förmlich sehen, wie Russo sich die Höhe seines Honorars ausrechnete.

»Also schön, dann begleite ich sie persönlich an einen sicheren Ort.«

»Nach Venedig oder aufs Festland?«

»Das überlass mir.«

»Aber ich sollte mitkommen, zumindest bis du sie abgibst.«

»Nein. Je weniger Leute im Spiel sind, desto besser. Ich komme danach zurück und berichte, wie es gelaufen ist.«

»Du wirst also dabei sein?«

»Cenzo, du musst aufhören mit deiner Fragerei. Die Garibaldi-Brigade hat ihr eigenes Programm. Keine Außenseiter.«

»Das sind Kommunisten?«

»Hast du damit ein Problem?«

»Nein.«

»Wann kann sie so weit sein?«, fragte Russo.

»In zwei Tagen.«

»Morgen«, sagte Russo.

Cenzo war überrascht. »Brauchst du nicht mehr Zeit für deine Vorbereitungen?«

»Wieso? Je eher, desto besser, denke ich.«

»Wo sollen wir uns treffen?«, fragte Cenzo.

»Deine Fischerhütte ist okay.«

Cenzo mochte es nicht, wenn man ihn zur Eile drängte. »Giulia, ist dir das recht?«

Sie war verdattert. Mit leeren Händen starrte sie auf die Fische, die das Deck der *Fatima* bedeckten – Sardinen, blau wie Glas, Brassen, glänzend wie Nickel, und Rochen, so schwarz wie Tinte. Sie alle prägte sie sich ins Gedächtnis ein.

Sie segelten nach Pellestrina zurück. Giulia lehnte an der Bordwand. Cenzo hatte keine Ahnung, wo Russo sie hinbringen würde, aber je eher sie von hier verschwand, desto besser war es für sie. Trotzdem war er nicht glücklich.

»Warum willst du mich loswerden?«, fragte Giulia. »Ich bin doch schon eine Zielscheibe, und mir wird es nicht helfen, mich von dir fernzuhalten.«

»Ich sehe lediglich den Tatsachen ins Auge. Du brauchst ein besseres Versteck.«

»Ich bin dir keine Hilfe?«

»Du bist mir eine große Hilfe, aber du solltest nicht mit mir zusammenwohnen. Du bist kein kleines Mädchen mehr.«

»Zu attraktiv? Unattraktiv?«

»Wunderschön.«

Das verschlug ihr für einen Augenblick die Sprache. »Was ist daran auszusetzen?«, fragte sie schließlich.

»So gut wie alles.«

»Findest du, wir sind zu verschieden?«

»Ich kann mir nicht vorstellen, dass zwei Menschen noch verschiedener sein können.«

»Du findest mich zu jung?«

»Bist du das nicht?«

»Ich glaube, du hast Angst vor Frauen.«

»Da hast du sicher recht.«

»Also noch mal: Wieso bin ich ein Problem?«

»Muss ich es dir vorbuchstabieren?«

»Ja.«

Cenzo schob eine Hand um ihre Taille und küsste sie. Er rechnete damit, dass sie ihn wegstoßen würde, aber sie sog seinen Kuss auf wie einen großen Schluck Wasser. Er spürte die Wärme ihres Gesichts und den Druck ihres Körpers, als sie ein Bein um ihn schlang.

Dann hörte er das rhythmische Stampfen des deutschen Kanonenboots und brachte hastig die *Fatima* außer Reichweite des Suchscheinwerfers.

# 12

Cenzo und Giulia spielten halbherzig Karten, während sie in der Fischerhütte auf Russo warteten. Ass war Trumpf, außer bei einer Sieben, und drei Siebenen schlugen alles. Weder Cenzo noch das Mädchen waren bei der Sache, und immer wieder lagen die Karten vergessen auf dem Tisch. Cenzo hielt es nicht für wahrscheinlich, dass Russo so bald zurückkommen und sie holen würde, aber sie sollte doch bereit sein.

»Mir wäre wohler, wenn du mitkämst«, sagte Giulia.

»Du kommst schon zurecht.«

Er hatte Giulia überreden müssen wegzugehen. Doch jetzt wurde ihm klar, dass er sie Männern überließ, über die er nichts wusste. Russo vertraute er, aber hinter ihm kam eine Reihe von schattenhaften Gestalten. In Italien gab es zahllose Mädchen, die ge- und verkauft wurden, verschwanden und nie wiedergesehen wurden. Und was würde ihr blühen, wenn sie der SS in die Hände fiele?

»Glaubst du, nach dem Krieg sehe ich dich wieder?«, fragte sie.

Das hatte er sich auch schon gefragt. Wer konnte wissen, wie Italien aussehen würde, wenn die Deutschen weg wären? Würde es einen Bürgerkrieg geben? Würde Italien sich in ein zweites Russland verwandeln? Oder in ein neues Amerika?

»Ganz sicher.«

»Glaubst du es wirklich?« Sie nahm seine Hand.

»Das sage ich doch. Es gibt keinen Grund zur Sorge.«

»Und wie soll ich dich finden?«

»Ich bin immer hier. Ich war gestern ein Fischer, ich bin heute einer, und morgen werde ich auch einer sein. Ich gehe nirgendwohin.«

»Innocenzo? Das ist dein Name?« Sie legte die Hand auf den Mund, um das Lachen zu unterdrücken.

Cenzo lächelte, aber er musste noch einmal nachfragen. »Kannst du mir etwas über den sagen, der euch verraten hat?«

Mit dünner Stimme antwortete Giulia: »Ich weiß nicht, wer er war, ich weiß nur, *wie* er war.«

»Wie denn?«

»Wir waren fünfzehn Leute auf einer Station: mein Vater, meine Mutter und ich, die Familien Diaz und Columbo, Dr. Razza, der Psychiater, DaCosta, der Anwalt, ein Bankier namens Blanco und Rabbi Willenberg. Wir bemühten uns, wenig Lärm zu machen. Manchmal hängte mein Vater sich ein Stethoskop um und ging wie ein Arzt durch das Krankenhaus, um sich mit anderen Verschwörern zu treffen.«

»Kennst du ihre Namen?«

»Die kannte nur mein Vater. Sie wurden mit den anderen verhaftet. Du musst wissen, er hat es irgendwie verstanden, uns alle glauben zu lassen, er habe irgendwie das Kommando und wir würden jeden Augenblick befreit werden. Es entwickelte sich zu einem ganz normalen Leben. An diesem Abend diskutierten mein Vater und der Rabbiner im Flüsterton darüber, ob sie beten durften, auch ohne das Quorum von zehn Männern zusammenzubekommen. Meinem Vater war das eigentlich egal; er diskutierte nur gern. Ich war mit einem Buch auf die Toilette gegangen. Na ja, es war so eine

Art Toilette. Wir hatten ein Becken, das wir zweimal am Tag leerten. Das Buch war *Vom Winde verweht*. Meine Eltern waren empört. Man hatte uns gewarnt und gesagt, wir sollten kein Licht machen, aber ich dachte, eine Kerze müsste doch erlaubt sein. Plötzlich flog die Tür auf. Mein Vater blies die Kerze aus und sagte: ›Sie kommen.‹ Ich hörte Stiefel und Hunde auf der Treppe, und Fäuste hämmerten an die Türen. Die Fenster auf dem Dachboden waren gerade groß genug für eine Katze, also schob mein Vater mich in einen Wäscheschacht. Da klammerte ich mich fest, während Hoff die Namen aufrief.«

»Von wem hatte er die Namen?«

»Von DaCosta, dem Anwalt. Ich weiß, dass er es war. Weißt du, warum? Weil DaCosta der einzige Name war, der nicht aufgerufen wurde.«

»Ich bezweifle sehr, dass er heute noch so heißt. Heutzutage hat jeder mindestens zwei Namen. Glaubst du, du könntest ihn identifizieren?«

»Beschreiben kann ich ihn nicht, aber ich weiß, ich würde ihn wiedererkennen.«

»Könnte noch jemand aus der Gruppe entkommen sein?«

»Sie wurden alle abgeführt. Sie sind weg.« So nah war Giulia noch nie daran gewesen, sich einzugestehen, dass ihre Eltern tot waren. »Wenn unschuldige Leute während eines Krieges weggeschafft und umgebracht werden, ist das kein Verbrechen?«

»Doch, das ist ein Kriegsverbrechen, und er weiß, wer du bist. Wir müssen vorsichtig sein.«

»Aber wenn er schuldig ist, wird er sich doch verstecken wollen.«

»Vor den Toten braucht er sich nicht zu verstecken. Zu erfahren, dass du entkommen bist, muss ein ziemlicher Schock für ihn gewesen sein. Dich zur amerikanischen Army durchzuschlagen, wie dein Vater es dir geraten hat, ist vielleicht keine schlechte Idee. Wenn du Englisch sprichst, wäre es vielleicht sogar schlau, so zu tun, als wärst du Amerikanerin, zumindest am Anfang, damit du nicht sofort im Krebstopf landest.«

»In welchem Krebstopf?«

»Bei uns. Wir sind die Krebse. Wir klettern übereinander weg und streifen unsere Panzer ab, sind eben noch Faschisten und im nächsten Moment Kommunisten.«

Cenzo hörte das Plätschern von Rudern im Wasser. Er schaute hinaus und sah zwei dunkel gekleidete Gestalten mit dunklen Halstüchern, die auf die Hütte zuhielten. Der vordere Ruderer zog sein Halstuch lange genug herunter, um zu zeigen, dass er Russo war. Sie machten das Boot nicht fest, sondern winkten Giulia, herunterzukommen.

»Wartet«, sagte Cenzo. »Ich komme auch.«

»Nein«, sagte Russo, »das war nicht vereinbart. Beeilt euch. Das Kanonenboot fährt Patrouille.«

»Warte, ich will mich verabschieden«, sagte Giulia.

»Keine Zeit«, sagte Russo.

»Wir kommen beide mit«, sagte Cenzo.

»Die Leute am anderen Ende haben sich klar ausgedrückt«, sagte Russo. »Nur das Mädchen oder niemand.«

»Es ist okay«, sagte Giulia zu Cenzo.

Das Boot schaukelte hin und her, als sie hineinstieg. Diese Hast hatte Cenzo nicht erwartet. Er hatte keinen großen Abschied im Sinn gehabt. Nichts Sentimentales, aber … einen Abschied.

Russo stieß ab.

Sie ruderten im Stehen, vorn und achtern, und Giulia saß in der Mitte. Vorher gaben sie ihr ein schwarzes Tuch, mit dem sie unsichtbar wurde. Und ganz plötzlich war sie verschwunden.

# 13

Cenzo stand auf dem Dach des Hauses seiner Mutter und half ihr, die Wäsche zusammenzufalten, während er die Lagune nach irgendeinem Anzeichen von Russo absuchte. Zehn Tage waren vergangen, ohne dass er etwas von Giulia gehört hatte. Es war, als sei sie wie ein Geist durch sein Leben geschwirrt.

Verglichen mit ihr war Celestina groß und schwer; sie seufzte ständig und war voller Angst, sie könnte von amerikanischen Soldaten vergewaltigt werden, ein Schreckensbild, das die faschistische Propaganda gnadenlos mit Plakaten verbreitete, auf denen lüsterne amerikanische Soldaten ihr böses Spiel mit italienischen Jungfrauen trieben. Staffelführer Farina hatte sie an jedes öffentliche Gebäude geklebt.

Cenzo brachte seinen Fang auf den Markt und trödelte herum, um Russo zu finden und mit ihm zu reden, aber seit dem Tag, an dem er mit Giulia verschwunden war, hatte niemand ihn mehr gesehen.

Nido erwähnte Giulia nie. »Ein weiser Mann«, sagte er gern, »behält seine Unwissenheit für sich.« Wenn das deutsche Kanonenboot auf der Lagune patrouillierte, richtete es seinen Suchscheinwerfer auf Cenzos Hütte und zog vorüber. Das deutsche Heer hätte längst zusammenbrechen sollen, doch es kämpfte mit noch größerer Erbitterung, um den Tag des Gerichts weiter hinauszuzögern.

Die Zeit verging, und die Atmosphäre in Pellestrina veränderte sich. Die Deutschen bezahlten keine Hühner mehr, sondern beschlagnahmten sie. Frauen versteckten ihre Ehemänner in Heuschobern und Kellern, damit sie nicht auf der Straße aufgegriffen und mit Lastwagen in deutsche Fabriken abtransportiert wurden. Kleine Jungen mit Holzgewehren waren jetzt lieber Partisanen als Söhne der Wölfin.

Je näher die Front rückte, desto nachdrücklicher wurden Celestinas Aufmerksamkeiten für Cenzo. Sie zwängte sich auf der Treppe an ihm vorbei und verfeinerte seine Proviantpakete mit geräuchertem Schinken und Gebäck.

»Du wirst sehen«, sagte seine Mutter, »dieses Mädchen ist ein echter Schatz. Sie hat nicht verdient, dass ihr Mann in einem so schrecklichen Sturm umkommt.«

»Es war nicht der Sturm, der Ugo umgebracht hat, sondern ein amerikanisches Jagdflugzeug. Ich war dabei.«

»Und du wärst auch fast ertrunken, deshalb erinnerst du dich nicht mehr richtig. Es ist schade, dass Giorgio ihn nicht retten konnte.«

»An dem Tag waren die Helden knapp«, sagte Cenzo. Es stimmte, dachte er, Kleinigkeiten konnten einen großen Unterschied bewirken. Nimm einen Cowboy aus Texas, bring ihm das Fliegen bei, schick ihn nach Italien und mach ihn ein bisschen unglücklich mit einem Brief von seiner Freundin, die ihm schreibt, sie habe jemand anderen gefunden. Da sieht er ein kleines Fischerboot, das zwischen Venedig und dem Lido auf dem Wasser dümpelt. Er stößt mit einer Salve aus seinem Maschinengewehr darauf hinab, um seinem aufgestauten Zorn Luft zu machen, und das fühlt sich so gut an, dass er es noch einmal macht und noch einmal in das Rattern seiner Bordkanone hineinstößt. Ugo starb, und als sein Vater die Nachricht hörte, bekam er einen Schlaganfall und starb ebenfalls. Cenzo hatte also Verständnis, wenn seine Mutter ein bisschen verrückt geworden war.

Als sie das letzte Laken zusammenfalteten, flog ein vertraut aussehendes Aufklärungsflugzeug, eine Storch, tief über der Lagune herein, hob die Nase und wasserte, um dann zum Kai zu tuckern.

»Giorgio ist da«, sagte Cenzo.

»Hin und her, hin und her«, sagte seine Mutter, »und immer fragt er nach dir. Siehst du, dein älterer Bruder will nur dein Bestes, während du immer nur schlecht von ihm denkst. Sei ausnahmsweise freundlich.«

Als Giorgio diesmal vor Pellestrina landete und am Kai festmachte, strömten die Leute nicht zusammen, um ihn willkommen zu heißen. Die Frauen konzentrierten sich auf ihre Spitzenklöppelei. Mütter hielten ihre Kinder im Haus. Der Gemüsehändler und der Bonbonverkäufer behielten ihre Waren für sich und zogen sich in den Schatten ihrer Markisen zurück. Giorgio marschierte zu Nidos Bar und fand Cenzo an dem Tisch unter dem Wandbild der Lagune.

»Ich habe dein Flugzeug gesehen. Du besuchst die Familie?«, fragte Cenzo.

»Ich besuche dich«, sagte Giorgio. »Du gestattest?« Er setzte sich.

»Interessiert dich das?«, fragte Cenzo.

Nido blieb hinter der Theke und polierte seine Gläser. Die einzigen anderen Gäste zu dieser warmen Mittagsstunde waren die steinalten Brüder Albano, Enrico und Salvatore. Sie spielten Karten im hinteren Teil der Bar und überschütteten einander mit einem unaufhörlichen Strom zahnloser Drohungen.

»Du hast mit mir gerechnet«, stellte Giorgio fest.

»Ich habe dein Flugzeug gehört. Wer fliegt sonst hierher?«

»Sollte man es mir nicht zugutehalten, dass ich die Familie besuche?«

»Das weiß ich nicht. Du bist wie eine Schlange: Du nimmst kein Ende. Sehe ich dich einmal, werde ich dich bestimmt wiedersehen. Nido! Erinnerst du dich an die Geschichte von der Schlange? Erzähl sie meinem Bruder.«

»Schon gut«, sagte Giorgio. »Ich habe verstanden, worum es geht.«

»Nido! Zwei Grappa«, rief Cenzo. »Vielleicht haben wir bald etwas zu feiern. Zum Beispiel die Rückkehr unserer deutschen Freunde ins Vaterland.«

»Das wäre ein Anlass für Prosecco«, sagte Nido. »Und den haben wir nicht.«

»Nicht? Schade. Vielleicht müssen wir dann einfach einen Nationalfeiertag ausrufen.«

»Du amüsierst dich«, sagte Giorgio.

»Bis zu einem gewissen Grad.«

»Das ist schön. Normalerweise bist du ein so zorniger Mann.« Giorgio klappte sein Feuerzeug aus, und Cenzo rutschte zur Seite, um sich aus der geheimen Schusslinie zu bringen. »Mir tut nur die arme Celestina leid, die mit all diesem Zorn fertigwerden muss, wenn ihr verheiratet seid. Ihr werdet doch heiraten, oder? Sobald dieser Krieg vorbei ist? Lass uns darauf trinken.«

Cenzo willigte ein. Wie sollte er auch Nein sagen? Einen Moment lang lenkte ihn ein Dröhnen in der Luft ab, das Geräusch des Kanonenboots, das an den Kai heranfuhr. Es war, als schnappte eine Falle zu.

»Cheers!« Giorgio hob sein Glas. Er sah nicht aus wie jemand, der auf der Verliererseite eines Kriegs stand. Eher hatte er Ähnlichkeit mit Errol Flynn, der zum Drehort kam, um die Hauptdarstellerin zu bezirzen. Flugzeugbenzin war kostbar, und er flog hier mit einem kleinen zweisitzigen Flugzeug über der Lagune herum, als wäre es sein privates Spielzeug.

»Wo ist dein Fotograf?«, fragte Cenzo. »Ich dachte, du reist niemals ohne.«

»Maximo hasst das Fliegen. Er ist Sizilianer. Die haben kein Vertrauen zu irgendeinem Transportmittel außer dem Burro.«

»Du bist angezogen, als wolltest du auf Entenjagd gehen.«

»Und du riechst nach Fisch. Jedem das Seine. Ich glaube, das war Gina irgendwann zu viel. Dieser Fischgeruch. Davon abgesehen könnte man dich bei schlechtem Licht beinahe mit mir verwechseln. Wenn du ein bisschen Stilgefühl hättest.«

Die Beleidigungen trafen kaum. Solange Cenzo glauben konnte, dass Giulia entkommen war, konnte ihm die boshaften Bemerkungen seines Bruders nichts anhaben.

»Was willst du?«, fragte er.

»Frieden auf Erden, wie jeder. Na ja, nicht wie jeder. Die reine Dynamik wird uns noch zu einem letzten Blutbad tragen.«

»Dann bist du jetzt gegen Mussolini?«

»Mussolini ist nicht mehr wichtig. Hitler bestimmt jetzt, wo es langgeht, und er ist völlig von Sinnen.«

»Das sag nicht mir, sondern den Deutschen.«

»Das habe ich schon oft getan.«

Giorgio stand auf, als ein Oberst der Wehrmacht die Bar betrat. Er war ein älterer Mann mit einem würdevollen Profil, obwohl sich Narben über die rechte Gesichtshälfte zogen. Cenzo erinnerte sich, dass er Steiner hieß. Er war der befehlshabende Offizier auf dem Kanonenboot gewesen, als Cenzo den SS-Untersturmführer Hoff in den Brunnenschacht geworfen hatte.

»Der Fischer Vianello«, sagte der Oberst und nickte Cenzo zu.

»Oberst.«

Steiner und Giorgio schüttelten einander die Hand. Anscheinend kannten sie sich.

»Erlauben Sie?« Der Oberst zog sich einen Stuhl heran und legte eine abgegriffene Ledertasche auf den Nachbartisch. »Erinnern Sie sich an die Diskussion mit Untersturmführer Hoff über die Seekarte? Sie beide haben sich nicht verstanden, wenn ich mich recht entsinne. Zigarette?«

»Danke.«

»Eine Camel.« Der Oberst gab ihm Feuer. »Nur das Beste für meine Freunde. Nido erkennt mich nicht mehr, aber ich war als junger Mann oft hier, um mir seine Geschichten anzuhören. Er hat den explosivsten Grappa von ganz Italien ausgeschenkt. Tut er das immer noch?«

»Ja.«

»Gut. Wenigstens etwas, worauf wir uns verlassen können.«

Cenzo machte sich Gedanken über die Narben in Steiners Gesicht. Sie waren kaum ein nobles Souvenir von einem Säbel auf der Militärakademie, sondern eher die körnige Verwüstungsspur einer Handgranate, die das Haar verbrannt und das Ohr zu einem schrotgrauen Überbleibsel verschmort hatte. Als der Oberst sich selbst eine Zigarette anzündete, entdeckte Cenzo eine gewisse Steifheit in Arm und Oberkörper, als würde beides durch ein ledernes Korsett zusammengehalten.

»Vianello ist hier in der Gegend ein verbreiteter Name, nicht wahr? Ich erinnere mich, dass es im ganzen Dorf nur vier

Familiennamen gab: Vianello, Boscolo, Scarpa und Busetto. Wir haben einmal Fußball gegen sie gespielt, ein Freundschaftsspiel, und da war es unmöglich, die Spieler auseinanderzuhalten. Hatte ein bisschen Ähnlichkeit mit dem Krieg zwischen deutschen Soldaten und Partisanen.«

Bis jetzt hatten weder Oberst Steiner noch Giorgio ein Wort über Giulia oder Russo fallen gelassen. Trotzdem schlängelte sich der kalte Wurm der Angst durch Cenzos Eingeweide.

»Verzeihung, aber ich sehe da keinen Zusammenhang«, sagte er.

»Ja, Sie haben recht«, sagte Steiner. »Es hat keinen Sinn, sich lange mit der Vergangenheit zu beschäftigen. Wir müssen an die Zukunft denken, und die Zukunft rinnt uns durch die Finger. Angenommen, es gibt ein paar vernünftige, nüchterne Männer auf beiden Seiten eines Konflikts. Woran können sie einander erkennen?«

»Keine Ahnung«, sagte Cenzo.

»Sie brauchen einen Boten. Manchmal ist einer, den man nicht dafür hält, der Beste. Mein Bote war Vittorio Silber. Er hat mir Informationen von den Amerikanern überbracht.«

»Sind Sie ein Spion?«

»Sagen wir, ich sammle Informationen, die hoffentlich bald Frieden bringen.«

»Und welche Rolle spielt Giorgio dabei?«

»Giorgio hilft mir, an Sie heranzukommen.«

Cenzo warf einen Blick zur Tür, vor der Soldaten Wache standen – Veteranen, die das Gespräch verfolgten.

»Wem unterstehen diese Männer?«, fragte er.

»Nur mir.«

»Und wem unterstehen Sie?«

»Ich kann Ihnen nichts weiter sagen. Nur, dass Männer

auf beiden Seiten nicht nur ihre Differenzen und Ideologien beiseitelassen müssen, sondern auch persönliche Feindschaften. Leider ist die Feindschaft zwischen zwei Brüdern oft besonders schwer beizulegen. Psychologisch gesehen, kann der Hass zwischen zwei Brüdern köstlicher sein als das Ende eines Krieges.«

»Da komme ich nicht mehr mit.«

»Ich brauche Giulia Silber. Sie haben der Welt einen großen Gefallen getan, als Sie Hoff ausgeschaltet haben. Er war ein tollwütiger Hund. Ich weiß, dass sie auf Ihrem Fischerboot war, aber ich habe sie verloren, und ich brauche Ihre Hilfe, um sie zurückzubekommen. Deshalb habe ich Ihren Bruder Giorgio um Hilfe gebeten. Er war einverstanden. Sie müssen es auch sein.«

»Warum sollte ich?«

»Weil Sie andernfalls enden werden wie Ihr Freund Russo.« Der Oberst zog ein postkartengroßes Foto von Eusebio Russo aus der Hemdtasche. Cenzo zog unwillkürlich den Kopf ein. Das Gesicht auf dem Foto war zu Brei geschlagen, und es gab keinen Zweifel, dass der Mann tot war. »Die Strafe für die Ermordung eines SS-Offiziers ist prompt und streng.«

»Das hat die SS getan?«

»Die italienische oder die deutsche SS. Das Foto ist in Salò aufgetaucht, aber das bedeutet nicht, dass das Mädchen in Salò ist oder überhaupt noch lebt. Wie auch immer, die deutsche SS hat Russo die Schuld an Hoffs Tod gegeben. Eine saubere Art, die Dinge zu erledigen und dabei den Eindruck von Kompetenz zu machen.«

»Und seit wann interessieren sich die Deutschen für das Schicksal eines jüdischen Mädchens?«

»Es liegt im Interesse aller. Ob sie es weiß oder nicht, sie kann uns helfen, den Mann zu identifizieren, der Silber und seine Frau verraten hat.«

»Sind die beiden tot?«, fragte Cenzo.

»Ja, leider. Es gibt Deutsche und Deutsche, ganz so, wie es Normale und Verrückte gibt. Wenn der Krieg weitergeht, wird es auf beiden Seiten unnötige Todesopfer geben. Genau wie Silber würde ich gern einen baldigen Frieden sehen. Der Mann, der sie verraten hat, wird alles tun, um den zu verhindern.«

»Und ich sollte Ihnen vertrauen?«

»Wir müssen uns gegenseitig vertrauen.«

»Giorgio und ich haben eine gemeinsame Vergangenheit, die nicht gut ist.«

»Und Sie würden Ihren persönlichen Groll über das Leben dieses Mädchens und vieler anderer stellen?«

»Das habe ich nicht gesagt.«

»Was *haben* Sie gesagt?«

»Ich würde mit irgendjemand anderem zusammenarbeiten.«

»Niemand hat den gleichen Zugang zu verschiedenen Kreisen in Salò wie Ihr Bruder. Ob deutsch oder italienisch, er ist beliebt bei allen.«

»Ich bin ein Filmstar«, sagte Giorgio.

»Und was soll *ich* sein?«, fragte Cenzo.

»Der Kofferträger Ihres Bruders. Keine Sorge, es gibt jede Menge überflüssige Leute in der Welt des Films«, sagte Steiner.

»In Mailand?«

»In Salò. Wir glauben, dort ist das Mädchen jetzt.«

»Wir werfen das Netz da aus, wo der Fisch ist«, sagte Giorgio. »Dieses Prinzip solltest du doch verstehen.«

»Nein.«

»Sie lehnen ab?«, fragte Steiner.

»Ich habe doch gesagt, er tut es nicht«, sagte Giorgio.

»Und was ist mit dem Mädchen?«, wollte Steiner wissen.

»Wenn sie mit Russo zusammen war, ist sie wahrscheinlich genauso tot wie er«, sagte Cenzo. »Wieso glauben Sie, das kümmert mich?«

Der Oberst nahm die Tasche vom Nachbartisch und holte das Bild heraus, das Cenzo von Giulia gemalt hatte. Schwarzes Haar umrahmte ihr blasses Gesicht, und gedämpftes Licht verlieh ihren Augen Leben und Tiefe.

»Nicht die *Mona Lisa*«, meinte Steiner, »aber nicht schlecht für einen Amateur. Zumindest würde ich sagen, beim Malen war einige Intimität im Spiel.«

Cenzo sah Giorgio an. »Du warst mit ihm in meiner Hütte?«

»Geben Sie mir die Schuld«, sagte Steiner. »Ich musste ja möglichst viel über Sie in Erfahrung bringen.«

»Ehrlich gesagt, in Salò wärst du ein Fisch auf dem Trockenen, wenn der Ausdruck gestattet ist«, sagte Giorgio.

»Es gibt Leute, mit denen Giorgio Sie bekannt machen kann«, sagte Steiner. »Außerdem braucht er jemanden, dem er vertrauen kann.«

»Und das soll ich sein?«

»Ich würde darauf wetten«, sagte Steiner. »Werden Sie uns helfen?«

»Sie hervorzulocken, meinen Sie?«

»So könnte man es auch ausdrücken. Aber bedenken Sie, während wir den Mann suchen, der ihren Vater verraten hat, wird dieser Mann nach ihr suchen.«

Am Eingang sagte eine Stimme: »Ich bin Staffelführer Farina.

Ich höre, Sie haben hier den antifaschistischen Agitator Innocenzo Vianello. Ich verlange Gelegenheit, ihn anzuklagen.«

Steiner sah Cenzo an und wartete auf seine Entscheidung. Ja? Nein? Schließlich nickte Cenzo kaum merklich.

Auf ein Zeichen von Oberst Steiner ließen die Soldaten Staffelführer Farina eintreten. Farina salutierte steif. »Ich beschuldige den Fischer Innocenzo Vianello der Verbreitung defätistischer Propaganda und Untergrabung des Kampfgeistes der Gemeinde Pellestrina. Ich gebe außerdem zu Protokoll, dass ich seine verräterischen Aktivitäten als Erster entdeckt habe.«

»Zu spät«, sagte Giorgio. »Das habe ich schon.«

# 14

Die Fieseler Storch war ein leichtgewichtiges Meisterwerk aus Holz, Aluminium und Edelstahl mit einem hohen Kabinendach und übergroßen Tragflächen. Die Instrumentenausstattung war primitiv: Treibstoff, Fluggeschwindigkeit, Höhenmesser und Wendeanzeige. Giorgio saß am Steuer, und die Maschine stieg in der Thermik hinauf wie auf einer Treppe.

Cenzo rechnete jeden Augenblick damit, dass eine Formation Mustangs mit Feuer speiendcn Bordkanonen aus den Wolken hinabstieß, aber das geschah nicht. Cenzo sah 88-mm-Flakbatterien unter Tarnnetzen auf dem Boden. Die Storch stieg und sank mit den Konturen der Landschaft, und er fühlte sich wie eine Fliege, die auf die Klatsche wartete. Jedes Bergdorf verfügte anscheinend über eine Serpentinenstraße, die Steinhaufen einer Burgruine und eine Kirche, vor der eine Statue zum Gedenken an den Ersten Weltkrieg stand, als Italien noch auf der Siegerseite gewesen war. Feldwege führten wie kleine Rinnsale von Ort zu Ort, und jeder Bauernhof hatte ein rotes Ziegeldach, einen Kuhstall, einen Schweinekoben oder einen kleinen Weinberg, umgeben von Zitronenbäumen und Eichen und der staubigen Landschaft der Italienischen Sozialrepublik. Das deutsch besetzte Italien, um es zutreffender zu sagen, erstreckte sich von der Toskana nordwärts bis an die Schweizer Grenze. Der schwarze Rauch eines gepanzerten Zuges wehte unter dem Flugzeug über die Landschaft hinweg und verschwand. Soldaten hockten auf den Dächern des ersten und des letzten Waggons und richteten ihre Maschinengewehre vorsichtshalber auf die Storch.

Die deutsche Wehrmacht hatte zweihunderttausend erfahrene Soldaten in Italien. Mussolini hatte fünfzigtausend hartgesottene Faschisten. Zusammen kontrollierten sie Mailand, Turin, Genua, Verona und Salò, die neue Hauptstadt der Deutschen Republik. Der Krieg war verloren, aber noch nicht vorbei.

Der Flug dauerte nicht länger als eine halbe Stunde, bevor der Monte Baldo, ein Überbleibsel aus der Eiszeit, sich wie ein einziger Felsblock über dem Gardasee erhob. Die Villen und Gärten an seinem Fuße waren bezaubernd wie eine Landschaft aus Marzipan. Es war ein »Paradies auf Erden«, Inspiration für Millionen von Postkarten mit Segel- und Paddelbooten, Palmen und Pappeln, Poesie und Romantik. Aber an die Stelle des Urlaubsverkehrs waren jetzt militärische Halbtonner getreten, Krankenwagen und schwarze Limousinen mit der deutschen Flagge am Kotflügel.

»Sei nicht clever, sei nicht schlau«, sagte Giorgio und drehte sich auf seinem Sitz zu Cenzo um. »Offiziell suchst du deine Nichte Giulia Vianello, ein achtzehnjähriges Mädchen aus Pellestrina. Und deinen Freund Eusebio Russo, einen Fischhändler, der leider tot ist. Vielleicht war Russo in Schwarzmarktgeschäfte verwickelt, oder er war ein Agitator. Sei vorsichtig. Was Silber und Oberst Steiner angeht, wirst du die Sache wahrscheinlich vermasseln; also sag einfach gar nichts, wenn ich dir keine direkte Anweisung gebe. Wir werden da unten ein paar Leute treffen, die reden, als wüssten sie alles über Verschwörungen, und dich einladen, deine Meinung dazu zu sagen. Umso mehr Grund für dich, den Mund zu halten. Und über Gina verlierst du am besten kein einziges Wort.«

Giorgio ging in den Sinkflug über, und als die Pontons der Storch das Wasser berührten, stellte er den Motor ab und ließ das Flugzeug zu einem Anleger gleiten, wo zwei Matrosen es vertäuten. Der Jachthafen von Salò war voll von Freizeitbooten, die am Steg dümpelten und nirgendshin fuhren. Zwei Mechaniker halfen Giorgio beim Aussteigen. Ihrer Begrüßung war anzumerken, dass sie Ehrfurcht vor ihm hatten. Schließlich war er ein Mann, der buchstäblich mit Drachen kämpfte.

Eine Frau, die an einem roten Alfa-Romeo-Cabrio lehnte, winkte und rief: »Giorgio! Giorgio, hier drüben!«

Ihr maßgeschneidertes Kostüm und das Seidentuch kennzeichneten sie als eine Frau mit Geld und Stil. Ein rundlicher Mann in einem weißen Anzug füllte den Beifahrersitz des Wagens aus. Er hielt seinen Hut umklammert wie ein Eichhörnchen seine Nuss.

»O mein Gott, und wer ist das?«, fragte die Frau.

»Mein Bruder Cenzo«, sagte Giorgio.

»*Der* Bruder?«

»Ich fürchte, ja«, sagte Cenzo.

Giorgio seufzte. »Das ist Signora Maria Paz, die Gattin des ehemaligen argentinischen Konsuls. Maria spricht oft, bevor sie denkt.«

Maria Paz war Ende dreißig, eine sportliche Frau mit Armreifen und der Andeutung von erfahrener Sexualität in ihrem Blick. Cenzo konnte sich vorstellen, wie sie eine Polonaise anführte. Sie schaute die beiden Brüder abwechselnd an.

»Das ist schwer zu glauben«, sagte sie.

»Und das ist der Produzent Otto Klein«, sagte Giorgio.

Klein nahm den Hut ab. »Ein regelrechter Doppelgänger! Ein Double!«

Eigentlich nicht, dachte Cenzo. Er hatte dunklere Augen und widerspenstiges Haar, und seine Brust war breiter, von der Arbeit mit schweren Netzen und Kisten.

»Sie kommen gerade aus …?«, fragte Otto Klein.

»Venedig.«

»Und …?« Klein zögerte.

»Es steht noch.«

»Daran habe ich nicht gezweifelt. Nicht eine Minute.«

»Der arme Otto, er ist so nervös«, sagte Maria.

»Es muss nur klar sein, dass ich Schweizer bin«, sagte Otto. »Ich bin neutral.«

»Das weiß ich ja.« Sie drückte ihm einen Kuss auf die Wange, und er wurde rot. »Ich bin aber nicht sicher, dass General Eisenhower es weiß.« Sie sah Cenzo an. »Willkommen in Salò. Leider scheint die Sonne, was bedeutet, dass der Himmel über Mailand und Verona klar für die Bomber ist.«

»Ich habe gehört, die Fieseler Storch ist Rommels bevorzugtes Aufklärungsflugzeug, aber ich wusste nicht, dass sie als Wasserflugzeug geliefert wird«, sagte Otto Klein.

»Das ist eine Spezialanfertigung«, erklärte Giorgio.

»Sehr schick«, sagte Maria Paz.

Sie fuhr mit unbekümmerter Selbstvergessenheit am Ufer des Gardasees entlang. Giorgio saß vorn bei ihr, Cenzo mit Klein auf dem Rücksitz. Die mediterranen Stadtvillen reihten sich mit der Eleganz eines *Corps de Ballet* aneinander. Die Villa Acquarone, deren palladianische Bögen mit Hakenkreuzbannern behängt waren, war das Hauptquartier der Deutschen. Das Hotel Monte Baldo war von deutschen Sanitätseinheiten beschlagnahmt worden, und in der klassischen Villa Alba saß der deutsche Rundfunk. Aber war Salò Rom? War es Venedig? Oder Berlin? Selbst der Orologio, der Uhrturm der Stadt, wirkte eher wie ein Möbelstück als das Portal einer Metropole.

Die Anwesenheit der argentinischen Konsulsgattin deutete darauf hin, dass Salò sich eine Diplomatengesellschaft erhalten hatte, noch dazu eine elegante. Schließlich war es die Hauptstadt der Sozialrepublik Italien, der SRI, regiert von einem Marionettenregime, aber immerhin von einem Regime.

»Ich habe dir einen Koffer gepackt«, sagte Giorgio zu Cenzo. »Deine eigene Garderobe eignet sich nur zum Fischen. Und Rasierzeug habe ich dir auch dagelassen.«

Klein hatte ein rosiges Gesicht und gelbliches Haar, das im Nacken abstand wie feuchtes Gefieder. Er tippte Cenzo aufs Knie.

»UFA.«

»Wie bitte?«, fragte Cenzo.

»Ich gehöre zur UFA, der deutschen Filmproduktionsfirma. Genauer gesagt bin ich zuständig für den Vertrieb deutscher Filme im Ausland. Viel haben wir heutzutage nicht mehr zu tun, aber wahrscheinlich haben Sie unsere Filme gesehen. Historiendramen. Prachtvoll. Haben Sie *Titanic* gesehen? Unser neuester. Ich mag Filme mit allem Drum und Dran, und ich bin ständig auf der Suche nach hübschen Gesichtern. Was gäbe ich nicht für eine neue Marlene!«

»Die sind schwer zu finden«, sagte Giorgio.

»Otto arbeitet manchmal selbst als Schauspieler«, verriet Maria.

»So weit würde ich nicht gehen«, wehrte Klein ab. »Amateurtheater, könnte man sagen. Am schwierigsten sind Wochenschau-Aufnahmen, heutzutage ganz unmöglich.«

»Das stimmt«, sagte Maria. »Gerade marschieren sie um den Eiffelturm herum, und einen Tag später ist Berlin eine leere Hülse.«

»Das sind vorübergehende Rückschläge«, sagte Klein. »In den nächsten Tagen wird sich die Lage klären. Giorgio und ich haben unser letztes Wort noch nicht gesprochen, nicht wahr, Giorgio? Glauben Sie mir, dieser Krieg ist noch nicht zu Ende.«

»Stimmt das?« Cenzo sah Giorgio an. »Du wirst Mussolini retten? Bist du auch noch ein Magier?«

Eine deutsche Infanteriekolonne marschierte mit hohl dröhnendem Stampfen über die Planken der Seepromenade. Sie waren diszipliniert, und für eine Armee am Rande des Zusammenbruchs wirkten sie gut organisiert und kampfbereit. Aber man konnte nie wissen. Jeder kannte Geschichten über ganze Bataillone, die bis zum letzten Atemzug kämpften, ohne zu kapitulieren, und andere, die sich auf die Suche nach alliierten Truppen machten, um sich zu ergeben. Hinter den Deutschen kam ein bunt zusammengewürfelter Haufen des faschistischen Italien, die Imitation einer Armee: Schwarzhemden, Polizisten, Carabinieri.

Maria fragte Cenzo: »Gefällt es Ihnen? Diese Parade soll zur Stärkung der Moral dienen. Alle außer den Fanatikern verlassen Salò. Mein Mann und ich sind die Einzigen, die vom diplomatischen Korps noch übrig sind. Warum sind Sie hier? Schlechten Zeitpunkt erwischt?«

»Ich suche meine Nichte, Giulia Vianello. Sie wird vermisst.«

»Sie haben Ihre Differenzen mit Giorgio begraben, um dieses junge Mädchen zu finden? Bravo.«

»Das gäbe einen guten Film ab«, sagte Klein.

»Ein guter Film, ein schlechter Film, und zum Teufel mit der Moral«, sagte Maria.

»Sieh mal an. So tugendhaft?«

»Ich glaube nicht, dass das Wort ›tugendhaft‹ noch eine Bedeutung hat. Nicht für eine Frau, nicht im Krieg.«

»Was die Moral wirklich stärken würde«, sagte Klein, »wäre mehr Regen, damit die Alliierten schlechtere Sicht haben und uns nicht mehr in Grund und Boden bombardieren können. Schlechtes Wetter, das ist es, was wir brauchen.«

»Aber Sie sind immer noch Schweizer, oder?«, fragte Giorgio.

Die Parade war vorüber, und der Betrieb in den Cafés normalisierte sich wieder. Gut aussehende Offiziere promenierten in Begleitung attraktiver Krankenschwestern, Kellner brachten Tabletts mit Campari und Soda heraus. Bürokraten in schwarzen Hemden trugen schwarze Aktentaschen.

»Ich frage mich, wie viele von diesen Wichtigtuern bereit sind, die schwarzen Hemden wegzuwerfen und ihre alten Anzüge wieder herauszuholen«, sagte Maria.

»Du hast sicher eine Uniform hinten im Kleiderschrank«, sagte Cenzo zu Giorgio.

»Mein guter Freund Giorgio ist eine Ausnahme«, sagte Klein. »Der hätte es im Himmel wie in der Hölle zu etwas gebracht.«

»Wie sieht sie aus, diese Giulia?«, fragte Maria.

»Klein und dunkel«, erwiderte Cenzo.

»Wie neunzig Prozent der Mädchen in Italien.«

»Sie ist gebildet.«

»Spricht sie Fremdsprachen?«

»Englisch und Französisch.«

»Klingt nicht nach einer Fischertochter.«

»Ihre Eltern waren hoch qualifiziert.«

»Ah, das erklärt es natürlich.«

Giorgio hatte ein Zimmer für Cenzo im ersten Stock des Hotel Golfo reserviert, in einem Gebäude mit nichtssagender Fassade in kränklichem Grün. Maria Paz war mit ihrem Alfa Romeo davongefahren, und Otto Klein wartete unten, weil er noch etwas Geschäftliches mit Giorgio zu besprechen hatte. Für drei Männer, hatte er gesagt, sei kein Platz in dieser Bude.

Giorgio legte einen Lederkoffer auf das Bett. »Anständige Kleidung. Du kannst in Salò nicht rumlaufen wie ein Fischer. Wichtig ist, dass du nur eine Straße weit vom See entfernt bist und ein eigenes Bad hast.«

»Warum gehörten Maria und Klein zum Begrüßungskomitee?«

»Hat dir Maria gefallen?«

»Ganz gut, ja.«

»Fandest du, sie ist eine gute Seele?«

»Warum nicht?«

»Na ja, sie kennt hier jeden. Und sie macht einen sagenhaften Martini.« Giorgio drückte ihm den Zimmerschlüssel in die Hand. »Sie wird dich abholen. Ich habe noch ungefähr eine Stunde lang etwas mit Herrn Klein zu besprechen. Er glaubt, wir haben immer noch Zeit für ein letztes cinematografisches Epos. Wenn du rausgehst, halte dich fern von den anderen Bewohnern des Hotel Golfo. Das sind Wahnsinnige, vor allem die Schwarze Brigade. Am besten redest du mit niemandem von denen.« Bevor er die Tür hinter sich schloss, fügte er hinzu: »Mach keinen Mist.«

Zum ersten Mal allein, schaute Cenzo sich im Zimmer um.

Viel zu sehen gab es nicht – die Reichen umgaben ihr Personal nicht mit Luxus. An den Wänden, an denen die Farbe abblätterte, hingen ein Spiegel, Bilder vom Gardasee, ein Kruzifix und eine heilige Jungfrau aus Gips. Ein Schreibtisch mit vier Schubladen war leer bis auf ein paar kleine Münzen und Knöpfe. In einem Kleiderschrank gab es keine Bügel, aber einen Berg Wolldecken. Auf der dünnen Matratze fand sich kein Kopfkissen und kein Laken. Das winzige Bad war mit einer quietschenden, tropfenden Dusche ausgestattet, und an einem Haken hing ein Rasierspiegel. Im Gegensatz dazu wirkte Giorgios Koffer hier extravagant und teuer. Die Hemden trugen sein Monogramm, *GGV* für Giorgio »Giovanni« Vianello. Den mittleren Namen bekam man von der Kirche, und der Name für die Jungen in Pellestrina war immer »Giovanni«. Abgesehen von einem kleinen Fenster war das Zimmer dunkel und stickig wie ein Grab.

Cenzo wusch und rasierte sich, und als er sein Rasiermesser abspülte, kam aus dem Nachbarzimmer das rhythmische Knarren einer Matratze. Es war kaum zu glauben, dass amouröse Begeisterung in dieser finsteren Umgebung bestehen konnte. Cenzo ging hinaus und zur Brandschutztür am Ende des Korridors, um eine Zigarette zu rauchen.

Er hatte keine Ahnung, wie er es anfangen sollte, nach Giulia zu suchen. Er wusste nur, dass er ratlos war. Vom deutschen Militär, von Partisanen und der surrealen Welt von Salò wusste er nichts.

Oberst Steiner hatte gesagt, Russo sei tot aufgefunden worden. Ermordet. Allein. An dieser Stelle mussten alle Gewissheiten nochmals überprüft werden. Was war aus dem zweiten Mann in Russos Boot geworden? War sein Freund Russo tatsächlich Partisan gewesen, oder war er ein Informant? Warum war er beim ersten Mal mit einem blauen Auge davongekommen und beim zweiten Mal umgebracht worden? Wer konnte wissen, ob Giulia nicht das gleiche Schicksal wie Russo erlitten hatte? Vielleicht hatte sie sich herausreden können. Reden konnte sie hervorragend. Er musste einfach annehmen, dass Giulia noch lebte.

Die Brandschutztür ging auf, und ein ganz in Schwarz gekleideter Mann mit einer Schürze kam heraus und wischte sich den Schweiß von der Stirn. Er sah aus wie der Metzger aus der Nachbarschaft mit seinem Schmerbauch, den Wangen, so rund wie eine Teekanne, und seinem schmalen Schnurrbart. Wenn er überrascht war, hier Gesellschaft zu finden, ließ er es sich nicht anmerken. Er musterte Cenzo.

»Vianello?«

»Ja.«

»Aber nicht *der* Vianello.«

»Der andere Vianello.«

»›Der andere‹? Das nenne ich Bescheidenheit.« Der Mann nickte, als hätte er eine universale Wahrheit angesprochen. Cenzo konnte ihm nicht sofort einen Namen zuordnen, aber das Gesicht hatte er schon auf Plakaten gesehen, die für das faschistische Bündnis warben. Der Mann schaute auf seine Schürze hinunter und zuckte entschuldigend die Achseln. »Man darf keine Angst haben, sich im Dienste des Duce die Hände schmutzig zu machen.«

»Kennen Sie meinen Bruder?«

»Giorgio Vianello? Ich weiß, wer er ist. Sind Sie wie ein guter Bruder hergekommen, um ihm behilflich zu sein?«

Orsini hieß der Mann, jetzt fiel es Cenzo wieder ein. Kommandant Orsini, Führer der Schwarzen Brigade, erwiderte sein Lächeln. Die Schwarze Brigade war die Faust des faschistischen Italien. Dass Orsini überhaupt von Cenzos Existenz wusste, war beunruhigend.

»Familienehre«, sagte er.

»Ja. ›Heimat, Mutterland, Ehre‹.« Orsini sah aus, als wollte er ihm beifällig auf den Rücken klopfen. »Vielleicht möchten Sie in Betracht ziehen, sich uns anzuschließen?«

»Der Schwarzen Brigade?«

»Sie kennen unser Motto. ›Der Tod sei willkommen.‹«

Cenzo war gerettet, als Maria Paz mit ihrem roten Cabrio zurückkam. »Sie haben schon neue Freundschaften geschlossen?«, rief sie herauf. »Wie ich sehe, haben Sie Kommandant Orsini gefunden. Ich hoffe, ich störe.«

»Die Hure Babylon«, knurrte Orsini und verschwand im Gebäude.

»So charmant«, sagte Maria, als Cenzo zu ihr herunterkam. »Er erträgt es nicht, dass er mir nicht drohen kann. Aber das würde er nicht wagen. Wie auch immer, Ihr Bruder hat mich beauftragt, Sie zu unterhalten. Viel besser. So kann ich Sie über alles informieren.«

# 15

Maria saß am Steuer wie eine ältere Schwester. Lippenstift und Fingernägel waren bonbonrot, und sie warf den deutschen Motorradfahrern, die vorbeiknatterten, Kusshände zu.

»So tapfere Jungs«, sagte sie. »Sie kämpfen für eine verlorene Sache, aber sie sind sehr tapfer.«

»Und verwirrt«, sagte Cenzo.

»Salò ist der Höhepunkt der Verwirrung. Als spielte man verschiedene Opern gleichzeitig auf derselben Bühne.«

»Was hat Giorgio denn sonst noch mit mir vor – außer mich ins Wasser zu werfen wie einen Eimer Köderfisch?«

»Ich kann nicht fassen, dass Giorgio Sie in das Hotel steckt, in dem Orsini wohnt.«

»Dann kennen Sie meinen Bruder nicht. Was passiert heute Abend?«

»Wir essen mit General Kassel. Sie sollten sich geehrt fühlen. Er ist schließlich soeben zum Oberbefehlshaber der deutschen Streitkräfte an der Westfront ernannt worden. Der General hat Giorgio und Otto Klein befohlen zu kommen, und Giorgio hat es mir befohlen.«

»Giorgio kann der Gattin des argentinischen Konsuls Befehle erteilen?«

»Er kann sehr überzeugend sein. Außerdem haben wir hier ja kein offizielles Konsulat mehr.«

»Und worüber soll ich heute Abend mit dem General reden?«

»Über das Fischen. Erzählen Sie ihm vom Fischen. Generäle lieben das Fischen. Churchill hat hier geangelt. Die *crème de la crème*. Vor dem Krieg war dies ein Lieblingsort für deutsche Touristen mit Strohhüten und weißen Jacketts, die hier geangelt haben. Jetzt kommen sie mit Stahlhelmen und Wehrmachtgrau.« Sie wischte die dunklen Gedanken beiseite und zeigte auf die Villa Feltrinelli. »Dies ist der Gipfel der Häuslichkeit. Hier wohnt Mussolinis Frau, Signora Rachele. Und ein Stück weiter steht die Villa Fiordaliso, der romantische Turm, wo er sich mit seiner Geliebten trifft, mit Claretta.«

»Liegen die beiden Villen nicht gefährlich nah beieinander?«

»Doch. Der Herrgott verhüte, dass Gattin und Geliebte sich je von Angesicht zu Angesicht begegnen. Die SS hat die Aufgabe, sie voneinander fernzuhalten. Wissen Sie, wie demütigend es für einen furchterregenden SS-Offizier ist, ein Hühnerhaus zu bewachen? Claretta ist jung und munter, Rachele ist älter, aber zäh wie eine Bulldogge. Es wäre ein guter Kampf.«

»Die Vorstellung amüsiert Sie.«

»Ja, aber das ist wieder vorbei, wenn ich *so* etwas sehe.« Sie zeigte auf ein Plakat am Casino, auf dem eine Mutter zu ihrem Sohn sagte: *Komm heim als toter Patriot, aber nicht als lebender Verräter.* »Keine Mutter auf der ganzen Welt würde so etwas sagen«, behauptete Maria. »Diese Todesverehrung ist krankhaft.«

»Wenn Sie es so sehen, warum sind Sie dann nicht schon wieder in Buenos Aires?«

»Ein Diplomat geht dahin, wo man ihn hinschickt. Mein

Mann wurde hierhergeschickt, und jetzt kann er leider nicht mehr abreisen.«

»Und wenn Salò bombardiert wird?«

»Wird es nicht. Bisher jedenfalls nicht.«

»Warum nicht? Mussolini ist hier.«

»Es wäre Munitionsverschwendung. Fragen Sie sich: Was ist wichtiger, Mussolini oder eine Lokomotive? Es ist traurig.«

»Was ist traurig?«

»Der Duce. Er ist praktisch ein Gefangener. Die Deutschen beobachten ihn unablässig. Man sieht ihn, wie er mit dem Rad fährt oder sich zu seiner Geliebten schleicht oder sich vor seiner Frau versteckt.« Sie deutete im Vorbeifahren auf andere Anwesen. »Hier haben wir das deutsche Hauptquartier, einen kleinen Parthenon für den deutschen Rundfunk, behagliche Villen für die Polizei und die Schwarze Brigade, ein deutsches Lazarett für Amputationen und daneben ein Krematorium für die Gliedmaßen. Wie praktisch. Und dann ist da der neueste Klatsch. *Amour, amour, amour.* Goebbels hat eine Geliebte in Budapest. Hitler liebt seinen Hund Blondi. Aber genug vom Krieg. Was machen Sie in Salò? Bitte erzählen Sie mir nicht das Märchen von einem weggelaufenen Backfisch. Das Mädchen mag verstört sein, aber warum sollte sie Venedig für Salò aufgeben? Andererseits ist es leicht möglich, dass ein Mann sich an die Fersen seines Bruders heftet, der seine Frau verführt hat. Das fände ich durchaus glaubhaft.«

»Das habe ich nicht vor.«

»Na, seien Sie vorsichtig. Sie sehen viel zu ehrenhaft aus. Das ist ein Handicap in Salò.«

»Sobald ich das Mädchen gefunden habe, fahre ich zurück nach Pellestrina.«

»Nicht so schnell. Sie sind zu einer Party eingeladen.«

»Ich glaube, ich muss passen.«

»Das können Sie nicht. Es ist Hitlers Geburtstag, und Sie sind eingeladen.«

In der Offiziersmesse hingen Verdunklungsvorhänge an den Fenstern und überlebensgroße Porträts von Hitler und Mussolini an den Wänden. Ein Musiker-Quartett aus der Truppe spielte einen endlosen Strom von Walzern. Es war ein goldener Abend. Die Offiziere trugen ihre Ausgehuniform und dinierten in der Gesellschaft bewundernder Krankenschwestern und Sekretärinnen, denn schon morgen konnte der Marschbefehl zur Ostfront kommen.

Verglichen mit den anderen Frauen war Maria eine rote Rose zwischen lauter Edelweiß. Otto Klein schwitzte wie ein Mann vor Gericht, und General Kassel diskutierte über das Fischen. Er interessierte sich besonders für das Harpunieren von Oktopussen nach griechischer Art.

»Sie müssen den Oktopus zwinkern sehen«, erklärte Cenzo. »Andernfalls sehen Sie ihn gar nicht.«

»Und dann dieser Fisch namens Grundel. Von dem habe ich so viel gehört.«

»Aber gesehen haben Sie ihn noch nicht, weil er auf magische Weise in Ihrem Risotto verschwindet.«

»Zu schade, dass wir keine Zeit haben, in den Bächen hier in der Umgebung zu angeln«, sagte der General. Er war ein Berufssoldat, ein Kämpfer mit blauen Augen, der ein Eisernes Kreuz am Band um den Hals trug. »Wussten Sie, dass die Violine in Salò erfunden wurde? Ein bemerkenswerter Ort.«

Ein Major, so rund wie Göring, stand auf und klopfte an sein Glas, bis alle still waren.

»Meine Herren, meine Damen, lassen Sie uns anstoßen auf unseren geliebten Führer an diesem seinem wundervollen Geburtstag. Er ist ein Mann der Ewigkeit, der die moderne Welt neu gestaltet und das deutsche Volk zu wahrer Größe geführt hat, und der noch jetzt alles ist, was zwischen der Zivilisation und einem Abgrund von Bestialität steht. Auf Adolf Hitler – *Sieg Heil, Sieg Heil, Sieg Heil!*«

Ohne weitere Umstände setzte Kassel sich wieder hin. »Ah, da kommt unser Essen. Vielleicht kein Risotto, aber doch gute deutsche Kost.« Ein Kellner servierte Seeforellen und Kartoffelsalat mit einer Essigmayonnaise. »Bald werden sie hier eine andere Kundschaft bedienen. Dann gibt es Steak und Coca-Cola. Klein, wieso sind Sie so nervös?«

»Er hat mit Goebbels gesprochen«, sagte Giorgio.

»Worüber?« Kassel war sofort auf der Hut.

»Über den Film.«

»Nicht schon wieder.«

»Leider doch. Letzte Woche hat er immer noch gedreht.«

Der General ließ das Kinn auf die Brust sinken. »Da standen wir nun und versuchten, die Front gegen einen Feind von gewaltiger Überzahl zu halten, und Goebbels bestand darauf, einen Film über die *Titanic* zu drehen, als könnte uns das inspirieren. Er verlangte tausend Mann als Statisten und Kulissen, die gesprengt werden konnten, während das echte Hamburg plattgemacht wird.«

»Er sagte, es würde der größte Film aller Zeiten«, berichtete Klein. »Aber das sagen Filmproduzenten natürlich immer.«

»Wir sollten Herrn Goebbels ausziehen«, sagte Kassel, »ihm den Arsch rot anstreichen und ihn vor der Fünften Armee der Amerikaner herlaufen lassen.« Es wurde still im Raum. »Aber so etwas würde ich natürlich niemals vorschlagen, solange unser Freund Klein hier Wache hält wie ein Kanarienvogel in einem Bergwerk.«

»Lassen Sie uns helfen«, sagte Giorgio. »Wenn sie Waffen bekommen, sind italienische Kämpfer bereit, bis zum Ende zu kämpfen.«

»Sie wissen, dass ich das nicht kann. Ich mag Sie, Giorgio. Sie sind sehr unterhaltsam. Aber meine Truppe muss als kämpfende Einheit intakt bleiben.«

»Soll heißen, Italiener können nicht kämpfen?«

Der General zuckte die Achseln.

»Italien hat das beste Kampfflugzeug in diesem Krieg. Wir haben hundertfünfzig alliierte Maschinen abgeschossen. Es wären noch mehr geworden, wenn man uns Flugzeuge und Fallschirme geliefert hätte.«

»Ja, ja, für Sie ist es eine Sache der Ehre. Als Soldat habe ich Verständnis dafür. Aber für mich ist es eine Frage der Strategie. Bruder Cenzo, wie ist es unter den Sternen auf der Lagune von Venedig? Und was war der größte Fisch, den Sie je gesehen haben?«

»Eine Sardelle. Bevor sie zu zehntausend Fischen auseinanderstob.«

Der General wackelte mit seiner Gabel. »Giorgio, Ihr Bruder hat es faustdick hinter den Ohren.«

»Man täuscht sich leicht in ihm«, sagte Giorgio.

Der General senkte die Stimme. »Ich werde mein Pferd Metropol morgen zum letzten Mal reiten. Sie verstehen, was ich sagen will. Bald werde ich für Ihre Sicherheit in Salò nicht mehr garantieren können. Selbst der Diplomatenstatus wird Sie vielleicht nicht mehr schützen, Maria. Was Metropol angeht, so wird er hier vielleicht bald auf der Speisekarte stehen. Also lassen Sie uns den Augenblick genießen. Cenzo, Sie scheinen ein guter Kerl zu sein. Warum sind Sie hier?«

»Ich bin auf der Suche nach meiner Nichte Giulia Vianello aus Venedig. Kann sein, dass sie im Gewahrsam der Armee oder der Polizei ist.«

»Ein junges Mädchen, allein mitten im Krieg? Ihre Chancen sind nicht gut.«

Cenzo zog seine Brieftasche heraus und zeigte dem General eine Bleistiftskizze von Giulia.

»Bedaure«, sagte Kassel. »Ehrlich gesagt, sie sieht aus wie viele andere italienische Mädchen. Ich werde meinen Stab instruieren. Wer weiß? Und jetzt, meine Freunde, sage ich Ihnen Adieu.«

Kassel schob seinen Stuhl zurück, und als er aufstand, erhoben sich auch alle anderen Offiziere. Ein Adjutant brachte Mantel und Mütze.

»Seien Sie bereit«, sagte der General. »Die Geschichte behandelt Verlierer nicht freundlich.«

Als Kassel gegangen war, sagte Maria: »Da haben Sie's. Unser allmächtiger General kann weder seine Armee noch sein Pferd retten, nicht mal ein junges Mädchen.«

»Wann wurden all diese alliierten Flugzeuge abgeschossen?«, fragte Cenzo.

»Während der Angriffe auf Mailand vor sechs Monaten«, antwortete Klein. »Ich war da. Es war brutal.«

»Haben Sie meine Frau Gina gekannt?«

Vielleicht gehört es sich nicht oder ist zu früh, meine verstorbene Frau zu erwähnen, dachte Cenzo, denn die verlegene Pause, die jetzt folgte, zog sich in die Länge.

»Wie bitte?«, fragte Klein.

»Eigentlich hieß sie Angelina«, sagte Cenzo, »aber schon als kleines Mädchen nannte sie sich Gina. Schon damals meinte sie, ein kurzer Name macht sich besser auf einem Kinoplakat. Erinnern Sie sich an sie?«

Cenzo fand, er habe die Frage in sehr freundlichem Ton gestellt, aber alle am Tisch hielten den Atem an.

»Ich erinnere mich an sie, aber warum sprechen Sie von ihr?«, fragte Maria.

»Mit dem Recht des Betrogenen«, erwiderte er. »Aus Neugier.«

»Ich dachte, du bist hier, weil du ein anderes Mädchen finden willst«, sagte Giorgio.

»Du weißt, wie es ist. Manchmal hast du mehr als einen Fisch an der Leine.«

Sie spazierten an der Promenade entlang. Maria Paz sicherte den Frieden zwischen den beiden Brüdern, und Otto Klein ging hinter ihnen und legte sich seine Ausreden für Goebbels zurecht. Die Soldaten an den 20-mm-Maschinengewehrstellungen nahmen Haltung an, als sie vorbeikamen. Leuchtbojen schwammen auf dem Wasser, und der wuchtige Felsen namens San Bartolomeo drohte über den See zu rollen und Salò zu zermalmen.

»Innenaufnahme, Tag«, sagte Otto. »Da stand ein Koffer auf einem Treppenabsatz. Gina sollte die Treppe hinauflaufen, sich den Koffer schnappen und wieder herunterkommen. Unglücklicherweise kam in diesem Augenblick die Bombe durch das Dach. Das war's. Reines Pech.«

»Wo warst du?« Cenzo sah Giorgio an.

Giorgio seufzte. »Woanders. Es war ihre Szene.«

»Warum wart ihr nicht alle im Bunker? Habt ihr keinen Fliegeralarm gehört?«

»Die Briten haben die ganze Nacht und die Amerikaner den ganzen Tag bombardiert, aber nicht diesen Teil von Mailand. Deshalb beschloss der Regisseur zu drehen«, berichtete Klein. »Die Szene hätte nicht mehr als eine Minute dauern dürfen. Ironie des Schicksals: Die Kulisse stellte ein ausgebombtes Haus dar. Die Bombe fiel direkt durch das offene Dach.«

»Wurde noch jemand verletzt?«, fragte Cenzo.

»Regisseur, Beleuchter, Kameramann, Toningenieur und zwei Bühnentechniker – alle kamen zu Tode«, sagte Giorgio.

»Und wer außer dir hat überlebt?«

»Niemand.«

»Hattest du Verletzungen?«

»Eine Gehirnerschütterung, sonst nichts. Bist du jetzt fertig?«

»Noch nicht. Was hast du gemeint, als du sagtest: ›Die Szene hätte nicht mehr als eine Minute dauern dürfen‹?«

»Gina hatte Schwierigkeiten, die Markierungen zu treffen, die anzeigten, wo sie stehen und wo sie gehen sollte. Für Anfänger ist das kompliziert.«

»Wie lange hat sie gebraucht?«

»Fünf Minuten, vielleicht zehn.«

»Um eine Treppe hinaufzulaufen, einen Koffer aufzuheben und wieder herunterzukommen?«

»Ich konnte es ihr nicht immer wieder zeigen. Ich glaube, sie hat den Mut verloren.«

»Du ›glaubst‹? Hast du sie denn nicht gesehen?«

»Ich bin weggegangen, um den Druck von ihr zu nehmen.«

»Was war in dem Koffer?«

»Allmählich wird es albern. Ein paar Bücher vielleicht. Sie

spielte ein Mädchen, das ein zerstörtes Haus verließ. Da sollte sie nicht viel mitnehmen.«

Klein schaltete sich ein. »Es war furchtbar tragisch. Das Studio wollte sie als neue Naive aufbauen. Der Film war ihr Leinwanddebüt. Nur wurde er nie vollendet.«

»Sind Sie jetzt zufrieden?«, fragte Maria.

»Ich möchte deine Gefühle nicht verletzen«, sagte Giorgio, »aber Gina hat dich nicht geliebt, und ich habe sie nicht verführt. Sie war bereit, dich zu verlassen.«

Cenzo zermarterte sich das Hirn nach einer Möglichkeit, diese offenkundige Erklärung zu widerlegen. Der Gedanke an Gina machte ihn verrückt. Interessanterweise hielt der Gedanke an Giulia ihn bei Verstand. Es war unklar, ob er der ganzen Sache nicht gewachsen war oder »gerade schlau genug, um die Fische zu täuschen«, wie sein Vater immer gesagt hatte.

# 16

Am nächsten Morgen wanderte Cenzo in Arbeitskleidung und Stiefeln an der Straße von Salò nach Brescia entlang. Die deutschen Soldaten auf den vorüberrumpelnden Konvois beäugten ihn, und eine Wagenladung Schwarzer Brigadisten raste so dicht an ihm vorbei, dass er in den Graben sprang. Schließlich verließ er die Straße und stieg einen Weinberg hinauf, dessen Trauben an den Reben vertrocknet waren. Nach zweihundert Metern kam er zu einem Bauernhaus mit Ziegeldach und einem Schweinestall. Der Tag war kühl, aber nach dem Fußmarsch war Cenzo nass geschwitzt. Er setzte sich in den Schatten einer Eiche und wartete.

Ein Hund kam aus dem Haus und schnüffelte auf dem Boden herum, auf der Suche nach Essbarem. Eine Katze kam dazu, fauchte den Hund an und rollte sich dann an einem schattigen Fleckchen zusammen. Irgendwann liefen sie gleichzeitig ins Haus zurück. Also war jemand daheim.

Das Summen der Fliegen wirkte einschläfernd auf Cenzo. Er trug eine Mütze und ein kühlendes Halstuch. Er beobachtete die langen steifen Ohren eines Hasen, die zwischen den Rebstöcken zitterten, und er fragte sich, in welcher Beziehung Giorgio zu Maria Paz stehen mochte. Anscheinend waren sie Freunde, kein Liebespaar. Etwas anderes war Giorgios Beziehung zu Gina. Vielleicht, gestand Cenzo sich ein, weigerte er sich, sie zu verstehen. Er stellte sich Gina am Set vor, wie sie die Treppe zu dem Koffer hinaufstieg. Giorgios Stimme hatte einen gereizten Unterton bekommen, als er beschrieb, wie sie ihre Markierungen verfehlt hatte. Ja, was war sie gewesen? Eine Kellnerin? Eine Erbin? Welche Rolle hatte sie in dem Film gespielt? Es kam ihm seltsam vor, dass auch alle anderen am Set gestorben waren. Sechs weitere Personen. Das war eine große Bombe gewesen. Und der Tod einer vielversprechenden Naiven? In Mailand hatte es sicher in der Zeitung gestanden.

Der Hase flüchtete, als eine Frau mit einem Wäschekorb aus dem Haus kam und Wäsche an die Leine klammerte. Cenzo wusste, er war ein Köder. Das war seine Rolle.

Er stellte sich vor, wie die Bombe durch das offene Dach hereinkrachte. War Giorgio durch die Trümmer gekrochen, um Gina herauszuholen? War sie tot gewesen, als er sie fand, oder war sie in seinen Armen gestorben? Hatte sie noch etwas gesagt?

Das Lied einer Lerche wehte über die Höhe. Der Vogel zwitscherte virtuos die Tonleiter hinauf und hinunter. Cenzo ignorierte eine Ameise, die ihm kitzelnd über den Arm krabbelte. Ein Eichenzweig knackte, die Lerche flatterte dicht über dem Boden davon. Cenzo hörte noch einen Schritt, und als er aufblickte, schaute er in die Mündung einer Schrotflinte.

Vier Männer in ausgebeulten Hosen, weiten Hemden und Mützen wanderten durch das von Kiefern bewachsene Gelände. Alle bis auf Cenzo trugen rote Armbinden.

Ein Veteran, den die andern den »Spanier« nannten, ging an Cenzos Seite und erklärte mit dem Akzent der Madrileños: »Zu deinem Glück gehören wir zur Garibaldi-Gruppe.

Wir sind keine Banditen, sondern echte Patrioten. Die meisten von uns sind Kommunisten, aber nicht alle. Unter uns sind Bauern und Professoren, Intellektuelle und Arbeiter, und wenn der Krieg vorbei ist, geht jeder von uns seiner Wege. Bis dahin müssen wir Solidarität üben.«

»Wie lange bist du schon dabei?«

»Seit fast zehn Jahren inzwischen. Madrid, Barcelona, Gijón. Unsere schlimmsten Feinde waren seit jeher die Infiltratoren. Wir behandeln sie hart, um ihrer selbst willen, denn mit jedem, den wir hinrichten, schrecken wir soundso viele andere ab.«

»Zigarette?« Cenzo bot ihm eine an.

»Danke.« Der Spanier steckte die Zigarette in seine Hemdtasche. »Eine solltest du dir aufheben.«

»Wieso?«

»Für deine Hinrichtung.« Der Spanier musterte ihn von der Seite. »Du hast keine Angst, oder?«

»Ich suche jemanden.«

»Der ist es hoffentlich wert.«

Komisch, dachte Cenzo, aber er hatte wirklich keine Angst. Er lebte von einem Augenblick zum nächsten, und seine Sinne waren geschärft. Er wünschte, er hätte seine Farben und Pinsel dabei, um die Partisanen zu skizzieren, wie sie durch das Unterholz stapften.

Soweit er es begriffen hatte, brachten sie ihn zu ihrem Kommandanten, einem Mann namens Dante, den sie ihm als Dichter beschrieben hatten. Einander redeten sie mit Decknamen an: Neben dem Spanier gab es Caruso, Peppino und Piola. Caruso hatte im Chor eines Opern-Ensembles gesungen und hatte Mühe, beim Wandern das Summen sein zu lassen. Peppino und Piola waren höchstens fünfzehn Jahre alt und brachten als Meldegänger Nachrichten von einer Partisanengruppe zur anderen. Die beiden warfen verstohlene Blicke auf Cenzo; offensichtlich beunruhigte es sie, dass sie eine Waffe auf ihn richten und abdrücken sollten.

»Sie begreifen nicht, dass alle Welt nervös ist«, sagte der Spanier. »Deshalb wollen sie, dass der Gefangene sich bei der Hinrichtung abwendet. Niemand möchte jemanden von Angesicht zu Angesicht umbringen. Es sei denn, er sitzt im Stuhl.«

»Was wäre dir lieber, wenn du erschossen werden solltest?«, fragte Cenzo.

Der Spanier zuckte die Achseln. »Mir wäre es egal, solange der Mann ein guter Schütze ist.«

»Und was ist mit der Letzten Ölung?«

»Gefällt mir. Gibt der Sache einen hübschen förmlichen Anstrich. Außerdem, wir machen zwangsläufig auch Fehler, aber mit einem Priester hat man das Gefühl, dass man jemanden geradewegs in die Hand Gottes gibt. Im Moment haben wir ständig mehr Infiltratoren, denn der Krieg geht zu Ende, und viele Faschisten versuchen, die Seiten zu wechseln wie Schlangen, die aus einem Scheiterhaufen entkommen wollen. Dante hat kaum Zeit, sich mit ihnen zu befassen, und daher neigt er schon gar nicht dazu, ihnen langwierige Prozesse zu gewähren. Darf ich dir einen Rat geben? Mach es kurz und sei still. Wieso hast du überhaupt da unter dem Baum gesessen?«

»Ich wollte Aufmerksamkeit erregen.«

»Das hat geklappt.«

Cenzo sparte sich die üblichen Fragen, mit denen er sich hätte orientieren können, denn die üblichen Fragen könnten ihn leicht den Kopf kosten. Die Gruppe marschierte ungefähr eine Stunde lang, bis Kiefern und Farn hinter ihnen zurückblieben und sie auf einen Lagerplatz stießen. Männer mit roten Armbinden lagerten auf Kisten mit Handgranaten, auf Paketen mit Plastiksprengstoff und auf Hühnerkäfigen. Ein paar reinigten ihre Gewehre, andere spielten Schach, und einer war in die gezeichneten Abenteuer von »Rin Tin Tin«, der »Wunderhund« vertieft.

Der Spanier gab Cenzos Papiere einem professoral aussehenden Mann mit randloser Brille, der allein unter einem Baum saß und in ein Notizbuch schrieb. Sein Haar flatterte hierhin und dahin wie die Federn eines Reihers, und ohne dass man es ihm sagte, wusste Cenzo, dass es Dante war.

»Wir haben ihn bei einem Bauernhof an der Straße nach Salò gefunden«, berichtete der Spanier. »Er sagt, er sucht seine Nichte, und er hofft, wir können ihm helfen, sie zu finden.«

»Mitten im Kriegsgebiet?«

»Das sagt er.«

Dante sah sich Cenzos Papiere an. Bei »Beruf« blickte er auf und schaute auf Cenzos Hände. Bei Cenzos Familiennamen hielt er wieder inne. »Vianello? Bist du verwandt mit Vianello, dem Schauspieler?«

»Er ist mein Bruder.«

»Und da wagst du es herzukommen? Dein Bruder ist ein faschistischer Agent. Du willst wohl erschossen werden.«

»Ich suche ein Mädchen namens Giulia. Sie wollte aus Venedig mit einem Freund herkommen, mit Eusebio Russo. Er hat es anscheinend nicht geschafft, und sie ist verschwunden.«

»Oder sie hat ihn verraten«, sagte Dante.

»Sie ist achtzehn Jahre alt.«

»Wir haben Kämpfer unter uns, die jünger sind. Und Verräter.«

»Sie ist Jüdin.«

»Aber du bist kein Jude.«

»Das stimmt.«

»Also bist du nicht ihr Onkel. Das war eine Lüge.«

»Sie ist den Deutschen entkommen. Ich habe sie aufgenommen.«

»Wie ist sie entkommen?«

»Sie ist durch die Lagune geschwommen.«

»Niemand schwimmt durch die Lagune.«

»Byron hat es getan.«

Dante lächelte und klappte sein Notizbuch zu. »Das erzählt man sich.«

»Das ist unmöglich«, sagte der Spanier.

»Nicht nur unmöglich, sondern auch ein jambischer Tetrameter«, sagte Dante. »›Sie geht in Schönheit, gleich der Nacht/ Im wolkenlosen Sternenlicht …‹ Vielleicht hätte es heißen müssen: ›Sie schwimmt in Schönheit …‹«

»Vielleicht«, sagte Cenzo.

Dante nahm die Brille ab und rieb sich die Nasenwurzel. Cenzo spürte, wie erschöpft der Partisanenführer war, nicht nur körperlich, sondern auch psychisch.

»Und du sagst, du kanntest Eusebio Russo?«, fragte Dante.

»Wir waren als Soldaten zusammen in Abessinien.«

»Du wusstest, dass er vielleicht Partisan ist, denn sonst würdest du uns nicht bitten, dir mit dem Mädchen zu helfen.«

»Ich dachte mir, er könnte einer sein.«

»Vielleicht ein Mitglied der Garibaldi-Gruppe?«

»Ja.«

»Vielleicht ein Roter?«

»Ja.«

»Aber du bist keiner.«

»Nein.«

»Woher wusstest du dann, zu welchem Bauernhof du gehen und unter welchen Baum du dich setzen musst?«

»Der Baum war so weit sichtbar wie eine Reklametafel, und als die Frau die Wäsche aufhängte, war auch das ein klares Zeichen.«

»Wusstest du, dass Russo von den Deutschen verhaftet und vernommen wurde?«

»Das hat man mir erzählt.«

»Und dass sie ihn dann freigelassen haben?«

»Ich habe gehört, er sei tot.«

»Das ist interessant«, sagte Dante.

Ein Huhn unterbrach ihr Gespräch. Es war aus seinem Käfig entkommen und rannte in komischer Flucht von einem Partisan zum andern, in die Funkhütte und wieder heraus und um die Munitionskisten herum, bis der kleine Peppino es einfing und ihm den Kopf abschnitt.

Der Spanier nickte beifällig. »Ein glatter Schnitt. Der Junge lernt.«

Das Abendessen bestand aus gekochtem Huhn und Brot in amerikanischen Kochgeschirren. Die Partisanen saßen dicht an dicht um Dante herum wie Hunde um ihren Herrn.

»Die Amerikaner sind sehr großzügig«, sagte Dante zu Cenzo. »Sie werfen Maschinenpistolen ab, Munition, Schokolade, Zigaretten, sogar Sprengstoff, mit Matratzen umhüllt. Ein aufmerksames Volk. Ich könnte über sie schreiben, wie Homer über die alten Griechen geschrieben hat, und in Hollywood ein Vermögen verdienen, aber das geht nicht, weil ich Kommunist bin. Außerdem werden sie das wahrscheinlich selbst tun. Die Russen haben Agitprop, die Deutschen haben Goebbels, und Mussolini hat Giorgio Vianello, den ›Löwen von Tripolis‹. Sag mir, im Ernst, was hältst du von deinem Bruder als Schauspieler? Familienstolz beiseite.«

»Ich würde sagen, er ist tüchtig.«

»Ein sorgfältig gewähltes Wort. Wenn Leute über Kino sprechen, benutzen sie normalerweise Ausrücke wie ›aufregend‹, ›romantisch‹ oder ›überwältigend‹. Du sagst ›tüchtig‹.«

»Ich bin kein Filmkritiker.«

»Warum nicht? Mussolini ist einer. Hitler ist einer. Stalin auch. Jeder ist ein Filmkritiker. Ihr habt nicht viel füreinander übrig, du und dein Bruder. Stimmt's?« Dante rieb sich das Gesicht. »Es kommt darauf an, Italien vor den Schurken und Scharlatanen zu retten, unter denen es in der Vergangenheit gelitten hat. Findest du nicht auch?«

»Ich denke schon.«

»Aber das verlangt entschlossenes Handeln. Gefühle dürfen da nicht im Weg sein.«

Cenzo brauchte einen Augenblick, um zu verstehen. »Du willst, dass ich Giorgio umbringe?«

»Und der Welt einen Gefallen tust. Es ist schwer, an deinen Bruder heranzukommen. Du kannst das.«

»Ich soll ihm ein Messer in den Rücken stoßen?«

»Oder eine Kugel in den Kopf schießen.« Dante reichte ihm eine Neun-mm-Beretta. »Ich werde nicht so tun, als wäre das eine edle Tat. Aber es ist notwendig.« Dante schaute hoch, als Lichter durch den Himmel zogen. Irgendwo ratterte Flak-Feuer. »Du siehst, der Rest der Welt feiert schon. Wie eine Parade in der Hölle.«

Dante fing an, über russische Literatur zu reden, über japanische Drucke, amerikanische Dynamik. Er erinnerte Cenzo an eine Schallplatte, die sich schneller und immer schneller drehte, je länger der Abend dauerte. Und immer wenn

Cenzo anfing, von Giulia oder Russo zu reden, wechselte er das Thema.

Als es dunkel wurde, sagte Dante schließlich: »Weißt du, in einem Monat werden wir beide vielleicht durch ein befreites Venedig spazieren. Es wird sein wie am Tag nach dem Karneval, wenn alle Masken fallen und sichtbar wird, wer die Helden, wer die Verräter und wer die unschuldigen Opfer sind. Ich glaube, da wird es eine Menge Überraschungen geben, und nicht wenige werden traurig sein. Dein Freund Russo zum Beispiel war vielleicht nicht der Held, für den du ihn gehalten hast.«

»Wer hat ihn gesehen?«, fragte Cenzo.

»Das kann ich nicht sagen.«

Cenzo hatte einen verblüffenden Gedanken. »Lebt er noch?«

»Das kann ich auch nicht sagen. Ich kann nur sagen, für einen Toten war er ziemlich beschäftigt auf dem Schwarzmarkt.«

# 17

Eine schwarze Limousine wartete vor dem Hotel Golfo, als Cenzo zurückkam. Zwei Schwarzhemden lehnten am Kotflügel wie Eidechsen beim Sonnenbad. Der eine schnippte einen Zigarettenstummel gegen Cenzos Absatz.

Oben im Zimmer schien Parteiführer Orsini nichts Ungewöhnliches dabei zu finden, auf Cenzos Bett zu sitzen und den Inhalt seines Gepäcks zu durchwühlen. Er sah aus wie einer, dem es einfach Spaß machte, Informationen zu sammeln wie andere Briefmarken. Seine Uniform war schwarz und stramm, sein Schnurrbart bescheiden, aber flott, und seine Mütze balancierte auf seinem Knie.

»Die Tür war offen«, sagte er.

»Und da sind Sie einfach hereingekommen.«

»Ja.« Er schwenkte einen rosafarbenen Briefbogen mit Umschlag. »Das hat man unter der Tür hindurchgeschoben. Sie finden es hoffentlich nicht aufdringlich, wenn ich es lese?«

»Ich glaube, das haben Sie schon getan.«

»›Lieber Cenzo, wo sind Sie gewesen? Ich hole Sie um sechs ab. Keine Ausreden. *Un beso*, Maria‹. Alle wollen wissen, wo Sie gewesen sind.«

»Ich habe einen langen Spaziergang gemacht.«

Orsini gab ihm den Brief mit spöttischem Grinsen. »Sie waren die ganze Nacht weg.«

»Ich bin unter einem Baum eingeschlafen. Ich bin Fischer, ich kann überall schlafen. Außerdem ist es in diesem Zimmer ein bisschen stickig. Wie ist es bei Ihnen?«

»Für meinen Bedarf genügt es.« Orsini sah sich um. »Ich muss sagen, Ihre Garderobe ist ziemlich teuer für einen Fischer.«

»Mein Bruder hat sie mir geliehen. Haben Sie sich alles angesehen?«

»Ich war sicher, Sie haben nichts dagegen. Setzen Sie sich doch bitte. Ich möchte mir nicht vorwerfen lassen, dass ich es jemandem unbequem mache.«

»Ich kann stehen.«

»Können Sie?« Orsini hatte ein Talent dafür, den Eindruck zu erwecken, dass bei der Hälfte dessen, was er sagte, Heiterkeit zu erwarten war. »Wie auch immer – dieser teure Koffer …«

»Gehört meinem Bruder. Er hat mich eingeladen.«

»Haben Sie ein enges Verhältnis?«

»Wir haben zumindest die gleiche Größe.«

»Und was für eine Überraschung, diese entzückende Skizze zu finden.« Orsini nahm Giulias Porträt aus dem älteren Koffer. »Sind Sie der Künstler?«

»Das ist doch nichts.«

»Sie sollten nicht so bescheiden sein. Wie heißt sie?«

»Es dient nur der Identifikation. Sie ist von zu Hause verschwunden.«

»Wie charmant.«

»Ein Mädchen aus Pellestrina.«

»Eine Fischertochter? Wie heißt sie?«

»Rosa.«

»Rosa und wie weiter?«

»Scarpa.«

»Da haben wir's. Rosa Scarpa. Das war doch nicht schwer. Sie müssen sie gernhaben, wenn Sie ihr Bild nach Salò mitbringen.« Orsini hielt das Bild dicht vor sein Gesicht und dann weit von sich. »Obwohl – ich glaube, ich sehe da eine gewisse semitische Fülle in ihren Lippen. Wie alt ist sie, sagten Sie?«

»Ich weiß nicht. Vielleicht fünfzehn.«

»Sagen wir einfach, eine junge Frau. Rosa Scarpa, ein außergewöhnliches Mädchen, wenn sie Ihre Fantasie so sehr gefangen nimmt.« Orsini reichte Cenzo die Zeichnung. »Aber ich interessiere mich nicht für sie. Ich interessiere mich für größere Fische.«

Was für ein dummer Fehler, dem Mädchen einen falschen Namen zu geben und zu versuchen, ihr Alter zu verringern, dachte Cenzo. Ein richtiger Maler hätte gesagt, das Porträt sei eine Komposition aus verschiedenen Modellen. Jetzt hatte Orsini einen Knochen und würde daran herumnagen.

»Was wollen Sie fangen?«

»Ihren Bruder natürlich. Ich will etwas über Ihren Bruder hören. Ich will wissen, was Giorgio Vianello vorhat.«

»Er ist ein Nationalheld.«

»Kann sein, aber Sie hat er zum Gespött gemacht. Warum verteidigen Sie ihn?«

»Das ist Privatsache.«

»Jeder echte Mann würde seine Ehre verteidigen. Jedes Gericht würde Sie freisprechen, zumal wenn ich Ihnen mildernde Umstände attestiere.«

»Was zum Beispiel?«

»Zusammenarbeit. Informationen darüber, mit wem Giorgio sich trifft und was er tut. Dieser Krieg ist noch nicht vorbei, auch wenn manche das gern hätten. Es gibt Verräter in unseren Reihen. Wenn es nach mir ginge, wäre die bloße

Verwendung des Wortes ›Kapitulation‹ ein hinreichender Anlass, jemandem die Zunge herauszuschneiden.« Das Letzte brachte Orsini plötzlich zum Verstummen. Seine Augen wurden feucht vor lauter Bewegung. Er holte tief Luft und sagte: »Jetzt, da ich Sie habe, wird sich alles ändern.«

Cenzo bekam fast Mitleid mit Giorgio. Soweit er sich erinnern konnte, war sein Bruder immer das meistbegünstigte und beliebteste unter den Geschöpfen Gottes gewesen. Männer fühlten sich von Natur aus angezogen, Frauen strömten ihm in Scharen zu, und sein politischer Stern war im Aufgehen begriffen. Und jetzt, innerhalb weniger Stunden, war Cenzo von zwei mächtigen Feinden aufgefordert worden, Giorgio umzubringen.

»Um Männer wie Ihren Bruder muss man sich kümmern. Der Augenblick wird kommen, da halten Sie den Dolch in der Hand und müssen zustoßen, aber noch ist es nicht so weit.« Er schnupperte an dem Umschlag nach Parfüm. »Ich glaube, Ihre Dame mit dem roten Auto wartet. Kommen Sie nicht zu spät.«

Angesichts des allgemeinen Exodus aus Salò hatte Maria Paz unter vielen Villen als Sitz des argentinischen Konsulats wählen können. Sie hatte eine mit einer Veranda gefunden, umgeben von prachtvollen Elefantenohrpflanzen. Hier konnte sie sich mit einem Kreis von Freunden – dem Filmproduzenten Otto Klein, der Schauspielerin Vera Giardini und dem facettenreichen Giorgio Vianello – abends zum Bridge zusammensetzen. Während sie spielten, studierte Cenzo eine Karte von Salò und dem Gardasee.

»Sind Sie alle in der Filmbranche?«, fragte er, ohne jemanden speziell anzureden.

Otto Klein putzte sich nachdenklich die Nase. »Wissen Sie,

Cenzo, Sie können nicht im Wasser schwimmen, ohne sich ein bisschen nass zu machen. So ist das. Wir sind, wer wir sind, und ›wir spielen unsere Nebenrollen von einem Tag zum andern‹. Oder so ähnlich. Maria ist immer die reizende Gastgeberin. Vera ist immer die niemals alternde Naive.«

»Haben Sie meinen Film mitgebracht?« Vera beugte sich zu Otto hinüber.

»Ja.«

»Wir machen eine Vorschau«, flüsterte Vera, an Cenzo gewandt, mit rauchiger Stimme. Sie war eine ständig sich wandelnde Blondine. Heute war sie Lana Turner.

»Nein, nein«, sagte Giorgio. »Das wird ihn langweilen.«

Vera warf ihre Karten auf den Tisch. »Ich hasse Bridge.«

»Ja natürlich«, sagte Giorgio. »Bridge erfordert Nüchternheit, genau wie Schach.«

»Schach ist noch schlimmer«, sagte Vera. »Da sitzt man nur da und wartet.«

»Schach ist antisozial«, sagte Giorgio und nickte. »Als Cenzo und ich vor Jahren das letzte Mal gespielt haben, hat er seine Figuren durchs Zimmer geworfen.«

»In Wirklichkeit«, sagte Cenzo, »hast du verloren und das ganze Brett vom Tisch gefegt.«

»Was redest du da?«

»Turm schlägt Dame«, sagte Cenzo. »Ich habe meine Dame geopfert und deinen Turm festgesetzt. Danach warst du matt in fünf Zügen.«

»Unsinn«, sagte Giorgio. »Der Mann ist verrückt. Spielen wir noch?« Er schob seine Karten zusammen. »Ich glaube, nicht. Wenn das so ist – möchte jemand noch einen Martini? Ich verspreche, diesmal ist er sogar trocken genug für meinen Bruder, den bekannten Schachgroßmeister von Pellestrina.«

»Nein, vielen Dank«, sagte Cenzo.

»Maria?«

»Unbedingt.«

»Wer noch? Vera?«

»Bitte.« Vera konnte nicht Nein sagen.

Weder Vera noch Otto hatten einen offiziellen Status. Tatsächlich wurden sie allgemein verachtet – Otto, weil er im Diplomatengepäck Gold nach Spanien geschmuggelt hatte, und Vera, weil sie als Schauspielerin ihre besten Vorstellungen im Bett gab. Sie war seicht, aber unantastbar, weil ihre beste Freundin Claretta Mussolinis Geliebte war.

»Wie geht's dem Duce?«, fragte Giorgio.

»Sie wissen ja«, sagte Vera. »Gerade noch trotzig, im nächsten Moment deprimiert.«

»Na, wer wäre das nicht?« Klein zündete sich eine Zigarette an. »Wenn man gerade noch der Liebling der Welt ist und am nächsten Tag den Strick angemessen bekommt, kann man schon niedergeschlagen sein. Dann weiß man standhafte Freunde am meisten zu schätzen.«

»Wer könnten diese Freunde sein?«, fragte Giorgio.

»Wir werden sehen, zu wem er rennt: zu dem fetten Bauerntrampel Rachele oder zu unserer reizenden Claretta«, sagte Vera.

»Rachele ist Mussolinis Frau und die Mutter seiner Kinder«, sagte Cenzo. »Das sollte doch etwas zählen.«

Maria wechselte das Thema. »Cenzo, sind Sie Kampfpilot wie Ihr Bruder?«

»Dazu hatte er nicht den Schneid«, sagte Giorgio.

»Was soll das bedeuten?«. fragte Maria.

»In Abessinien habe ich ein Aufklärungsflugzeug geflogen«, sagte Cenzo. »Als ich den Befehl bekam, Senfgas auf die Eingeborenen zu werfen, habe ich mich geweigert, und seitdem bin ich nicht mehr geflogen.«

»Du hattest Glück, dass du nicht wegen Befehlsverweigerung erschossen wurdest«, sagte Giorgio.

»Sie haben mich Gräber ausheben lassen«, sagte Cenzo.

»Solange es nicht Ihr eigenes war. Ich sehe schon, Sie sind ein ganz Gerissener.« Klein nippte an seinem Glas. »Ein ausgezeichneter Martini. Auf den Löwen von Tripolis ist immer Verlass.«

»Ich habe einen Mann gekannt, der seinem zahmen Affen beigebracht hatte, einen perfekten Martini zu machen«, sagte Maria. »Das arme Tier war am Ende völlig trunksüchtig. Otto, Sie wollten uns Veras Film zeigen. Den Rohschnitt.«

»Ich hole ihn.« Otto sprang auf.

»Es ist eigentlich nicht *mein* Film«, sagte Vera. »Aber ich habe eine Sprechrolle.«

»Im Bett oder angezogen?«, fragte Giorgio.

»Das ist grausam«, sagte Maria.

»Claretta hat den Film gesehen und war sehr beeindruckt«, behauptete Vera. »Ich meine, wir müssen uns Mut machen. Wir können nicht einfach im Bett liegen und Schokolade essen.«

»Hat Nero nicht genau das getan, als Rom brannte?«, fragte Giorgio. »Schokolade essen und Filme anschauen?«

»Sie sind herzlos«, sagte Vera.

Otto Klein kam auf die Veranda, taumelnd unter der Last einer Pappschachtel mit Filmrollen. »Es tut mir leid, Vera. Tut mir leid, mein Schatz. Der Film ist im Kasten, aber ich glaube nicht, dass wir ihn noch rechtzeitig in den Verleih bringen.«

»Rechtzeitig wofür?«, fragte Vera.

»Rechtzeitig vor Kriegsende, meine Liebe. Aber wenn der

Krieg vorbei ist, werden wir die Ersten sein, die ein Produkt in der Hand haben.«

»Reden wir von meinem Film?«, fragte Vera.

»Es gibt hier und da noch Details, die wir ändern müssen. Die Hakenkreuze.« Klein stellte den Karton ab. »Einen Augenblick noch, der Projektor ist im Wagen.«

Er lief eilig davon.

»Interessant, wie viele Verrückte sich zum Film hingezogen fühlen.« Giorgio machte sich auch noch einen Martini. »Und schöne Frauen natürlich. Aber natürlich ist das unsere eigene Schuld. Wir drängen sie ja dazu. Wir bestehen darauf. ›Du solltest beim Film sein.‹ Wollt ihr den wahren Grund wissen, weshalb unser Freund Otto nicht nach Berlin zurückwill? Weil alle Filmproduzenten, ob Schweizer oder Deutsche, die zurückkommen, ein Gewehr in die Hand gedrückt kriegen und an die Front geschickt werden.«

»Alles da.« Klein kam mit dem Projektor zurück. »Der Film dauert mit drei Stunden ein bisschen lange.«

Klein fädelte die erste Rolle ein und suchte eine Steckdose.

»Könnten Sie das Licht ausmachen? Was wir sehen werden, ist die Szene, in der Nietzsche Betrachtungen über den Begriff des Übermenschen anstellt.« Er drückte auf einen Schalter, und ein Countdown wurde auf die Gartenmauer projiziert: 6… 5… 4… 3… 2… 1… 0. Auf der behelfsmäßigen Projektionsfläche erschien eine Treppe mit einem Koffer auf dem Absatz.

»Ich glaube, Sie haben den falschen Film«, sagte Giorgio.

»Lassen Sie es laufen«, sagte Cenzo.

Die Kamera zeigte, dass die Treppe halb zerstört und das Dach eingestürzt war. Füße stiegen zu dem Treppenabsatz hinauf, und dann sah man eine junge Frau in Hut und Mantel. Sie drehte sich zur Kamera um und sagte: »Da ist er. Wo ich ihn hingestellt hatte.«

Ihre Stimme klang munterer, als Cenzo sie in Erinnerung hatte, und ihr Gesicht leuchtete regelrecht im Scheinwerferlicht. Aber der Regisseur war nicht zufrieden.

»Nein, Gina. Nein, nein, nein. Dieser Augenblick ist ein Höhepunkt. Du kannst nicht einfach so die Treppe hinaufspazieren. In diesem Koffer ist alles, was dir wichtig ist auf der Welt. Wenn du ihn findest, musst du ihn an die Brust drücken. Du willst das Publikum zum Weinen bringen. Glaubst du, das kannst du, Schätzchen? Lauf die Treppe hinauf bis zu deiner Markierung, dreh dich zur Kamera und sag, als ob dein Leben davon abhinge: ›Da ist er. Wo ich ihn hingestellt hatte.‹« Sie nickte gehorsam, aber Cenzo sah, wie bang sie war. Die Kamera wackelte, und Staub stieg auf. In der Ferne hörte man einen Bombeneinschlag. »Das war ganz weit weg, Kinder. Versuchen wir's noch mal. Gina zurück an die Treppe und … *Kamera ab!*«

Gina stolperte auf der ersten Stufe.

»Meine dummen Füße.«

»Entspann dich. Tief Luft holen. Alle lieben dich. Los.«

Sie lief die Treppe hinauf, aber als sie sich umdrehte, um ihren Text zu sprechen, hatte sie einen Aussetzer. »Ich bin hoffnungslos. Ich lasse alle hier im Stich.«

»Unsinn, du bist nur nervös. Giorgio, ich sag es nicht gern, aber ich glaube, wenn du hier bist, ist Gina ein bisschen angespannt. Würde es dir was ausmachen, für zehn Minuten rauszugehen? Wir müssen sowieso die Filmrolle wechseln. Und wenn wir fertig sind, gibt es Schnaps und Zigaretten für die ganze Crew. Läuft die Kamera da noch? Dann –«

Die Wand strahlte weiß, und das Ende des Filmstreifens

flatterte um die Spule herum, bis Klein den Projektor abschaltete. »Tut mir leid, Leute. Ich hatte keine Ahnung.«

Alle schwiegen. Cenzo schaute sich nach Giorgio um, aber Giorgio war nicht mehr da.

Am Seeufer herrschte starker Verkehr. Lastwagen rollten mit mahlendem Dröhnen im Verdunklungstempo vorüber, und am Himmel zog der allnächtliche Strom der Bomberverbände nach Westen in Richtung Verona und Mailand.

Cenzo sah Giorgio vor sich und folgte ihm im Abstand von einem Block. Giorgio war es gleichgültig, ob ihm jemand folgte oder nicht. Cenzo war es gleichgültig, ob er gesehen wurde oder nicht. Er zog die Beretta aus der Jackentasche.

Als Gina im Film erschienen war, hatte sie so dreidimensional ausgesehen, dass er ihre Hand hätte berühren können. Ihre Stimme hatte hoch und hallend geklungen, aber sie war ihm bis ins Mark gedrungen, und ihre Entschuldigungen hatten einen kindlichen Unterton gehabt, den er kannte. Einen Moment lang war sie am Leben gewesen, wie sie es noch wäre, wenn Giorgio nicht mit ihren Träumen gespielt hätte.

War es bei Giorgio eine Sache der Habgier, dass er Cenzos Dame hatte erobern müssen? Das Bedürfnis nach Dominanz? Was trieb ihn, seinem Bruder die Frau wegzunehmen?

Die Gebäude der Ministerien zogen sich am Corso entlang. Giorgio bog in die Seitenstraßen ein, die von Zypressen und Kiefern überschattet waren. In der Szene hatte mehr Pathos als Würde gelegen, als Gina wegen ihrer schlechten Schauspielerei in Tränen ausgebrochen war. »Da ist er. Wo ich ihn hingestellt hatte.« Der Koffer winkte. Die Sterne funkelten.

Cenzo rechnete damit, dass die Soldaten ihn erschießen

würden, wenn er Giorgio erschossen hatte. Nun, so würde es einmal unentschieden zwischen ihnen ausgehen. Die schwer beladenen Laster rumpelten vorbei. Giorgio drehte sich um und sah Cenzo an.

Cenzo hielt die Waffe vor sich, bis ihm der ausgestreckte Arm wehtat.

Bis Giorgio lachte und davonging.

# 18

Cenzo träumte, er sei ein Fisch im flachen Wasser und jemand wollte ihn mit einem Speer aufspießen. Aufgewühlte Gischt, viel Blut, das Stakkato der Maschinengewehre einer Mustang, deren Geschosse das Wasser harkten. Ugo schwamm falsch – mit dem Gesicht nach unten, um den Kugeln zu entkommen, die ihn wie Bienen umschwirrten. Giorgio tauchte ihm nach und bekam ihn bei den Fersen zu fassen. Niemand konnte schwimmen wie Giorgio, aber Ugo zog ihn in die Tiefe, und Perlen aus Quecksilber quollen ihm aus dem Mund. Cenzo fuhr hoch und war hellwach.

Wieder einzuschlafen war unmöglich. Er zog sich an und verließ das Hotel Golfo, um den Weg zu gehen, auf dem Maria ihn hergefahren hatte. An jeder Ecke standen Soldaten, und am Ufer des Sees reihten sich Flakbatterien aneinander, doch obwohl noch Ausgangssperre war, hielt niemand ihn an. Entweder hielten sie ihn für seinen Bruder, oder die Deutschen nahmen an, sie seien allesamt Geschöpfe der Nacht.

Der Umgang mit Giorgios Freundeskreis erschien ihm wie eine unheimliche Farce. Wie hatte er sich da hineinziehen lassen? Jeden Moment würde man ihn demaskieren. Er war hier in einem Urlaubsort in den Bergen, der sich in die Welthauptstadt des Wahnsinns verwandelt hatte.

Er hörte eine vertraute Stimme. »Sind Sie das, Cenzo?«

Es war Maria Paz. Sie stand auf der Veranda des argentinischen Konsulats, nur leicht bekleidet, das Haar halb gebürstet, der Bademantel nachlässig geschlossen – eine Frau, kein Modefoto.

»Ich wollte spazieren gehen«, sagte er.

»Warum?«

»Ohne Grund. Mir war nicht klar, dass ich bereits so weit gegangen bin.«

»Das kommt vor. Wie auch immer, ich bin schon auf. Kommen Sie herein und trinken Sie eine Tasse Kaffee mit mir.« Sie öffnete ihm die Tür und führte ihn in den Empfangsraum des Konsulats.

»Ich möchte Ihren Mann nicht wecken.«

»Den Konsul wecken Sie nicht mal mit einem Kanonenschuss.« Sie knipste die Schreibtischlampe aus und schob ein paar Papiere in eine Schublade. »Ich bin hier fertig.«

»Sie nennen ihn immer noch Konsul, obwohl Sie kein Konsulat mehr haben?«

»In meinen Augen ist er noch einer. Sie haben hoffentlich nichts dagegen, wenn wir den Kaffee draußen auf der Veranda trinken.«

Sie verschwand in der Küche und kam mit einem Tablett zurück, auf dem Tassen und eine Kaffeekanne standen. Er wischte welkes Laub von einem Tisch, damit sie das Tablett abstellen konnte.

»Sie haben Vera knapp verpasst«, sagte sie.

»So früh am Morgen?«

»Sie ist gar nicht gegangen. Ihr geht vieles durch den Kopf und sie wollte darüber reden. Reden mit Vera ist allerdings nicht das Gleiche wie ein richtiges Gespräch.«

»Wie meinen Sie das?«, fragte Cenzo.

»Sie ist eine gute Seele, wenn auch ein bisschen undiszipliniert und mit einem Hang zum Träumen. Wie Sie sehen, schrumpft die Einwohnerschaft von Salò mit jedem Tag, und wir begnügen uns miteinander.«

»Anscheinend ist sie gut befreundet mit Mussolinis Mätresse.«

»Ja, sie macht sich die Freundschaft mit Claretta zunutze, aber Claretta nutzt sie auch aus. Sie braucht eine Schulter, an der sie sich ausweinen kann.«

»Vera sollte so viel Abstand zwischen sich und Claretta halten, wie sie kann«, meinte Cenzo. »Worüber haben Sie gesprochen?«

»Es geht immer um das gleiche Thema: Wer bleibt bei Benito Mussolini und begleitet ihn in die Hölle?« Sie schenkte den Kaffee ein. »Bei Mussolinis Frau ist es der Stolz. Bei Claretta ist es wenigstens Liebe.«

»Und Sie? Warum sind Sie noch hier?«

»Der Konsul will nicht weg, und außerdem genießen wir inoffiziell immer noch diplomatische Immunität.«

»Das geht?«

»Anscheinend.«

»Sie können hier weiterarbeiten?«

»Bei politischen Umwälzungen gibt es immer etwas zu tun.«

»Was denn?«

»Dies und das.«

Cenzo schaute hinauf zu einem Fenster. Einen Moment lang hatte er geglaubt, eine Gestalt hinter der Gardine zu sehen.

»Und was ist mit Otto Klein?«

»In Ottos Zukunft sehe ich einen Strick und einen Laternenpfahl.«

»Und Giorgio?«

»Tja, das ist eine interessante Frage. Ich frage mich schon immer: Ist Giorgio ein Faschist, ein Held oder ein Filmstar? Den Reiz, den ein Filmstar in Italien ausübt, darf man nicht unterschätzen.« Sie nahm ihr Zigarettenetui aus der Tasche ihres Bademantels und ließ sich von ihm Feuer geben. »Und jetzt habe ich eine Frage an Sie, Cenzo. Sind Sie ein Köder? Ich an Ihrer Stelle würde diese Frage sehr ernst nehmen. Es sind größere Fehler begangen worden.«

»Aber ich bin nicht wie Giorgio.«

»Dann haben Sie schon lange nicht mehr in den Spiegel geschaut.«

Die Morgenröte überwölbte alles. Die Zitronen an den Bäumchen auf der Veranda sahen dunkel, schwer und hässlich aus. Wieder hatte Cenzo das Gefühl, dass sich oben hinter dem Vorhang etwas bewegte.

»Wissen Sie, über Gina sollten Sie sich nicht täuschen«, sagte Maria. »Sie war ein gewöhnliches Mädchen mit einem schönen Gesicht. Leider keine gute Schauspielerin. Sie hat es nicht verdient, bei einem Luftangriff zu sterben. Niemand hat das. Doch Sie opfern sich der Erinnerung an sie. Ich hoffe, Sie gestatten, dass ich das sage. Ich bitte Sie nur, die Möglichkeit in Betracht zu ziehen.«

»Dass ich ein Narr war? Ist die Liebe nicht genau das: blind?«

»Und jetzt haben Sie eine neue Aufgabe. Diese Nichte.«

»Sie ist nur ein Mädchen. Außerdem lebt sie vielleicht gar nicht mehr.«

»Genau. Und demnächst ist sie dann eine Heilige.« Maria streckte die Hand aus, als wollte sie ihre Worte zurückholen. »Entschuldigen Sie. Ich bin nur eine verbitterte Frau, die am Ende der Welt ihren Kaffee trinkt.«

Aus dem Haus kam ein mechanisches Geräusch – das Einkuppeln eines Motors, das Abrollen eines Kabels, das Öffnen eines Aufzuggitters. Ein Licht ging an, und die schattenhafte Gestalt eines Mannes im Hausmantel erschien auf der Verandatreppe. Er sah grau aus, wie ausgelaugt und in Spinnweben gehüllt, und er kam schlurfend heran und zog einen Fuß nach. Eine Frau in Weiß, anscheinend eine Krankenschwester, stützte ihn.

»Besuch?«, fragte er.

»Er wollte gerade gehen, Liebling.«

Der Mann blinzelte. »Habe ich es gut gemacht?«

»Sehr gut.« Sie wandte sich an Cenzo. »Das ist mein Mann, der Generalkonsul Alejandro Paz Rodriguez.«

Der ehemalige Konsul versuchte, Cenzo anzusehen, aber seine Energie reichte nicht so weit. »Geht der Besuch jetzt?«, flüsterte er.

»Ja, Liebling.«

Maria stand auf, um der Schwester zu helfen, ihren Mann zum Aufzug zurückzuführen. »Ich weiß, wie es ist, jemanden zu lieben, der unerreichbar ist«, sagte sie zu Cenzo. »Das ist der Mann, den ich geliebt habe. Der Mann, den ich immer noch liebe.«

Cenzo schwieg. Wenn die Welt kurz davor war, in die Luft zu fliegen, was gab es dann noch zu sagen?

Maria nahm den Autoschlüssel vom Tisch. »Geben Sie mir eine Viertelstunde Zeit. Ich fahre Sie zurück.«

Ohne die Vollendung durch Make-up-Akzente war die Schönheit Marias eher ungeschliffen, als sie jetzt in Overall und Sandalen am Steuer ihres roten Cabrios saß.

»Der Konsul war Diplomat in Buenos Aires, und ich war

eine jugendliche Diebin. Es hat keinen Sinn, das heute noch zu verhehlen. Ich habe ihn verführt. Das war ein Skandal und das Ende seiner Laufbahn. Man erlaubte uns zu heiraten, wenn wir das Land verließen, und so fingen wir an, unsere Runden im Dienst unbedeutender Botschaften zu drehen. Wir waren ein Paar. Alejandro stammte aus einer hoch angesehenen Familie, und ich war sein Tramp. Wie Sie sich vorstellen können, ist der Posten des argentinischen Konsuls in der Republik Salò die unterste Sprosse der Leiter. Die beiden einzigen Staaten, die Salò anerkennen, sind Deutschland und Japan. Der Vertreter Deutschlands ist vor Monaten abgereist, und die Japaner haben nie mehr getan, als einen Brief zu schreiben. Man könnte also sagen, Alejandro und ich sind das, was vom diplomatischen Korps hier noch übrig ist. Oder ich bin es, nach seinem Schlaganfall.«

»Was für eine Diebin waren Sie?«, fragte Cenzo.

»Eine erfolgreiche.« Sie lächelte. »Eine Fälscherin.«

»Was haben Sie gefälscht?«

»Kunst. Die alten Meister. Ich habe es an den Knien meines Vaters gelernt.«

»Als Kind?«

»Seit ich zehn war. Ich war eine liebende Tochter, und ihm bei seiner Arbeit zu helfen, war meine Lehre. Er starb in seinem Atelier, umgeben von Bildern. So hat die Polizei uns gefunden. Der Staatsanwalt besaß selbst einen Rembrandt, den mein Vater gemalt hatte. Ich hätte lachen können.«

»Und Sie haben es um Ihres Mannes willen aufgegeben?«

»Endgültig. Bis Otto Klein meiner Vergangenheit auf die Spur kam.«

»Aber hier gibt es keine alten Meister zu kopieren.«

»Doch, nur keine Gemälde. Violinen.«

Tageslicht erfüllte die Promenade, und man sah 20-mm-Kanonen, so groß wie Belagerungskatapulte, und Reihen von Sandsäcken.

»Violinen?«

»Von Gasparo da Salò aus dem 16. Jahrhundert. Ich habe vielleicht eine oder zwei hinzugefügt.«

»Unmöglich.«

»Keineswegs, wenn Sie einen leichtgläubigen Käufer haben und nicht versuchen, eine großartige Violine zu erschaffen, sondern nur eine alte. Sie fangen mit einer gewöhnlichen Fiedel an, mit echten Rissen und Wurmlöchern, fügen ein bisschen Staub und Asche und sogar ein paar kleine Reparaturen hinzu. Hauptsache ist, Sie erreichen den goldenen Glanz des Lacks an einer echten Violine von Gasparo da Salò.«

»Klingt sie dann auch echt?«

»Das müssen Sie der Fantasie des Käufers überlassen.«

»Es hört sich fast an, als wären Sie stolz.«

»Wie jede Mutter.«

Sie hatten das Hotel Golfo erreicht.

»Ich glaube, Sie fangen allmählich an, über Gina hinwegzukommen.« Maria küsste ihn sanft. Sie tat es behutsam, aber er ließ es geschehen. Das war das Traurige. Die beiderseitige Sehnsucht. Dann hielt ein Auto neben ihnen, und Otto Klein drehte sein Fenster herunter. »Ich hoffe, ich störe nicht, aber ich habe mich gefragt, wie es dem Konsul dieser Tage gesundheitlich geht. Ich glaube, wir haben noch Zeit für eine weitere Lieferung im Diplomatengepäck.«

»Fahren Sie weiter, Otto«, sagte Maria. »Ich bin fertig mit alldem.«

»Oh, ich glaube, der Konsul ist kräftig genug.«

»Das ist Erpressung.«

»Unter Freunden? Und eins müssen Sie über Erpressung lernen: Sie basiert immer auf einer Wahrheit. Sind wir uns da einig? Und ich danke Ihnen, Cenzo. Sie hätten Schauspieler werden sollen. Ihr Timing war perfekt.«

# 19

Er war sich nicht klar, was er für Maria Paz empfand. Anfangs hatte er gefunden, dass zu wenig über sie erklärt worden war, und dann war es zu viel – wie eine Schachtel, die hochbrisanten Sprengstoff enthalten konnte oder nicht. Dazwischen gab es nichts. Maria hatte sich abgewandt und war ohne ein weiteres Wort vom Hotel Golfo abgefahren. Otto Klein tat, als wäre Erpressung ein normales Geschäft, und vielleicht war es das für ihn auch.

Am Vormittag war der große Abzug der Wehrmacht in vollem Gange. Italienische Soldaten sahen mit ausdruckslosen Gesichtern zu, wie die deutschen Truppen an ihnen vorbeimarschierten. Beide Seiten ignorierten einander grimmig wie ein Ehepaar, das sich trennte. Beim deutschen Hauptquartier zwischen Krankenhaus und Krematorium warfen Büroangestellte Akten auf einen großen Scheiterhaufen. Motorräder rasten zu zweit und zu dritt vorbei, jedoch nicht in panischer Eile, jedenfalls noch nicht. Cenzo dachte, wenn es ein Volk gab, das fähig war, sich in geordneter Weise zu demontieren, dann waren es die Deutschen.

Cenzo sollte sich später am Garda-Tunnel mit Giorgio und Oberst Steiner treffen und ihnen berichten, aber bis dahin hatte er noch Zeit. Er kaufte sich eine Zeitung und las sie in einem Café. Die Schlagzeile verkündete: UNSERE

GRÖSSTE WAFFE IST IL DUCE. Na ja, die Deutschen hatten die V2 erfunden, also war es nicht unmöglich, dass sie Mussolini eine Rakete in den Arsch schoben.

Sein Blick wanderte zu dem Polizeirevier an der nächsten Ecke, und als er sah, dass der Wachtposten davor nicht bemannt war, konnte er nicht widerstehen. Er spazierte hinein, nur um den Tiger am Schwanz zu ziehen. Plakate ermahnten das Publikum, Gerüchte zu melden und Verräter anzuzeigen. An einem schwarzen Brett hing eine Liste mit den Namen gesuchter Partisanen, und Porträts von Dante und dem Spanier hingen unübersehbar daneben. Die Bilder faschistischer Märtyrer waren mit schwarzem Samt drapiert. Ein Polizeihund winselte in einer Ecke. Ein Unteroffizier mit einem bleistiftschmalen Schnurrbart beugte sich über sein Telefon und versicherte einer hysterischen Frau am anderen Ende, dass die Deutschen nur eine Übung machten und bald zurückkommen würden.

Der Offizier riss die Augen auf, als er den Hörer aufgelegt hatte.

»Giorgio Vianello?«

Cenzo hatte nicht vorgehabt, jemanden zu täuschen, und einen Augenblick lang war er unschlüssig, aber er sah, wie einfach es wäre, die Identität seines Bruders anzunehmen. Er schlüpfte so mühelos in die Rolle wie in Giorgios Alpaka-Anzug.

Der Offizier salutierte und schüttelte Cenzo dann die Hand. »Es ist mir eine Ehre. Der Kommandant ist leider nicht hier, aber ich bin Korporal Fini. Wie kann ich Ihnen behilflich sein?«

»Ich will mich nur umsehen.«

»Hier?«

»Ja. Wir planen einen Film, in dem die Arbeit der Nationalen Polizei eine Rolle spielt.«

»Jetzt?«

»Wann und wie sonst sollte man die öffentliche Moral stärken? Ich muss Ihnen allerdings sagen, dass noch nichts entschieden ist. Wir ziehen auch andere Drehorte in Betracht.«

»Werden Sie mitspielen?«

»Das wird man sehen.«

»Waren Sie in Hollywood?«

»Selbstverständlich.«

»Haben Sie Greta Garbo kennengelernt?«

»Ja.«

»Wie ist sie so? Privat?«

»Groß.«

Korporal Fini rieb sich das Kinn. »Aber Sie spielen lieber in italienischen Filmen mit italienischen Schauspielern?«

»Wegen der Wirklichkeitsnähe.«

»Genau.« Der Korporal nickte energisch. »Ich selbst habe eine Menge Ideen zum Film. Ich würde mich gern mit Ihnen zusammensetzen und darüber sprechen.«

»Bei Gelegenheit. Kann ich mich auf Ihre Diskretion verlassen?«

»Selbstverständlich.« Der Korporal zog die Stirn kraus und gab sich Mühe, vertrauenswürdig auszusehen.

»Die Story handelt von einem Polizisten, der zu Unrecht beschuldigt wird, seine Macht missbraucht zu heben. Führen Sie Unterlagen über Personen, die im Polizeigewahrsam zu Tode gekommen sind?«

»Von eigener Hand, ja. Indem sie sich mit einem Gürtel erhängt haben, aus dem Bett gefallen oder gegen eine Wand gelaufen sind.«

»Und wie ist es mit tätlichen Angriffen gegen einen Beamten?«

»Das kommt jeden Tag vor.«

»Auch bei politischen Fällen?«

»Vor allem. Intellektuelle reiten sich ständig rein.« Fini legte einen Finger an die Nase. »Immer ein bisschen zu schlau.«

Cenzo zog das Foto aus der Tasche, das Oberst Steiner ihm gegeben hatte und das einen Mann mit eingeschlagenem Schädel zeigte. »Erinnern Sie sich, was mit dem passiert ist?«

»Wer kann das sagen? Er sieht aus wie eine Wassermelone, die vom Lastwagen gerollt ist.«

»Erkennen Sie ihn?«

»Nein.«

»Er dürfte in den letzten paar Wochen hier durchgekommen sein. Ein großer, rothaariger Mann, der mit einem Jungen unterwegs war?«

»Verzeihung, aber wozu brauchen Sie diese Information?«

»Eine Hintergrundgeschichte. Für eine von mehreren fiktionalen Figuren.«

»Interessant.«

»Natürlich brauchen wir auch Statisten, je nachdem, wo wir drehen.«

»Wenn ich es mir jetzt überlege – es gab einen Mann, auf den die Beschreibung mehr oder weniger passt, und er war mit einem Jungen unterwegs.«

»Wie sah der Junge aus?«

»Mager. Ein Straßenbengel, vielleicht fünfzehn. Trug eine Mütze. Er fiel auf, weil es in einem Urlaubsort wie Salò nicht viele Straßenjungs gibt. Hier ist nicht Neapel.«

»Und er war mit diesem Mann zusammen?« Cenzo tippte auf das Foto.

»Ich glaube, ja. Aber es ist schwer zu sagen.«

»Sie hatten ihn hier auf dem Revier?«

»Ja.«

»Wenn er hier war, ist sein Name doch sicher aktenkundig.«

»Nein. Wir haben ihn am Ende laufen lassen.«

»Warum?«

»Es gab keinen Grund, ihn hierzubehalten. Jemand hatte behauptet, er habe ein Fahrrad gestohlen, aber es war alles ein großer Irrtum.«

»Und da haben Sie ihn laufen lassen.«

»Die Söhne der Wölfin veranstalteten eine faschistische Treuefeier, als es Fliegeralarm gab. Den Mann haben wir festgehalten, der Junge ist jedoch verschwunden.«

Verschwinden konnte Giulia gut, dachte Cenzo.

»Wann war das?«

»Vor ungefähr zehn Tagen.«

»Und warum haben Sie den Mann festgehalten, wenn alles ein Irrtum war?«

»Hatten wir nicht vor. Aber Brigadeführer Orsini hatte ein paar persönliche Fragen an den Kerl.«

»Orsini war hier?«

»Ja. Als ich den Mann zuletzt gesehen habe, saß er im Wagen des Brigadeführers.« Korporal Fini holte tief Luft. »Wenn davon die Rede ist, hier einen Film zu drehen, ist das doch ein gutes Zeichen, oder?«

»Vermutlich.« Cenzo wandte sich zum Gehen.

»Nicht so eilig.«

»Was?«

»So leicht kann ich Sie nicht davonkommen lassen.« Der Korporal zog eine Schreibtischschublade auf und nahm eine

Kamera heraus. »Meine Frau reißt mir den Kopf ab, wenn sie erfährt, dass ich Giorgio Vianello kennengelernt und kein Foto gemacht habe. Eins noch. Bitte seien Sie nicht gekränkt, aber – machen Sie alle Ihre Stunts selbst?«

»Natürlich.«

»Daran habe ich nie gezweifelt.«

# 20

Die Straße am Ufer des Gardasees führte durch sieben Tunnel, allesamt breit genug für einen Panzer, und zwischen ihnen eröffnete sich ein spektakulärer Ausblick auf das Wasser tief unterhalb der Straße. Die Straße selbst war ein perfekter Fluchtweg von Salò in die Schweiz. Und eine perfekte Falle.

Oberst Steiner führte Cenzo und Giorgio in den Schatten des ersten Tunnels und schraubte eine Wasserflasche auf.

»Ist das zu glauben?«, fragte er. »Ich dachte, ich schütze hier die Meilensteine der Zivilisation, Meisterwerke von Tizian und Tintoretto. Und stattdessen bin ich hier und bereite die Sprengung eines Berghangs vor.«

»Keiner von uns tut, was er erwartet hatte«, sagte Cenzo.

»Da haben Sie recht«, sagte Steiner. »Hätten Sie vor dem Krieg die Männer zu beiden Seiten der Front gefragt, was sie wohl in zehn Jahren tun würden, hätte kein einziger gesagt, sie würden einander in die Luft sprengen.«

Soldaten entrollten Zündkabel und verbanden sie mit zusammengebundenen TNT-Stangen. Manche schleppten schwere Taschen mit Zeitzündern, Zündkapseln und einfachem Werkzeug wie Klemm- und Kneifzangen, Hämmern und Messern. Mit Spitzhacken trieben sie Löcher in die Wände. Es war eine schweißtreibende Arbeit, und wenn eine Hacke abglitt und Funken schlug, hielten die Soldaten den Atem an.

»Sie sind jung«, sagte Cenzo.

»Kinder«, sagte Steiner. »Und wie Kinder brauchen sie Spielzeug.« Er stieg über einen kleinen »kopflosen« Panzer hinweg, nicht mehr als einen Meter lang. »Ein funkgesteuerter Roboter zum Sprengen von Minen. Höchst unterhaltsam. Das einzige Problem ist, wenn eine Kette blockiert ist, fährt der Roboter im Kreis oder, schlimmer noch, kehrt zu seinem Herrn zurück.«

»Wie ich«, sagte Cenzo. »Ich kehre auch zurück.«

»Wie meinen Sie das?«, fragte Steiner.

»Ich gehe zurück nach Pellestrina.«

»Du wirst den Teufel tun«, sagte Giorgio.

»Das kann nicht Ihr Ernst sein«, sagte Steiner. »Sie haben ein echtes Talent für diese Arbeit. Und jetzt wollen Sie aussteigen?«

»Ich wollte Giulia finden, und stattdessen drehe ich mich im Kreis. Ich bin kein Spitzel.«

»Das habe ich auch nie angenommen. Ein Katalysator, das sind Sie.« Steiner schwieg einen Moment lang. »Hören Sie sich dieses unglaubliche Echo an. Als ob Trolle bei der Arbeit wären. Nein, Sie machen Ihre Sache gut. Mit Ihnen haben wir immer noch die beste Chance, Giulia zu finden. Und diese Argentinierin mit dem kriminellen Hintergrund? Man sollte sie nutzen.«

»Aber nicht mit meiner Hilfe.« Cenzo warf Giorgio einen Blick zu. »Es ist, als spielten Sie ein Spiel und behielten die Regeln für sich.«

»Unbedeutende Details.«

»Zum Beispiel?«

Der Oberst wählte seine Worte sorgfältig. »Vittorio Silber war ein Geschäftsmann mit internationalen Verbindungen.«

»Auch nachdem Mussolini anfing, die Juden zu verhaften?«

»Silber wurde geschützt.«

»Er war kein Trottel, der abwartete und abwartete, bis es zu spät war?«

»Wohl kaum. Er erkannte seine Chance und nutzte sie.«

»Was für eine Chance?«, fragte Cenzo.

»Aus seinem Versteck herauszukommen und Kontakt aufzunehmen. Ein Ende dieses endlosen Kriegs auszuhandeln. Dafür zu sorgen, dass diese Kindersoldaten weder sich noch sonst jemanden in die Luft sprengen. Unser Raketenwerfer hat die unangenehme Angewohnheit, spontan zu feuern. Die Hälfte unserer Bewaffnung ist durch Sabotage beschädigt. Das kommt davon, wenn man Sklavenarbeiter beschäftigt.«

Ein Panzer rollte herein, und der ganze Tunnel verwandelte sich in ein einziges Kanonenrohr. Die jungen Männer, die dort Sprengladungen anbrachten, sahen sich ermutigt, obwohl der Panzer langsam und schwerfällig war, ein schwer atmendes Monstrum, kein Freund enger Räume.

»Gibt es denn keine Friedensverhandlungen?«, fragte Cenzo.

»Doch, natürlich«, antwortete Giorgio. »Schon seit Monaten, und jedes Mal werden wir verraten. Wir hoffen, Giulia kann den Mann identifizieren, der ihren Vater verraten hat, den Mann, der die Verhandlungen blockiert.«

»Und du, der Löwe von Tripolis, bist daran beteiligt?«

»Wir brauchten einen Sprecher, den das Volk erkennt«, erklärte Steiner.

»Dann brauchen Sie mich nicht.«

»Doch«, sagte Steiner. »Aus dem genannten Grund: um Giulia zu finden. Sie sind der Einzige, dem sie vertrauen wird. Die Frage ist, können wir Ihnen vertrauen? Ihr Bruder glaubt es nicht. Er glaubt, Sie wollen da nicht hineingezogen werden.«

»Da hat er recht.«

»Nicht einmal, um Menschenleben zu retten?«

»Welche Menschenleben?«, fragte Cenzo. »Sie haben selbst gesagt, dieser Krieg ist so gut wie vorbei, man soll sich hinsetzen und abwarten.«

»Sie wollen uns also nicht mehr helfen?«, fragte Steiner.

»Bei einem Plan zur Rettung der Welt in letzter Sekunde? Die Welt ist schon verloren.«

»Du scheinheiliger Scheißer.« Giorgio packte Cenzo beim Ärmel. »Ich habe dich mein Leben lang immer wieder gerettet.«

»*Du* hast mich gerettet?«

»Wie, glaubst du, konntest du dir diese Nummer mit dem Giftgas in Afrika leisten, ohne vors Kriegsgericht zu kommen und erschossen zu werden? Oder in Nidos Bar das Maul aufreißen, ohne dass die Schwarzhemden dich auf der Straße aufgreifen und dir den Schädel einschlagen?« Er schob den Unterarm unter Cenzos Kinn und drückte ihn an die Tunnelwand. »Unternimm abwechslungsweise einmal etwas. Tu mehr, als dich zu beklagen.«

Cenzo stieß ihn zurück. »Du meinst, hier habe ich die Chance, meinem Bruder, dem Faschisten, zu helfen? Glaubst du, du kannst die Seiten wechseln wie ein Schauspieler das Kostüm? Das mag Wirkung auf Frauen haben. Auf mich hat es keine.«

»Es geht also alles wieder mal um Gina? Wir stehen hier auf dem Schlachtfeld, und du kannst über nichts anderes reden als über sie und deine Moral? Dann sag mir, ist Maria Paz verheiratet oder nicht?«

Cenzo fühlte sich plötzlich entwaffnet wie ein Ritter, der aus dem Sattel gestoßen wurde. Innerhalb von einer Sekunde war seine moralische Überlegenheit verloren.

»Es wäre gut, wenn meine Jungs die Chance hätten, ihr Leben zu führen«, sagte Steiner. »Diese jungen Menschenleben zu vergeuden, am Ende dieses Kriegs, wäre obszön. Nicht zu reden vom Leben all der jungen Männer auf Ihrer Seite.«

»Wer ist an Ihrem Plan sonst noch beteiligt?«, fragte Cenzo. »So viel sollte ich wenigstens wissen.«

»Ich kann es Ihnen nicht sagen«, antwortete der Oberst. »Für die Sicherheit aller Beteiligten ist es besser, wenn Sie es nicht wissen.«

»Für den Fall, dass ich plaudern sollte?«

»Ganz recht. Der Einzige, der sämtliche Teile des Puzzles kannte, war Vittorio Silber.«

»Kannte er General Kassel?«

»Vor dem Krieg war der General häufig Silbers Gast in der Oper, ja.«

»Lassen Sie mich raten. Jemand vom amerikanischen Geheimdienst dürfte dazugehören. Und ein Schweizer, wenn Sie sich in der Schweiz treffen.«

»Natürlich.«

»Und ein angesehener Italiener als Ballast, etwa ein Bischof oder ein Kardinal.«

»Das überlasse ich Ihrem Bruder«, sagte Steiner. »Es sollte einen italienischen Sprecher geben, eine einzelne Stimme. Giorgio ist bekannt und auf beiden Seiten geachtet.«

»Man war der Ansicht, eine vertraute Stimme würde das Volk beruhigen«, erklärte Giorgio.

Allmählich wurde es lächerlich, dachte Cenzo. Mussolinis Goldjunge würde am Ende wieder als Sieger dastehen.

»Sind Partisanen dabei?«, fragte er.

»Durchaus«, sagte Steiner. »Es könnte das erste Mal sein, dass Sie und Giorgio zusammenarbeiten, seit Sie als kleine Jungen auf einem Fischerboot waren.«

»Wir waren einmal zu dritt«, sagte Cenzo. »Ich sage Ihnen, wozu ich bereit bin. Ich werde weiter nach Giulia suchen, aber ich werde sie Ihnen nicht einfach ausliefern. Das muss sie selbst entscheiden.«

»Du willst uns Verstecken spielen lassen?«, fragte Giorgio.

»Nein, das ist fair«, sagte Steiner. »Ich glaube, sie wird bereit sein, uns zu helfen, den Mann zu finden, der die Sache ihres Vaters verraten hat. Er ist ein Kriegsverbrecher.«

»Sie weiß, wer es ist. Haben Sie von einem Anwalt namens DaCosta gehört?«

»Warum?«

»Sein Name wurde bei der Razzia im Krankenhaus nicht aufgerufen. Sie glaubt, das ist so, weil die Namen von ihm selbst kamen.«

»Es wäre schön, wenn Silber ihr noch eine Nachricht hinterlassen hätte«, sagte Giorgio.

Das wäre es, dachte Cenzo. Aber die Leute versäumten es ständig, Nachrichten zu hinterlassen. Landkarten blieben unbeachtet, Geständnisse ungehört. Zwischen Absicht und Tat war das Leben oft eine Geschichte, die auf taube Ohren stieß.

Auf der Rückfahrt nach Salò herrschte feindseliges Schweigen. Cenzo und Giorgio waren so voller Galle, dass sie beide nicht wagten, den Mund aufzumachen.

»Die Telefone funktionieren noch«, sagte Giorgio, als sie vor dem Hotel Golfo anhielten. »Ruf mich an, sobald du das Mädchen gefunden hast.«

»Und wenn ich sie nicht finde?«

»Wenn du sie nicht findest, fahr zurück nach Pellestrina. Die Garderobe kannst du behalten.«

»Ich brauche Geld und ein Auto.«

»Jetzt zeigst du also Initiative?«, sagte Giorgio. »Zu wenig zu spät, wie immer.«

In seinem Zimmer dachte Cenzo über Giorgio nach. Glaubte er wirklich, er habe ihn sein Leben lang beschützt? Er und Giorgio standen sich heute unversöhnlich gegenüber, aber es hatte eine Zeit gegeben, da sie unzertrennlich gewesen waren. Giorgio als der Älteste war naturgemäß der Anführer gewesen. Ugo war das Baby, über das sie dauernd stolperten. Cenzo erinnerte sich an das alljährlich stattfindende Fest des heiligen Joseph in Pellestrina. Giorgio war an einer eingefetteten Stange hinaufgeklettert und hatte ein Schwein gewonnen, und das hatte ihn in Cenzos Augen zu einem regelrechten Spartakus gemacht.

Er dachte an das Bild, auf dem Ugo in der Lagune beschossen wurde. Er hatte es als *voto* gemalt, als Votivbild, das in der Kirche hängen sollte. Illustrierte es noch etwas anderes? Die Verletzung des Kriegsrechts durch den Piloten? Zum hundertsten Mal dachte er an die stürmische Nacht und die wütenden Blitze, daran, wie er selbst mit den Wellen gekämpft und wie Giorgio versucht hatte, Ugo zu retten, und vor allem an die Erscheinung der Jungfrau. Wie viele Fischer hatte Ugo nie schwimmen gelernt. Verzweifelt hatte er sich an Giorgios Bein geklammert, als sein Bruder versuchte, sich an die Oberfläche zu kämpfen, obwohl es fast so aussah, als versuchte Ugo ihn in die Tiefe zu ziehen. Zweifellos eine Täuschung. Eine unbestreitbare Tatsache war, dass das amerikanische Jagdflugzeug sein Bestes getan hatte, um alle drei Brüder umzubringen. Die Täuschung jedoch war der Grund, weshalb Cenzo das Bild niemals aufgehängt hatte und warum Cenzos Mutter und Celestina seinen Anblick nicht ertragen konnten.

# 21

Cole Porter hat es am besten gesagt. ›*You're the top, you're Mussolini. You're the top, you're a dry martini.*‹« Vera tanzte über die Veranda des Konsulats und brachte Cenzo einen Drink. »Wunderbare Neuigkeiten! Anscheinend will Rachele weggehen und Claretta das Feld überlassen. Ist das nicht das Größte? Rachele wollte beim Duce bleiben, aber er hat Nein gesagt.«

»Dann hat die wahre Liebe gesiegt«, meinte Cenzo.

»Sie glauben an die wahre Liebe?«, fragte Maria.

»Antworten Sie nicht«, sagte Otto. »Der einzige Ort, wo Sie Liebe finden, ist das Kino. Wobei mir einfällt: Wo ist Giorgio?« Er kicherte und machte sich einen Gin Tonic. »Mir ist immer unbehaglich, wenn ich nicht weiß, was er gerade treibt.«

»Unser gesellschaftlicher Kreis in Salò schrumpft«, stellte Vera fest. »Freunde drängen sich vor dem aufziehenden Sturm aneinander. Was wird aus uns allen werden?«

»Als Filmstar«, sagte Otto, »und dazu als Blondine dürftest du einen guten Preis erzielen. Zumindest landest du auf dem Schoß eines amerikanischen Generals.«

»Er macht nur Witze.« Vera war verlegen.

»Er ist ein Zyniker«, stimmte Maria zu.

»Ich bin nur kein Heuchler«, sagte Otto. »Einen ehrlichen Mann bezeichnet man immer als Zyniker. Glauben Sie, die Befreiung wird ablaufen wie der Wachwechsel am Buckingham Palace? Das wird sie nicht. Mörder und Grabräuber werden unterwegs sein, eine Parade der niedrigsten Formen menschlichen Lebens. Man wehrt sich dagegen, oder man steht am Ende mit heruntergelassener Hose da.«

»Kein schönes Bild, wie man es auch betrachtet«, sagte Cenzo.

»Es sei denn, man hat etwas anzubieten«, sagte Otto. »Stimmt's nicht, Maria? Eine intelligente Frau weiß, wie man Kompromisse schließt. Übrigens, wie geht's dem Konsul? Der Stress kann ihm nicht guttun.«

»Er hält sich aufrecht«, sagte Maria.

»Es muss frustrierend sein, im Rollstuhl zu sitzen, während andere Männer seiner Frau den Hof machen. Bildlich gesprochen.« Er wandte sich an Cenzo. »Was würden Sie denn für ein Mädchen geben, theoretisch? Ich gebe zu, es kommt auf das Mädchen an. Körperliche Attribute sind wichtig. Jungfräulichkeit natürlich. Und ich glaube, ein gewisses Maß an Widerstand wäre tatsächlich ein Bonus.«

»Für manche Männer«, sagte Cenzo.

»Ich bin sicher, wenn es darauf ankommt, haben Mussolini und Claretta irgendeinen Fluchtplan«, sagte Vera.

»Erinnern Sie sich an Mussolinis Plan für Fliegeralarme?«, sagte Otto. »Schreien. Steigt auf euer Dach und schreit: ›Fliegeralarm!‹ Also – nein, ich habe kein Vertrauen in einen Plan, den Benito Mussolini sich ausgedacht hat.«

Vera wechselte das Thema. »Haben Sie den Film für Dr. Goebbels fertig?«

»*Titanic*? Tatsächlich haben wir letzte Woche abgedreht«, sagte Otto. »Das größte Epos in der Geschichte des Films. Wenigstens gibt es jetzt keine amateurhaften Ratschläge von

Dr. Goebbels mehr. Keine Schiffsmodelle und Rieseneisberge. Wir werden dergleichen nie wieder sehen. Zumindest nicht von diesem Regisseur. Goebbels hat ihn aufhängen lassen. Von jetzt an wollen die Leute helle, fröhliche Filme sehen. Lange Beine und natürlich hübsche Gesichter. Da schlägt das Herz eines Mannes wie Giorgio gleich schneller, meinen Sie nicht auch, Maria? Ich sehe glitzernde Pailletten und höre lateinamerikanischen Tango.«

»Sehr amüsant«, sagte Maria.

»Ich sage nur, was alle Welt weiß. Ach, Cenzo nicht? Jetzt weiß er es.«

Maria wollte sich auf Otto stürzen, stolperte über den Wagen mit den Drinks, fiel und schlug mit dem Kopf auf den Marmorboden. Sie blutete nicht und verlor auch nicht das Bewusstsein, aber als sie aufstand, fand sie ihr Gleichgewicht nicht wieder.

»Legen Sie ihren Kopf hoch. Oder tief?«, sagte Vera.

»Bringen Sie sie ins Bett«, empfahl Otto. »Wir haben beim Film ständig solche Unfälle. Deshalb haben wir einen Arzt am Set.«

»Ich sollte Sie ins Krankenhaus bringen«, sagte Cenzo zu Maria.

»In ein Krankenhaus, wo sie Arme und Beine abschneiden? Nein, vielen Dank.«

Cenzo half ihr die Treppe hinauf zu einem Schlafzimmer, das erkennbar feminin war, mit Spitzengardinen und einer beflockten Tapete.

Er fand Señor Paz in einem krankenhausartigen Zimmer neben dem Aufzug am Ende des Korridors. Der ehemalige Konsul lag besinnungslos in seinem Bett. Ein Tablett neben dem Bett war voll mit gebrauchten Morphinspritzen. In einem

Sessel lag die Krankenschwester, ebenfalls besinnungslos von Drogen. Ihre weißen Schuhe standen daneben.

Cenzo beschloss, die beiden schlafen zu lassen, und kehrte zurück in den Empfangsraum. Er knipste die Schreibtischlampe an, hob sie hoch und ließ ihr Licht über die Porträts grimmiger südamerikanischer Staatsmänner wandern.

Es kam kaum noch Post nach Salò, und die wenige Korrespondenz, die durchkam, wurde durch Kuriere gebracht und trug den Stempel WEHRMACHT: STRENG GEHEIM. Zwei gleich aussehende Umschläge, schwerer als üblich, lagen auf dem Schreibtisch. Viel Arbeit stellten sie nicht dar, aber doch mehr, als er bei einem nicht mehr aktiven Konsulat und einem Konsul erwartet hätte, der so krank war, dass er nicht mehr aus dem Bett kam. Cenzo nahm den oberen in die Hand. Ein argentinischer Pass rutschte heraus. Das gestempelte Foto eines Wilhelm Christian Doorf schaute ihn an. Er war blond, geboren am 2. Mai 1895 in Buenos Aires, Argentinien. Ein deutscher Name war nichts Ungewöhnliches; zehn Prozent der argentinischen Bevölkerung waren Deutsche, zehn Prozent Italiener. Sie erklärten, wo die argentinischen Sympathien während des Kriegs lagen.

Aus den Papieren ging hervor, dass Doorf ein Bergbauingenieur mit Wohnsitz in Tucumán, Argentinien, war. Er war mit einer Urkunde für gute Führung aus der Armee entlassen worden und war ein angesehenes Mitglied im Santa Cristo Sports Club. Cenzo öffnete den zweiten Umschlag. Er war für Manuel Cristobal Reyes, einen dunklen, stämmigen Lehrer, geboren in Corrientes am 18. Januar 1910. Reyes war Mitglied in der argentinischen Lehrergewerkschaft und im Fußball Club Huracán. Zuletzt hatte Cenzo die beiden in der Ausgehuniform der SS auf der Party zu Hitlers Geburtstag gesehen.

»Enttäuschend, nicht wahr?« Otto kam von der Veranda herein.

»Sie sind noch hier?«, fragte Cenzo. »Ich dachte, Sie wären gegangen.«

»Vera ist gegangen, aber ich dachte mir, ich bleibe noch.« Die Uhr schlug. Otto warf einen Blick auf seine Armbanduhr – wie ein Bahnhofsaufseher, der sich davon überzeugte, dass sein Zug pünktlich kam. »Nachdem Sie jetzt Marias Nebengeschäften auf die Spur gekommen sind, was sagen Sie?«

»Sie scheint eine talentierte Fälscherin zu sein.«

»Seien Sie nicht schockiert. Jeder macht Kompromisse. Zufällig braucht Maria Geld, und diese Herren müssen reisen. Ihre Bedürfnisse ergänzen einander.«

»Und welche Rolle spielen Sie dabei?«

»Oh, ich bin nur ein Vermittler. Ich kümmere mich um die Bedürfnisse.«

»Das ist sehr schweizerisch.«

»Sagen Sie, haben Sie Ihre Nichte gefunden?«

»Nein.«

»Was glauben Sie, wie viel Zeit Sie noch haben? Anders gefragt: Wie lange, glauben Sie, wird die Salò-Regierung noch bestehen, wenn unsere deutschen Kameraden abgezogen sind? Eine Woche?«

»Mehr oder weniger.«

»Das denke ich auch. Die Partisanen werden einfallen. Ich habe versucht, Vera von dieser offenkundigen Tatsache zu überzeugen, aber sie ist ihrer Freundin Claretta treu, und die wiederum ist Mussolini treu. Wenn die Republik Salò zusammenklappt, wird das kein schöner Anblick sein. Die Straßen werden von Partisanen überflutet werden, die Rache nehmen wollen. Schlimmer noch, die meisten von denen werden Kommunisten sein.«

»Und was ist dann mit Vera?«

»Mit ihrer wehrlosen Art ist es Vera noch immer gelungen, einen Beschützer zu finden. Wenn ein Mann aus ihrem Bett rollt, fällt ein anderer hinein.«

»Und was haben Sie vor? Werden Sie bei Mussolini bleiben oder ihn verraten?«

»Es gibt niemanden zu verraten«, sagte Maria. Sie stand auf halber Höhe der Treppe. Ihr Haar war ein bisschen durcheinander, und sie stand auf wackligen Beinen, aber die Blässe war verschwunden. »Es ist alles nur noch eine Illusion. Il Duce war immer ein Illusionist, von Anfang an.«

»Sind Sie nicht auch eine Illusionistin?«, fragte Cenzo. »Indem Sie falsche Pässe für Nazis herstellen? Das ist nicht das Gleiche wie das Manipulieren alter Violinen.«

»Es ist nicht das, was Sie denken.«

»Was ist es?«

Marias sarkastisches Lächeln erstarb. »Ich weiß es nicht.«

»Ich gratuliere«, sagte Cenzo. »Es sieht nach fachmännischer Arbeit aus.«

»Maria ist die beste Passfälscherin, die ich je gesehen habe«, sagte Otto. »Sie kann einen Berliner in einen Gaucho aus der Pampa verwandeln. Hier geht es nicht um gewöhnliche Soldaten. Es geht um Kriegsverbrecher der schwärzesten Sorte, die verschwinden, solange sie noch können. Entsprechend steigt auch der Preis. Eine richtige Künstlerin ist sie, unsere Maria Paz.«

»Maria, haben wir Gäste?« Der Konsul stand oben an der Treppe und wedelte unbestimmt mit den Armen, als wische er Spinnweben beiseite.

Sie lief die Treppe hinauf. »Sie wollten gerade gehen.«

»Mach uns bekannt.«

»Ein andermal, Schatz.«

»Wie schade. Ich bekomme nicht viele Leute zu sehen, weißt du?«

Maria blieb oben an der Treppe stehen. »Sie wissen, was Otto tut, Cenzo? Er ist wie der Direktor eines Flohzirkus. Es macht ihm Spaß, zu sehen, wie seine kleinen Akrobaten Kutschen ziehen und durch Reifen springen. Jetzt ist er dabei, Sie zu dressieren.«

Otto schob die Pässe wieder in die Umschläge und legte sie auf den Tisch. »Wie gesagt, jeder macht Kompromisse. In Zeiten wie diesen hat das Überleben nichts Unehrenhaftes. Weiß der Himmel, was Ihre verschwundene Nichte hat tun müssen, um zu überleben.« Er ließ diesen Gedanken schwären. »Wenn Sie glauben, die Welt besteht aus Eiscreme und Kuchen, habe ich Ihnen nichts anzubieten. Aber wenn Sie das nicht glauben – wenn Sie glauben, die Welt besteht aus törichten jungen Frauen und Monstern, die sie fressen –, wenn Sie das glauben, dann kann ich Ihnen helfen. Wie können Sie da Nein sagen?«

Es stimmte schon, Cenzo hatte seine ganze moralische Empörung verbraucht.

»Ich werde es Ihnen beibringen«, sagte Otto.

Klein fuhr. Sein Ziel waren die Urlaubshütten aus der Vorkriegszeit Salòs, die in ein Biwak für deutsche Soldaten umgewandelt worden waren. Hinter majestätischen Pappeln kamen struppige Kiefern, und die Windsäcke eines Flugplatzes flatterten in der nächtlichen Brise. Der Flugplatz war einmal ein Golfkurs gewesen, was man am Klubhaus und verstreuten Sandbunkern noch immer erkennen konnte.

Otto rieb sich zufrieden die Hände, als sie ausstiegen.

»Wir sollten vom Duce lernen«, sagte er. »Er ist kein Trottel. Er kann das wertlose Papier der Faschistischen Republik in Gold verwandeln und vor unserer Nase ein Vermögen stehlen.«

»Ich dachte, die Faschisten sind bankrott«, entgegnete Cenzo.

»Bei einem Bankrott kann man viel Geld verdienen«, sagte Otto. »Glauben Sie mir, das habe ich selbst mehr als einmal getan. Kommunistisch? Faschistisch? Goldbarren interessieren sich nicht für Politik. Schweizer Franken und Kreditbriefe auch nicht. Während wir dachten, Mussolini spaziert ziellos in Italien umher, hat er die Bundeskassen und Parteischatullen ausgeleert, wie man Bananen schält.«

»Und Sie möchten, dass ich dieses Geld ausfliege?«

»Genau.«

»Ich bin seit Jahren nicht mehr geflogen.«

»Es ist eine Fieseler Storch, ein kleines Aufklärungsflugzeug. Und es dürfte keine Probleme geben. Das Gold gehört niemandem mehr. Es ist frei und ungebunden. Und wenn Sie nichts davon haben wollen, geben Sie es dem Mädchen. Sie kann zur Abwechslung ein bisschen Glück gebrauchen, oder?«

»Und was ist mit den Partisanen? Vielleicht denken sie, es steht ihnen zu.«

»Das denken sie wahrscheinlich. Aber wir müssen nur den Faschisten erzählen, die Partisanen hätten es gestohlen, und umgekehrt. Oder wir täuschen einen Absturz über dem Wasser vor.«

»Und was werden die Deutschen tun? Zuschauen?«

»Die leitenden Offiziere machen sich mehr Sorgen um die bevorstehenden Kriegsverbrecherprozesse. Es ist ja nicht ihr

Geld. Und bis sie merken, was passiert, sind wir verschwunden.«

»Und wohin?«

»In die Schweiz.«

»Wenn Sie Schweizer sind, warum verschwinden Sie nicht einfach?«

»Ich habe den Fehler begangen, in den Übergangslagern Filme für die Deutschen zu produzieren. Filme mit glücklichen Juden und ihren Kulturveranstaltungen. Es gab ein paar sehr talentierte Schauspieler und Musiker unter ihnen, und sie haben gern gesungen und getanzt, wenn sie damit noch einen Tag herausschinden konnten, bevor sie wieder in den Zug stiegen, der sie zur letzten Station bringen würde. Ich war nicht unbedingt stolz auf meine Arbeit. Die *Titanic* war es nicht, aber es ließ sich nicht umgehen.«

»Es war Propaganda.«

»In der Filmbranche nimmt man, was man kriegen kann. Sie sehen also, ich bin doch kein so schlechter Mensch. Ich glaube, wir werden gut zusammenarbeiten.«

»Glauben Sie?«

»Konzentrieren Sie sich einfach auf die Aufgabe«, sagte Otto. »Nach einer Weile werden Sie feststellen, wenn sie erst abgefertigt und entkleidet sind, haben sie keine Gesichter mehr. Was bleibt, ist Gleichförmigkeit.«

»Sie haben alles studiert?«

»Natürlich. Ein Junkers-Bomber kann zwanzig Passagiere und einen Piloten befördern. Aber ein Storch-Aufklärer, wie Sie ihn in Afrika geflogen haben, kann auf einem Windhauch starten, während eine Junkers mindestens vierhundert Meter Startbahn braucht, um vom Boden hochzukommmen. Es gibt wirklich keine andere Wahl als die Storch. Meinen Sie nicht auch?«

Er hatte recht. Auf einer so kurzen Startbahn würde eine Junkers auffallen wie eine aufgetakelte Königinwitwe.

»Sie werden das Mädchen nicht allein finden«, sagte Klein. »Die Deutschen können Sie kaum um Hilfe bitten, und die Partisanen werden alle Hände voll damit zu tun haben, die Welt zu übernehmen. Glauben Sie, Giorgio wird Ihnen helfen? Genauso wenig, wie wir ihm helfen.« Klein schnaufte ausgiebig. »Sie brauchen jemanden mit den richtigen Verbindungen.«

»Warum würden Sie mir helfen, sie zu finden?«

»Weil Sie mir helfen können.«

Cenzo hörte das blecherne Geräusch eines kleinen Flugzeugs.

Otto sah auf die Uhr. »Genau pünktlich.« Ein deutsches Aufklärungsflugzeug kam über den Baumwipfeln heran. »Einer unserer deutschen Freunde scheidet frühzeitig aus der Schlacht aus, natürlich mithilfe des argentinischen Konsulats.«

Das Flugzeug sah so zerbrechlich aus wie ein Modell aus Balsaholz und Leim, aber es war eine Fieseler Storch, das Flugzeug, das Mussolini einmal von einem Berggipfel gerettet hatte und immer noch in Berlin startete und landete. Es flog niedrig über die Landebahn hinweg, drehte sich in den Wind, landete weich und rollte auf dem Rasen aus.

Ein Auto, an dem man die Hakenkreuze entfernt hatte, erschien am Klubhaus. Ein Mann stieg aus, und Cenzo erkannte den fetten Oberst, der auf General Kassels Abschiedsdinner einen Toast auf Hitlers Geburtstag ausgebracht hatte. Heute trug er Zivilkleidung und einen Hut, als er jetzt auf die Einstiegsluke des Flugzeugs zueilte. Cenzo erinnerte sich an den Namen auf seinem Pass: Herr Wilhelm Christian Doorf.

Der Pilot war ein junger Mann in schwarzem Leder und

einem knapp sitzenden schwarzen Helm. Er war gut gelaunt, als hätte er sich nie etwas anderes gewünscht als einen spektakulären Tod. Er kam auf Klein zu und sagte: »Ich biete die Rattenlinie, falls Sie die Ratte haben.«

»Hier sind seine Papiere. Alles in Ordnung.« Otto reichte ihm den Umschlag. »Alles übereinstimmend.«

Während der Pilot in den Papieren blätterte, war sein Gesichts so ausdruckslos, dass man nur von Verachtung sprechen konnte. Klein war nicht pikiert; er sah aus, als hätte er sich schon von ganz anderen Leuten beleidigen lassen.

»Na dann.« Der Pilot machte auf dem Absatz kehrt und marschierte zurück zu seinem Flugzeug, um seinem Passagier zu helfen, seinen breiten Hintern auf den Rücksitz zu zwängen. Dann kletterte er vorn hinein, setzte sich die Fliegerkappe auf wie ein alter Ritter und startete den Motor. Das Flugzeug setzte sich langsam in Bewegung, wendete um hundertachtzig Grad und rollte in den Wind. Wie immer bei der Fieseler Storch sah es aus, als startete sie zu früh. Ein Hopser, und dann war das Aufklärungsflugzeug über dem Gras, dann über den Bäumen, und dann legte es sich auf die Seite und drehte in Richtung Schweiz ab. Der Wagen, mit dem der Oberst gekommen war, setzte zurück und fuhr davon.

»Wissen Sie noch, wie man so ein Spielzeug fliegt?«, fragte Klein.

»Das Flugzeug mag einfach sein, aber ein Spielzeug ist es nicht.«

»Ich wollte Sie nicht kränken. Kugeln auszuweichen, erfordert sicher Geschick.«

»Meistens fliegt man dicht über dem Boden.«

»Ganz bestimmt.«

»Ich passe«, sagte Cenzo.

»Der Plan ist gut.«

»Es liegt nicht am Plan.«

»Sie vertrauen mir nicht? Sie fliegen das Flugzeug, und das Mädchen hält die Waffe. Dagegen können Sie nichts haben.«

»Ich bin nicht interessiert.«

»Ist es nicht nach Ihrem Geschmack? Na, überlegen Sie es sich. Sie werden sehen, es ist der einzige Ausweg.«

Die Wolken taten sich auf, und es fing an zu regnen. Cenzo stellte sich vor, wie die Fieseler Storch hin und her gerissen wurde wie ein Windvogel.

# 22

Ein Bataillon der Wehrmacht verließ Salò. Es marschierte die Promenade entlang, und der Klang des Glockenspiels machte den Rückzug zu einer Feier. Wer mochten die Männer sein?, dachte Cenzo. Ohne Stahlhelm und Gewehr wären sie Verkäufer und Studenten, die man in den Untergang geschickt hatte. Vor dem deutschen Hauptquartier wurde salutiert und gejubelt, aber die Einheimischen winkten mit der Ungeduld von Gastgebern, deren Gäste länger als erwünscht geblieben waren.

Cenzo nahm die *Gazetta* in die Hand. Der Krieg vollführte seltsame Windungen und Wendungen. Früher hatten die Deutschen Wurstmacher gesucht, jetzt suchten sie Schmiede, die sie nach Polen in die Waffenfabriken schickten, und zugleich inszenierten sie immer noch große Opern und meldeten erfundene Siege über die Alliierten.

Maria setzte sich neben ihn. Sie hatte einen braunen Umschlag unter dem Arm. »Ich habe Sie gesucht«, sagte sie.

»Und jetzt haben Sie mich gefunden. Aber nein, vielen Dank, ich brauche keinen argentinischen Pass.«

»Verachten Sie mich?«

»Dafür, dass Sie Nazis helfen, einem Schicksal zu entkommen, das sie reichlich verdient haben? Ein bisschen.«

Maria sah immer noch elegant aus in ihrem cremeweißen

Kleid, das ihre natürliche Bräune betonte. Interessant, dachte er, wie anfängliches Interesse später Verachtung hervorbringen konnte.

»Sie würden niemals Kompromisse machen«, sagte Maria. »Nicht Sie.«

»Da ich nur ein einfacher Fischer bin, kann ich es mir aussuchen. Geht Ihnen diese Musik ins Blut? Für meinen Geschmack ist es ein bisschen zu viel Tschingderassabumm.«

»Sie möchten nicht mit mir reden?«

»Nein, Sie sind mir viel zu clever, Sie und Klein. Warum kommen Sie zu mir?«

»Ich dachte mir, es würde Sie interessieren, dass Giulia bei Vera ist.«

»Sagen Sie das noch mal.«

»Vera hat das Mädchen, Ihre Giulia. Sie hat mich angerufen, damit ich es Ihnen sage.«

»Dann treffen wir uns dort.«

»Gehen Sie nur«, sagte Maria. »Seien Sie der edle Ritter. Dieses Schicksal haben Sie verdient.«

Vera räumte ein, es sei bloßer Zufall, dass genau das Mädchen, das Cenzo suchte, in ihrem im Hollywoodstil gebauten Bungalow erschienen war. »Ich meine, das ist ja besser als dramatisch. Es ist cinematografisch. Natürlich hat sie Hunger. Wer hätte keinen?« Vera zeigte auf einen Servierwagen mit halb gegessenen Sandwiches und Trauben, der an den Pool gerollt worden war. An den Wänden hing moderne Kunst. Ein Tigerfell lag auf dem Boden.

»Und Sie glauben, sie ist das Mädchen, das ich suche?«, fragte Cenzo.

»Die Beschreibung passt jedenfalls.«

»Wo ist sie?«

»Im Wohnzimmer.«

Als er das Mädchen sah, das da über einen Berg von Dosenfleisch, Seife und Zigaretten gebeugt saß, wusste er es sofort. Sie hob kühn den Blick, als Cenzo herankam. Sie hatte ein rundes Gesicht und kurz geschnittenes Haar wie ein Junge, und ihre Augen glänzten wie schwarzes Glas.

»Sie hätte sich nicht hereinschleichen müssen«, sagte Vera. »Ich habe ihr gesagt, sie kann jederzeit herkommen und schwimmen, natürlich außer wenn ich Herrenbesuch habe. Ich habe jede Menge hübsche Kleider gefunden, die ihr passen. Es ist ganz außergewöhnlich. Was wird mit ihr passieren?«

»Sie ist es nicht.«

»Sind Sie sicher?« Vera verzichtete ungern auf eine gute Story. »Sie schwimmt wie ein Delfin.«

»Sie mag schwimmen wie ein Delfin, aber Giulia ist sie nicht.«

»Aber sie ist so clever«, sagte Vera.

»Natürlich ist sie clever. Sie ist eine Zigeunerin«, sagte Cenzo. »Die Zigeuner haben es auch schwer unter den Nazis.«

Das Mädchen lächelte breit. »Es ist egal. Das war sowieso mein letzter Besuch hier.« Aus ihrem Sommerkleid zog sie ein Taschentuch, breitete es vor sich auf dem Tisch aus und füllte es gewissenhaft mit Schwarzmarktkostbarkeiten.

»Sie sind sicher, dass sie nicht das Mädchen ist, das Sie suchen?« Vera fühlte sich offenbar betrogen. »Wo ist sie dann?«

»Das weiß ich genauso wenig wie Sie.«

»Tja«, sagte Vera, »das ist so ein Fall, wo zwei Personen exakt gleich aussehen, bis jemand sagt, sie sind es nicht. Erst dann stellt man alle möglichen Unterschiede fest. Muttermale zum Beispiel. In Filmen kommt das dauernd vor.«

Das Mädchen errichtete auf ihrem Tuch eine Pyramide aus Dosenfleisch, Zigaretten, Seife und Fläschchen mit Gesichtscreme und Parfüm.

»Sie macht hier fette Beute«, sagte Vera in mattem Protest.

Das Mädchen sah Cenzo an. »Ihre Freundin hat noch tonnenweise davon. Sie hamstert. Sie sollte sich schämen.«

»Warum ist das dein letzter Besuch?«, fragte Cenzo sie. »Du könntest diese Leute doch in alle Ewigkeit melken.«

»Schauen Sie sich um. Der Krieg ist fast vorbei. Wenn die Partisanen die Macht übernehmen, werden Ihre Freunde …« Sie fuhr sich mit dem Zeigefinger quer über die Kehle.

»Wie hast du schwimmen gelernt?«, fragte Cenzo.

»Ich habe nach den Münzen getaucht, die die Touristen in den See geworfen haben. Als es noch Touristen gab. War ein gutes Geschäft. Schade, dass es vorbei ist.« Das Mädchen knotete die vier Ecken ihres Tuchs zusammen und hüpfte beinahe vor lauter Freude über so leichtgläubige Opfer.

# 23

Cenzo parkte auf der anderen Straßenseite vor dem argentinischen Konsulat. Es gefiel ihm nicht, wie er sie am Tag zuvor verlassen hatte. Woher nahm er das Recht, über sie zu urteilen? Sie hatte sich wie eine Freundin verhalten, und er hatte keinen vernünftigen Grund zur Selbstgerechtigkeit.

Er sah kein Licht und kein Lebenszeichen. Die Luft war kühl, denn ein Unwetter war im Anzug. Die Blätter einer Elefantenohrpflanze flatterten auf der Veranda. Eine Zitrone rollte über die Fliesen. Die Haustür flog auf und wieder zu, ohne dass jemand kam. Schließlich überquerte Cenzo die Straße und läutete. Als niemand erschien, drückte er die Tür auf und trat ein. Die lautesten Geräusche im Empfangsraum waren das Ticken der Uhr auf dem Kaminsims und das leise Klirren des Kronleuchters.

Er hatte gesehen, wie Maria ein paar Papiere in die mittlere Schublade ihres Schreibtischs stopfte. Die Schublade war verschlossen, aber die Schubladen rechts und links daneben enthielten Briefpapier, Stifte, Tinte, Briefmarken, einen Hefter und eine Taschenlampe. Er schaltete die Lampe ein und ließ den Lichtstrahl über Bücherregale und Reiseplakate wandern. Hatte Klein nicht gesagt, es sei schade, dass Cenzo nicht mehr von Marias Talent sehen könne? Wie vielen Nazis hatte sie als Fälscherin schon zur Flucht verholfen?

Am hinteren Ende des Empfangsraums sah Cenzo einen Lichtstreifen. Er trat näher und öffnete die Tür zu einer Kellertreppe. Scharfer Terpentingeruch schlug ihm entgegen. Er stieg die Treppe hinunter und kam in eine Werkstatt. Maria saß auf einem Schemel und polierte eine Violine. Die Saiten mussten noch aufgezogen werden. Sie erschrak, als sie Cenzo sah, aber sie arbeitete weiter. Sie trug eine Schürze und hatte das Haar im Nacken zu einem Knoten zusammengebunden.

Unvollendete Violinen hingen mit offenem Bauch an der Wand. Gläser mit Spirituslack, Copal, Vulkanasche, Ochsenblut und Blattgold reihten sich auf dem Tisch aneinander. Federmesser und Zobelhaarpinsel lagen in offenen Kästen neben Meißeln, Sticheln und Sandpapier von »fein« bis »superfein«. Auf einer Werkbank lag ein brauner Umschlag.

»Man behauptet, Gasparo da Salò habe Ochsenblut und Gold in seinen Lack gemengt«, sagte Maria. »Das ist ein Mythos, aber die Käufer hören es gern.«

»Was erzählen Sie denen sonst noch?«

»Ich erzähle ihnen, dass die Zutaten zum Lack geheim waren. Es ist ohnehin alles widersprüchlich. Bei der einen Gasparo-Geige ist die Schnecke hässlich, bei einer anderen ist sie elegant. Das Alter ist das Wichtigste bei der Sache. Es ist nicht leicht, eine Geige zu finden, die vierhundert Jahre alt und noch intakt ist, ob sie nun gut oder schlecht ist. Aber wenn Sie auf Dachböden nach Gasparo-Geigen suchen wollen, sind Sie in Salò am richtigen Ort.«

»Und wie wird sich das Instrument spielen?«

»Das hängt vom Spieler ab. Ich biete keine Versprechungen, sondern nur Möglichkeiten. Leider kann ich das Gleiche nicht über Veras Zigeunerin sagen. Tut mir leid, dass ich Ihnen Hoffnung gemacht habe.«

»Das ist der Lauf der Welt. Ohnehin sollte *ich* mich bei *Ihnen* entschuldigen.«

Maria schwieg. Sie strich mit der Hand über die Violine, an der sie arbeitete, über das alte Holz mit einem Hauch von Mysterium und Gold.

»Spielen Sie eine Ihrer Geigen gelegentlich auch selbst?«, fragte Cenzo.

»Früher schon.« Marias Blick wanderte über die Reihe der unfertigen Instrumente an der Wand. »Ich fürchte, ich werde keine von denen mehr rechtzeitig fertigstellen. Das tut mir leid, denn ich hätte zu gern gehört, wie sie von richtigen Musikern gespielt werden.« Sie betrachtete den Korpus und den Steg der Geige. »Sehen Sie, wie flach Gasparo die Wölbung gehalten hat? Als sehnte sich das Instrument danach, benutzt zu werden.«

»Und tut es das?«

»Natürlich.«

Cenzo hob den braunen Umschlag auf und ließ den Inhalt auf die Werkbank gleiten.

»Es ist nicht das, was Sie denken«, sagte sie. Es sah aus wie die Ausweispapiere, die er schon gesehen hatte – Pässe von verschiedener Nationalität, Transitscheine, Gewerkschaftsausweise, Urkunden über ehrenhafte Entlassung aus dem Militärdienst, Eisenbahnfahrkarten. Aber das endgültige Ziel dieser Personen war Palästina. Ganze Familien waren dabei.

»Juden«, stellte Cenzo fest.

»Wie Giulia. Meine Mitverschwörer und ich haben eine Vereinbarung. Für jeden Nazi, dem wir zur Flucht verhelfen, bekommen wir fünf bis zehn Juden.«

»Und wenn es mir gelungen wäre, Giulia zu finden, hätten Sie auch für sie einen Pass und weitere Unterlagen hergestellt?«

»*Wenn* du sie gefunden hättest.« Giorgio stand oben an der Treppe. Er kam herunter. »Warum ist er hier?«

»Das wollte ich Sie fragen«, sagte Maria. »Ich hatte mit *Ihnen* gerechnet. Deshalb habe ich die Tür nicht verschlossen.«

Cenzo sah sich auf dem falschen Fuß erwischt – als wäre er am falschen Tag auf einer Party erschienen.

»Was glauben Sie?«, fragte Giorgio. »Ist er gefährlich?«

Sie musterte Cenzo mit kühlem Blick. »Ich glaube, nicht.«

»Sie würden sich wundern«, sagte Giorgio. »Können Sie sich vorstellen, dass Cenzo sich tatsächlich auf dem Polizeirevier für mich ausgegeben hat? Das nenne ich ehrgeizig.«

»Das finde ich nicht«, sagte Cenzo.

»Egal. Uns wird die Zeit knapp.«

»Ich bin mit den Pässen fast fertig«, sagte Maria Paz.

»Machen Sie sich bereit, die siegreichen Alliierten zu empfangen. Ich habe eben im Radio gehört, Argentinien hat Deutschland und Salò den Krieg erklärt.«

»Das dürfte den Ausschlag geben«, sagte Maria. »Argentinien gegen Salò. Kann ein Krieg noch alberner werden?«

»Ich muss zurück zum Sender«, sagte Giorgio.

»Du musst natürlich die Stimme sein, die die Kapitulation verkündet«, sagte Cenzo.

»Wenn alles auseinanderbricht, ist es zu spät«, sagte Giorgio zu Maria. »Kommen Sie mit.«

»So nah können sie doch noch nicht sein.«

»In manchen Straßen sind bereits die Partisanen.«

»Ich kann den Konsul nicht alleinlassen.«

»Es geht jetzt darum, das Chaos zu vermeiden. Jemand muss die Kontrolle über den Rundfunk behalten, über die Eisenbahn, die Waffenbestände, die Straßen.«

»Und die Partisanen?«, fragte Cenzo.

»Die Roten, meinst du. Die müssen neutralisiert werden. Deshalb müssen die richtigen Leute das Kommando haben, wenn die Alliierten einmarschieren.«

# 24

Es ging das Gerücht, Mussolini halte sich beim Kardinal von Mailand versteckt und loyale Faschisten sammelten sich zu Tausenden um sein Banner. Er werde sich zur Ruhe setzen und seine Memoiren schreiben. Die Deutschen und die Alliierten schlössen sich zusammen, um das kommunistische Russland anzugreifen. Alle diese Gerüchte waren nicht wahr. Aber es war der Vorabend eines ungeheuren Ereignisses. Alles hielt den Atem an, und man spürte, dass eine mächtige Welle am Horizont heranrollte.

Cenzo begegnete nur einem, der den Inbegriff von Gleichmut verkörperte, und das war Otto Klein. Er spazierte den Corso entlang wie jemand, der Immobilien inspizierte.

»Ich lasse jederzeit Platz für Kompromisse«, erklärte er. »Ein nüchterner Geschäftsmann findet immer einen Weg.« Für Otto Klein schien das mit Sicherheit zu gelten.

»Wenn Sie rechtzeitig gewarnt werden«, sagte Cenzo.

»Natürlich werde ich rechtzeitig gewarnt. Es gibt Alarme und falsche Alarme. Ich habe meine gute Freundin Vera; sie bekommt das Signal zur Abreise von Claretta, und die bekommt das Signal von Mussolini. Wahrscheinlich das einzige System in Italien, das funktioniert. Wo wollen Sie hin, Cenzo, wenn ich fragen darf?«

»Zur Kathedrale.«

»Ich hätte Sie nicht für den religiösen Typ gehalten.« Ab und zu musste Klein hüpfen, um Schritt zu halten. »Treffen Sie sich mit jemandem, den ich kenne?«

»Mit meinem Bruder. Wissen Sie, Otto, bei Ihnen habe ich das Gefühl, ich werde abgetastet wie eine reife Frucht.«

»Unsinn.«

Die Kathedrale erbebte, als ein Panzer vorbeirollte. In einer Kurve streifte er einen Kiosk und schleifte ihn die Straße entlang wie eine Geisel. Otto formte ein Viereck mit den Fingern und betrachtete die Szene wie durch einen Rahmen.

»Ich kann nicht anders, ich drehe Filme. Stellen Sie sich vor, wie es aussehen wird, wenn der Feind in Venedig einmarschiert. Ein episches Ereignis. Das letzte Gefecht der Zivilisation gegen eine Horde von amerikanischen Gangstern, den Abschaum des britischen Empire, die Perversen der französischen Republik, laszive Afrikaner und Sikh-Söldner.«

»Für einen friedliebenden Schweizer sind Sie aber ziemlich blutrünstig«, sagte Cenzo. »Was ist, wenn die Deutschen einfach still abrücken?«

»Nicht ihr Stil.«

Die Kathedrale von Salò war so schmal, dass sie zusammengequetscht wirkte. Die Betenden schienen im wässrigen Kerzenschein zu schweben, und Cenzo brauchte einen Augenblick, um Giorgio zu finden. Ein Kruzifix hing in dem Licht, das durch ein Fenster hoch über dem Altar hereinflutete.

Giorgio flüsterte: »Die Kathedrale steht auf dem Gelände eines römischen Tempels. Ich stelle mir gern vor, wie Bacchus aus dem Boden heraufsteigt. Kruzifixe sind normalerweise so düster, aber wenn man über die Wurmlöcher hinwegsieht, hat dieses hier eine gewisse Eleganz.«

Cenzo betrachtete die Gläubigen. Ein Mann, den das Leben platt gedrückt hatte, trug ein schwarzes Band um den Ärmel. Eine Nonne betete murmelnd den Rosenkranz. Zwei Mädchen erzählten einander flüsternd ihre Geheimnisse. Ein dicker Mann schlang seine Arme um sich wie ein Oktopus. Am Eingang hörte man die leisen Töne von Radio Vatikan. Ein Mauersegler kreiste im Querschiff.

»Was willst du?«, fragte Cenzo.

»Hast du deine Freundin gefunden?«

»Nein.«

»Was hast du dann getrieben, außer dass du deine Nase in Maria Paz' Angelegenheiten steckst?«

»Wo deine Nase längst ist.«

»Sehr plump. Ich hätte dich in Pellestrina lassen sollen.«

»Das hättest du auch getan. Steiner wollte mich hier haben.«

»Oberst Steiner? Glaubst du, der interessiert sich für Giulia – oder übrigens für irgendwelche anderen Juden? Er will nur den Krieg beenden, solange die deutsche Wehrmacht noch intakt ist. Ein Verräter hat Vittorio Silbers Schicksal besiegelt, und Giulia ist die Einzige, die wissen könnte, wer es ist.«

»Silbers Gruppe wurde hochgenommen. Gab es noch andere?«, fragte Cenzo.

»Wenn ja, wärst du der Letzte, dem ich es erzählen würde«, antwortete Giorgio. »Wir kommen vom Thema ab.«

»Was ist deiner Meinung nach das Thema?«, fragte Cenzo.

»Ich möchte, dass du Maria Paz in Ruhe lässt. Sie hat genug damit zu tun, den Konsul zu versorgen, ohne sich auch noch um dich zu kümmern.«

Der Mauersegler kreiste unter der Decke, und wieder musste Cenzo an Ugo denken. Auf seinem Gemälde hielt Ugo

Giorgios Fuß umklammert und tauchte in die Tiefe, anscheinend um dem Maschinengewehrfeuer des Flugzeugs zu entkommen. Vielleicht lag diese Interpretation auch im Auge des Betrachters. Vielleicht war die Wahrheit immer offenkundig, aber inakzeptabel gewesen. Vielleicht hatte Ugo absichtlich tauchen und seinen Bruder mit hinunterziehen wollen.

Ugo war jedoch der gutmütigste der drei Brüder gewesen. Warum hätte er Giorgio und sich selbst ertränken sollen? Wie Nido sagen würde, gab es keinen Grund, es sei denn, es gab einen.

»Ich soll Maria Paz in Ruhe lassen?«, fragte Cenzo. »Hast du denn Celestina in Ruhe gelassen?«

»Was redest du da?«

»Warst du je mit Celestina allein im Haus unserer Mutter? Celestina hat dich angebetet. Genau wie Ugo.«

»Wovon redest du?«

»Von dem, was sich zu Hause abspielt, wenn ein Fischer auf See ist.«

»Ich glaube, du bist wahnsinnig.«

»Vielleicht sehe ich einfach nur klar. Hast du deinen *beiden* Brüdern Hörner aufgesetzt?«

»Das ist unerhört. Ich versuche dir zu helfen, und das ist der Dank.«

»Du glaubst, du kannst jede Frau haben, die du haben willst, genau wie Mussolini.«

»Hast du das zu Maria gesagt?«

»Es ist mir eben erst klar geworden.« Cenzo drehte sich um und sah Giorgio an. »Warum fällt es dir so schwer, einfach Nein zu sagen? Wenn ich mich irre, sag es einfach.«

»Ich muss zurück zu Radio Salò«, sagte Giorgio. »Sonst würde ich dir jetzt sämtliche Zähne einschlagen.«

»Versuch's doch.«

Was immer Giorgio darauf antwortete, ging im Lärm der Sirenen unter, die das hängende Kruzifix erzittern ließen. Ein Küster kam hereingestürmt und schrie: »Venedig wird bombardiert! Diese Schweine. Sie haben es doch noch getan!«

Giorgio sah Cenzo an und machte eine angewiderte Geste, bevor er durch den Seiteneingang hinauslief.

Cenzo drängte sich aus der Kirche hinaus und auf die Piazza. Die Leute hatten Klatschgeschichten gehört und übertrieben sie immer weiter. Die Markuskirche stehe in Flammen, die Piazza sei von Verletzten übersät, der Canal Grande sei von gesunkenen Barken, Gondeln und Feuerwehrbooten verstopft. Man konnte glauben, es ginge um den Raub der Sabinerinnen, um die Plünderung Roms. Mächtige Monumente der Zivilisation gingen in Flammen auf.

# 25

Tatsächlich war Venedig nicht bombardiert worden, es gab keine Opfer zu beklagen, und keine Kultur war dem Erdboden gleichgemacht worden. Stattdessen hatte die Royal Air Force einen Angriff auf die Hafenanlagen geflogen, und zwar mit solcher Präzision, dass Schiffe versenkt worden waren, die Stadt aber verschont geblieben war. Das größte nautische Ziel war ein deutsches Kanonenboot gewesen, das von der Lagune hereingeschleppt worden war, weil es keinen Treibstoff mehr hatte. Es hätte den Hafen sowieso nicht mehr verlassen können.

Cenzo drehte sich im Kreis und wusste nicht, wohin. Mochte die Welt Mussolini suchen, er suchte nur Giulia. Wenn sie in Salò war, würde sie dann hierbleiben oder versuchen, nach Venedig zurückzukommen? Vielleicht würde sie dem Rat ihres Vaters folgen und den anrückenden Amerikanern entgegengehen. Oder hatte DaCosta, der Mann, der ihren Vater verraten hatte, sie doch noch aufgestöbert? Lebte sie überhaupt noch?

Er drehte sich um, als er hörte, wie jemand quer über die Piazza hinweg seinen Namen rief, und sah Marias Alfa-Romeo. Aber Maria war nirgends zu sehen. Vera saß am Steuer, und Tränen der Verzweiflung liefen ihr übers Gesicht. Ihr Mund war dunkel von Lippenstift, ihr blondes Haar war offen, und das Fell eines toten Fuchses war um ihren Hals drapiert. Der Fuchs hatte schwarze Glasaugen, die Cenzo anstarrten, und Zähne, die aussahen, als wollten sie gleich zuschnappen.

»Ich kann es Claretta nicht ausreden. Sie besteht darauf, mit ihm zu gehen.«

Cenzo brauchte nicht zu fragen, wer mit ›ihm‹ gemeint war.

»Wohin zu gehen?«

»Das ist es ja. Nirgendwohin. Er verabschiedet sich von allen, und dann geht er nicht. Oder er fährt nach Mailand und spricht mit dem Erzbischof. Alle Welt nimmt an, er will kapitulieren, aber nichts passiert. Auf dem Rückweg wird sein Auto beschossen, und Männer sterben. Egal. Er ist wie ein Schlafwandler. Jetzt wird Venedig angegriffen, und wo ist er? Rennt hin und her zwischen Claretta und Rachele. Schon wieder. Wann wird er sich endlich entscheiden?«

Wahrscheinlich nie, dachte Cenzo. »Warum fahren Sie Marias Auto?«

»Sie hat es mir geschenkt. Sie sagte, sie würde es nicht brauchen.«

»Warum nicht?«

»Irgendwas mit diplomatischer Immunität, sagt sie.«

»Die hat sie nicht. Ihr Mann ist kein Konsul mehr.«

»Na, das hat sie aber gesagt. Sie war mit Pässen beschäftigt. Sie meinte, den Alfa-Romeo könnte man gut eintauschen, wenn die Amerikaner in die Stadt kämen. Aber ich werde ihn auch nicht brauchen. Ich werde bei Claretta und dem Duce sein.«

»Ich an Ihrer Stelle wäre zufrieden, wenn ich meinen Kopf behalten dürfte. Mussolinis Freunde wird man nicht mit Samthandschuhen anfassen.«

»Aber ich bin ja nur Clarettas Freundin.«

»Sagen Sie das dem Befreiungskomitee.«

Vera zog den Kopf zwischen die Schultern. »Glauben Sie, die passen jetzt auf?«

»Die passen seit Jahren auf.«

»Aber sie können mir nichts vorwerfen. Ich bin Zivilistin. Ich habe niemandem etwas getan.«

Das stimmte. Was hatte sie getan, außer Mitleid mit ihrer besten Freundin Claretta zu haben und ein paar heimwehkranke deutsche Offiziere zu trösten? Anfangs war Deutschland ja nicht mal der Feind gewesen. Vera war einfach zufällig am falschen Ort, als die Flut ablief.

»Was ist mit Klein?«, fragte er.

»Ich sage das ungern über einen so lieben Freund. Aber ich traue ihm nicht.«

»Ich weiß, was Sie meinen. Viel Glück.«

Vera küsste ihn, als wären sie Freunde, die sich zum letzten Mal verabschiedeten.

Draußen vor dem Straßentunnel am Gardaseeufer hatten Oberst Steiner und sein Sprengtrupp noch nichts von dem britischen Luftangriff auf Venedig gehört.

»Der Funkempfang in den Tunnels ist miserabel«, sagte der Oberst. »Sogar die Befehle der Wehrmacht können wir kaum empfangen, geschweige denn Radio Vatikan. Ich wage kaum zu fragen: Ist noch etwas übrig von San Marco? Oder dem Canal Grande?«

»Alles intakt«, sagte Cenzo.

»Der Campanile?«, fragte Steiner. »Arsenale? Salute?«

»Keine Schramme.«

»Die Alliierten haben die schönste Stadt der Welt also nicht dem Erdboden gleichgemacht.«

»Seltsamerweise.«

Steiners Soldaten verfolgten das Gespräch aus einigem Abstand. Sie waren, wie Steiner gesagt hatte, eine Mischung aus Veteranen und Halbwüchsigen. Aus Sicherheitsgründen war das Rauchen nicht erlaubt. Orangegelbe Wimpel markierten Personenminen, grüne kennzeichneten Panzerminen. Das Geflecht von Drähten und hochbrisanten Sprengladungen, das sie in der Tunneleinfahrt verlegt hatten, war so kunstvoll wie ein Spinnennetz, und es war intakt. Cenzo sah Landminen und Fassbomben mit Stolperdrähten.

»Es gab praktisch keine Luftabwehr«, berichtete Cenzo. »Und nachdem die letzten Schiffe versenkt worden sind, gibt es keine Transporte mehr, keine Fracht, keine Munition. Der Krieg wäre vorbei – es müsste nur jemand sagen.«

»Das ist nicht so einfach. Vor einem Monat waren wir der Kapitulation näher. Da waren wir organisiert. Jetzt sind wir verzweifelt.«

»Wer ist ›wir‹?«, fragte Cenzo.

»Die Gruppe«, sagte Steiner. »Offiziere, Geschäftsleute, akzeptable Politiker.«

»Und Giorgio?«

»Und ein bekannter Patriot wie Giorgio, ja. Er hat es immer geschafft, Mussolini auf Armlänge von sich fernzuhalten. Mag sein, dass Sie ihn nicht mögen, aber andere Leute tun es.«

»Und ein angesehener Jude würde aus seinem Versteck kommen und für die Gruppe bürgen.«

»Vittorio Silber, ja. Er hat es zumindest versucht. Es gibt keine heiklere militärische Operation als die Kapitulation. Damit ein Gemetzel daraus wird, muss man nur das Vertrauen zerstören.«

»Und wie haben Sie überlebt?« Cenzo bemühte sich, die Frage nicht anzüglich klingen zu lassen.

»Ich bin nicht sicher, dass ich überlebt habe. Ich bin kein unfähiger Offizier. Sollten die Alliierten versuchen, sich den Weg durch die Tunnel zu erzwingen, können meine Jungs und ich eine ordentliche Abwehr auf die Beine stellen. Wir haben einen See auf der einen Seite und Berge auf der anderen, und dazwischen liegen ein paar Tonnen Sprengstoff. Doch falls es mir gelingt, den Frieden zu wahren, werde ich nicht mehr gebraucht.«

»Wieso sind Sie überhaupt der Meinung, dass die Amerikaner auf diesem Weg kommen?«

Steiner winkte Cenzo, ihm zu folgen, und führte ihn zu einem Feld, auf dem zwischen Oleanderbüschen ein Auto stand. Der Rücksitz war mit einer Plane bedeckt. Steiner hob sie hoch und leuchtete mit einer Lampe in den Wagen, damit Cenzo den Toten besser sehen konnte. Er trug eine amerikanische Uniform und eine Strickmütze, und er sah unverletzt aus, als wäre er einfach eingeschlafen.

»Ein amerikanischer Späher. Er ist von da oben heruntergefallen und hat sich den Hals gebrochen.« Steiner zeigte zu den Felsen über dem Tunnel hinauf. »Nur ein Junge. Ich bezweifle, dass er jemals einen Schuss abgefeuert hat. Aber er ist der erste Regentropfen des aufziehenden Gewitters.« Der Oberst ließ die Plane fallen.

»Und wo werden Sie sein, wenn das eigentliche Gefecht beginnt?«

»Wo ein Berufssoldat immer ist: zwischen Hammer und Amboss.« Steiner überdachte die Frage noch einmal. »Es heißt, Napoleons Rückzug aus Russland war eine Katastrophe, weil seine Soldaten zu viel Beute mit nach Hause schleppen wollten. Diesen Kerzenleuchter wollten sie nicht hergeben und jenes Silberbesteck auch nicht. Das zumindest wird man über uns nicht sagen können.«

Als Cenzo nach Salò zurückfuhr, hatte er das Gefühl, dass die Zeit schneller lief. Die deutschen Soldaten, an denen er vorbeikam, bewegten sich alle im Laufschritt. Männer aus den Schreibstuben, die Akten aus dem deutschen Hauptquartier im Grandhotel wegbrachten, stolperten und fielen, und Wolken von weißem Papier flatterten durch die Luft. Das militärische Krematorium für amputierte Gliedmaßen wurde geschlossen und verglomm unter einer dünnen Rauchfahne.

Giorgio hatte es geschafft, Radio Salò zu erreichen. Über den Sender riet er den Zuhörern, Ruhe zu bewahren und zu Hause zu bleiben. Dann spielte er klassische Musik, die übliche Untermalung für Katastrophen.

Cenzo erhaschte nur einen kurzen Blick auf die Fahrzeuge des Duce, die im Dämmerlicht glänzten. Die Kolonne rollte vom Gardasee zum Comer See, und von dort aus würde sie zum Lago Maggiore und zum Lago Orto weiterfahren. Zu Beginn des Tages hatte es gerüchteweise geheißen, Legionen von Schwarzhemden versammelten sich an der Schweizer Grenze und warteten nur auf das Signal ihres Führers. Aber alle Geschichten verwehten im Nebel. Von Stunde zu Stunde war Mussolini trotziger, er war niedergeschlagen, er war philosophisch. Schließlich, so erzählte man, verließ er seine Frau für Claretta, und die nahm ihre beste Freundin Vera mit.

Vereinzelt fielen Schüsse, das Geräusch von Rechnungen, die beglichen wurden, und unbedeutenden Plünderungen, aber im argentinischen Konsulat schien alles in Ordnung zu sein. Maria Paz lag ausgestreckt auf einer Chaiselongue auf der

Veranda, so weit jenseits des Zustands der Berauschtheit, dass sie schwerelos wirkte. Als sie ihm den Whisky hinschob, klapperte der Servierwagen mit den Getränken, aber sie schenkte ihm ein Glas ein, ohne einen Tropfen zu verschütten.

»Also«, sagte sie.

»Also?«, wiederholte er und ließ sich in einen Sessel sinken.

»Also, warum verschwinden Sie nicht wie alle andern? Sagen Sie's nicht. Es gibt immer einen guten Grund.«

»Bestimmt.«

»Aber Sie sind nicht sicher, was der Grund ist, ja?«

»Nein.«

»Das ist gut. Das ist eher der Mann, den ich anfangs kennengelernt habe. Giorgio war tatsächlich stolz, weil Sie sich für ihn ausgegeben haben.«

Maria war ein Schmaus für die Sinne. Ihre Farbe war Rot – vom Kleid über den Lippenstift bis zum Nagellack. Sie öffnete die nächste Flasche Scotch.

»Was wollen wir feiern?«, fragte sie.

»Dass die richtige Seite gewonnen hat.«

»Wie kann ein Italiener jemals von der richtigen Seite sprechen?«

»Nur sehr vorsichtig.« Er schenkte ihnen nach. »Warum haben Sie Vera Ihr Auto geschenkt?«

»Ich will nirgendwohin. Außerdem kann ich mir das Benzin nicht mehr leisten.«

»Aus praktischen Erwägungen also?«

»Nur«, sagte sie.

»Sind Sie mit Ihren Pässen fertig geworden?«

»Ja, Gott sei Dank.«

»Was war das für ein Gefühl, ihre Schicksale in der Hand zu haben? Und Nazis einen Genehmigungsstempel zu geben?«

»Ich habe viel mehr Juden als Deutsche gerettet.«

»Wusste der Konsul davon?«

»Nein. Für Don Rodriguez erscheinen Essen und Medizin auf magische Weise an seinem Bett.«

»Und Morphium?«

»Morphium braucht er mehr als alles andere. Giorgio besorgt es über seine Verbindungen zu den Deutschen. Giorgio ist ein Wundertäter. Wir verdanken ihm alles.«

»Lieben Sie ihn?«

Maria zögerte einen Augenblick lang. »Das ist eine komplizierte Frage.«

Cenzo dachte an den heiteren ersten Tag, als Maria ihn in Salò herumgefahren hatte. Wie sie den Soldaten entspannt zugewinkt und ihnen Kusshände zugeworfen hatte, auch wenn es Deutsche waren.

Maria holte ein silbernes Feuerzeug mit einem japanischen Weidenmuster hervor. Cenzo nahm es ihr aus der Hand, als sie sich vorbeugte.

»Hat Giorgio Ihnen dieses Feuerzeug geschenkt?«

»Ja.«

»Hat er Ihnen gezeigt, wie man es benutzt?« Er ließ das Feuerzeug aufschnappen, sodass man den Lauf und den Abzug für eine Patrone sehen konnte,

»Ich hätte Sie schon nicht erschossen.«

»Das dachte ich auch nicht. Liebt Giorgio Sie?«

»Wahrscheinlich nicht.«

»Glauben Sie, er hat Gina geliebt?«

»Sie war eine kurze Affäre, ein schönes Mädchen, nicht mehr.«

»Sie glauben also nicht, es könnte einen zusätzlichen Reiz dargestellt haben, dass sie die Frau seines Bruders war?«

»Wir haben das alles schon besprochen. Es war reiner Zufall, dass Sie Brüder sind.«

»Tatsächlich gab es drei Brüder Vianello«, sagte Cenzo. »Man sieht uns auf dem Segel unseres Bootes, die *putti di mare*. Giorgio war der Älteste, ich war in der Mitte, und Ugo war der Kleinste. Wir wurden von einem alliierten Kampfflugzeug angegriffen. Ich habe ein Bild davon gemalt. Da bin ich an Deck, blutüberströmt, und bete zur heiligen Jungfrau, und Giorgio ist im Wasser und versucht, Ugo zu retten. Das Problem ist: Ich habe nie zur Jungfrau gebetet, und die Sache mit Giorgio und Ugo verhielt sich umgekehrt, denn Ugo versuchte Giorgio und sich selbst zu ertränken. Da muss man sich fragen: Warum sollte Ugo das tun? Er hat Giorgio angebetet. Das haben wir beide getan, ebenso wie meine Frau Gina und Ugos Frau Celestina, die auch ganz hübsch ist. Völlig hingerissen von einem Filmstar. Warum also sollte Ugo das tun?«

Sie ging auf die Andeutungen nicht ein, und das hatte Cenzo vorausgesehen. Sie würde sich winden und wenden wie ein Aal, bevor sie zugäbe, dass es noch einen zweiten Verrat gegeben hatte. »Haben Sie eine Kopie dieses Gemäldes?«, fragte sie. »Haben Sie bei der Polizei eine Aussage zu Protokoll gegeben und beeidigt? Gibt es ein Foto des Leichnams? Der Tod wurde durch feindlichen Beschuss verursacht. Welchen Beweis brauchen Sie noch?«

»Ich versuche nur zu erklären, warum ein junger Fischer versuchen sollte, sich selbst und seinen Helden umzubringen.«

»Und warum erzählen Sie mir das alles?«

»Damit Sie wissen, was auf diesem Boot passiert ist. Es war ein Propaganda-Ereignis, und Sie wissen, wie wichtig so etwas ist. Sonst wären wir bei diesem schlechten Wetter gar nicht hinausgefahren. Die Fotografen wollten Bilder von Giorgio mit seiner Familie haben, und er sollte den Seemann spielen, der seinen Urlaub zu Hause verbrachte und seinen Brüdern bei ihrem Broterwerb half. Ich wusste von Anfang an, dass es Schwierigkeiten geben würde. Giorgio und Ugo sprachen kaum ein Wort, und statt in der Nähe des Anlegers zu bleiben, wo die Fotografen standen, nahm Ugo Kurs auf das tiefste Wasser, das er finden konnte. Er tat nicht mal so, als wollte er fischen.

Und dann kam die Mustang aus dem Himmel herunter. Ich weiß nicht, was der Pilot sich dabei dachte. Vielleicht wollte er Schießübungen machen. Es gab ja mit dem Beschuss eines Fischerboots nichts zu gewinnen. Nach zwei Anflügen verschwand er wieder. Vermutlich hat der Pilot überhaupt nicht gemeldet, dass er uns gesehen hat. Jedenfalls war ich an Deck, und Giorgio und Ugo schwammen im Wasser in einer Wolke von Blut. Als ich hineinsprang, um zu helfen, sah ich, dass Ugo versuchte, Giorgio in die Tiefe zu ziehen. Ich dachte, er sei desorientiert. Das kenne ich vom Fliegen. Ich traute meinen Augen nicht, und dann war da so viel Blut, dass ich nichts mehr erkennen konnte. Aber warum sollte Ugo so etwas tun?«

»Sagen Sie es mir.«

»Weil Ugo Celestina liebte, wie ich Gina geliebt habe. Die Vorstellung, Giorgio habe Celestina beiläufig verführt, nur weil sie willens und verfügbar war, konnte Ugo nicht ertragen.«

In ihren Augen spiegelten sich die Männer, die im Wasser miteinander rangen. Da hast du es, dachte Cenzo: Der Aal ist sauber aufgespießt.

# 26

Erschöpft wie ein Rennpferd, das durch den Schlamm gestolpert war, fuhr Cenzo zu seinem Hotel zurück. Er hatte nicht mehr genug Energie, um sich zu empören, als er Orsini, den Führer der Schwarzen Brigade, schon wieder in seinem Zimmer antraf. Orsinis Besuche waren von gruseliger Intimität.

»Riechen Sie das?«, fragte Orsini. »Schweine. Die Gegend hier ist berühmt für ihren Schinken.«

»Ich weiß.«

»Die Bauern lassen ihre Schweine frei herumlaufen. Das sind hochintelligente Tiere, wissen Sie? Die Welt besteht nicht nur aus Fisch.« War der Brigadeführer deshalb hier?, fragte Cenzo sich. Um ihm diese kulinarische Information zukommen zu lassen?

»Vermutlich führen sie ein glückliches Leben«, sagte er.

»Bis es zum Schlachthof geht, ja, genau wie Sie. Ich könnte Sie jetzt verhaften«, sagte Orsini. »Verhaften oder Schlimmeres. Aber vorher eröffne ich Ihnen jeden nur denkbaren Ausweg. Ihr Boot, die *Fatima*, war in der Nacht das einzige Fischerboot in jenem Bereich der Lagune. Sie hatten eine Begegnung mit einem deutschen SS-Offizier. Sie leben noch, er nicht mehr.«

»Ich weiß nicht, wovon Sie reden.«

»Ich erinnere Sie daran, dass der Krieg noch nicht aus ist.«

»Wenn Sie das sagen.«

»Keine Sorge. Nach allem, was ich höre, wird man Hoff nicht vermissen. Offen gestanden, ich finde, die Deutschen werden überschätzt. Sie nennen uns Angsthasen. Aber wer kneift jetzt? Wir können in die Alpen gehen und da zehn Jahre durchhalten. Das hat mir der Duce persönlich gesagt.«

»Wenn Sie mir helfen wollen«, sagte Cenzo, »können Sie mir verraten, was aus meinem Freund Eusebio Russo geworden ist. Ich habe gehört, er war in Ihrem Wagen vor dem Polizeirevier.«

Orsini runzelte die Stirn. »Russo?«

»Der Fischhändler. Es gab da ein Durcheinander wegen eines gestohlenen Fahrrads.«

»Ach, den habe ich laufen lassen. Er war nur in schlechte Gesellschaft geraten, und ich finde, jeder hat eine zweite Chance verdient.«

»Als Geschenk, sozusagen?«

»Könnte man sagen.«

»Aber Sie wissen nicht, wo Russo jetzt ist?«, fragte Cenzo.

»Ich kann nicht jeden Kriminellen im Auge behalten, der hier unterwegs ist.«

Woher kam dann dieses grausige Foto?, fragte sich Cenzo. Vielleicht hatte Steiner einfach gelogen, damit er ihm half, Giulia zu finden.

»Vianello, habe ich Ihnen je erzählt, was ich vor dem Krieg gemacht habe?«

»Nein.«

»Ich war Professor für Entomologie an der Universität Bologna. Mein Spezialgebiet waren Parasiten.«

»Da hatten Sie sicher viel zu tun.«

»Ist Ihnen der Saitenwurm bekannt?«

»Eher nicht.«

»Na, es ist ein sehr dünner Wurm, wie der Name schon sagt. Er wird auch Heuschreckenwurm genannt, obwohl es sich weder um ein Insekt noch um einen Wurm handelt. Eine echte psychologische Studie.«

»Ein Wurm mit Psychologie?«

»Die Larve des Saitenwurms lebt in einem Gewässer, an dem die Heuschrecke trinkt und die Larve verschluckt. Der Wurm wächst, bis er den Körper der Heuschrecke ausfüllt. Dann beginnt die Psychose. Der erwachsene Wurm übernimmt das Gehirn der Heuschrecke und schickt sie auf eine selbstmörderische Suche nach Wasser. Wenn der Grashüpfer das Wasser gefunden hat, springt er hinein und ertrinkt. Der Wurm windet sich heraus, und der Kreis ist geschlossen. Jetzt muss man sich fragen, was im Gehirn der Heuschrecke vorgegangen ist. Was hat sie gezwungen, sich das Leben zu nehmen? War es Fieber, oder war es Seligkeit?« Er nahm eine Zeichnung von Giulia vom Schreibtisch. »Was ist los mit diesem Mädchen, dass sie Ihr Gehirn infiziert hat? Ich frage danach, weil Sie sich solche Umstände machen, sie zu finden.«

»Ich habe den Eindruck, ein paar Leute machen sich große Umstände, sie zu ermorden.«

»Das ist Ansichtssache. Dank Ihrem Bruder haben Sie anscheinend Umgang mit der gesellschaftlichen Elite von Salò. Mit dem ehemaligen argentinischen Konsul, mit Filmschaffenden, mit General Kassel persönlich. Nicht zu reden von gesellschaftlichen Parasiten wie Otto Klein und Vera Giardini. Nicht? Zu schade. Es gibt außerdem Tausende von Faschisten, die im Feuer des Krieges geläutert wurden, wahre Patrioten, die bereit sind, alles zu opfern, und auf das faschistische Credo vertrauen: ›Glauben! Gehorchen! Kämpfen!‹«

»Ich fürchte, Sie haben den falschen Mann.«

»Oder einen Mann, der verzweifelt genug ist, seinem Bruder die Pistole an den Kopf zu drücken. Einen, der gehörnt und verraten wurde. Ich würde sagen, das passt genau auf Sie.«

»Ich werde Ihnen nicht helfen.«

»Schade. Ich will jedenfalls gern dazu beitragen, einen Helden aus Ihnen zu machen.« Orsini stand auf. »Na, ich hab's versucht.« Sein Fuß schoss vor, und er zertrat eine Kakerlake, die sich unter dem Bett hervorgewagt hatte. »Dreckskäfer.«

# 27

Als Orsini gegangen war, ließ Cenzo sich auf das Bett fallen, zu müde, um sich noch auszuziehen. Er schloss die Augen, aber etwas nagte an ihm, vielleicht ein Saitenwurm, vielleicht ein Schwein. Er dachte daran, wie oft sein Freund Eusebio Russo Waren auf den Schwarzmarkt geschmuggelt hatte, vor allem Schinken von Schweinen, die seine Mutter, die Witwe Margherita Russo, gemästet und geschlachtet hatte. Margherita betrieb ihren Hof ganz allein. Sie war eine starke Persönlichkeit, »hart und mittschiffs ziemlich breit«, wie sie gerne sagte. Aber sie lebte ihr eigenes Leben und verfluchte Faschisten und Partisanen gleichermaßen, wenn sie versuchten, Schweine von ihrem Hof zu stehlen. Sie versteckte sie und brachte ihnen bei, zu kommen, wenn sie pfiff. »Schweine sind gescheit«, sagte sie immer. »Gescheiter als manche Leute.«

Cenzo schloss die Augen und versuchte zu schlafen, aber er hatte das Gefühl, dass ein Haken mit einem Köder vor seiner Nase hing. Er schlief eine Stunde lang unruhig, und dann stand er auf wie ein Zombie. Die Möglichkeit, dass Russo noch lebte, hielt ihn hellwach.

Er hatte immer noch den Schlüssel für Marias Alfa-Romeo, der Tank war viertelvoll, und ein freundlicher Mond beleuchtete den Weg landeinwärts nach Brescia. Er passierte schlammbespritzte Soldaten und deutsche Flakstellungen unter Tarnnetzen, ohne angehalten zu werden. Cenzo war erst ein Mal auf Russos Hof gewesen, aber er folgte den flachen Scheinwerferstrahlen eine halbe Stunde lang und bog dann auf einen Feldweg ein, der sich bergauf schlängelte. Ein schwarzer Eber stand mitten auf dem Weg, und Cenzo trat auf die Bremse, um ihn nicht zu überfahren.

Der Eber wog sicher über zweihundert Kilo und hatte keine Lust, sich von der Stelle zu rühren. Andere Schweine trabten an einem Stahlzaun entlang den Weg hinunter. Cenzo vermutete, dass sie ausgerissen waren und ihre Fütterung verpasst hatten – was angesichts der Natur der Schweine eine ernste Angelegenheit war. Cenzo steuerte um den Eber herum durch ein offenes Tor. Schweinsäuglein folgte ihm.

»Niemals auf dem Boden schlafen«, hatte Signora Russo gesagt, als er Eusebio besucht hatte, und sie hatte ihm geraten, ein Schwein niemals wie ein Haustier zu behandeln, wenn er nicht wollte, dass es zu einem Familienmitglied wurde. Andernfalls würde die Schlachtung mit all dem Geschrei und der Ungläubigkeit wie ein Mord erscheinen. Viele Bauern konnten ihre eigenen Schweine nicht töten. Das heißt, wenn sie es mit einem befreundeten Schwein zu tun hatten. »Sonst hatten sie es mit einem wütenden, halb wilden, locker vierteltonnenschweren Tier zu tun.«

Der Hof der Russos bestand aus Wohnhaus, Scheune, Nass- und Trockensuhle, Trögen mit Trennwänden, um Streitereien auf ein Mindestmaß zu beschränken, einem Garten, einem Koben, der so groß war, dass die Ferkel nicht erdrückt wurden. Daneben gab es noch Verarbeitungsräume und eine Kompostgrube. Die Schweine verbrachten ihr ganzes Leben auf diesem Bauernhof. Sie wurden riesengroß und verwandelten sich am Ende in Prosciutto, Salami, Wurst, Speck,

Schmalz und Koteletts. Signora Russo besaß einen Lastwagen, einen Anhänger und einen Citroën 2CV, der aussah, als wäre er aus Papier gefaltet. Zu ihrem Schutz hatte sie zwei Schäferhunde, die normalerweise laut bellend und knurrend angerannt kamen, als wollten sie den Himmel zerreißen. Jetzt lagen sie reglos am Boden.

Die Haustür stand offen. Margheritas Mahagonimöbel waren so dunkel, dass sie von draußen beinahe unsichtbar waren. Die Wände waren geschmückt mit Fotos von preisgekrönten Schweinen, die einfältig grinsten. Aber in der Luft hing der Geruch von Blut. Sehen konnte Cenzo noch keins, doch er begann, flach zu atmen.

Eusebio Russo lag tot auf dem Boden der Küche. Er hatte ein Loch in der Stirn und zwei in der Brust. Sein rötlich blondes Haar breitete sich um den Kopf aus, und seine blauen Augen waren glasig. Neben ihm lag eine Pistole. Seine Haut war noch lauwarm; wahrscheinlich war er erst seit ein paar Stunden tot.

Signora Margherita Russo war in ihrem Schlafzimmer erschossen worden. Ein weißes Nachthemd mit Spitzenbesatz lag ausgebreitet auf dem Bett. Jemand mit einer ruhigen Hand hatte ihr genau zwischen die Augen geschossen. In welcher Reihenfolge hatte es sich abgespielt? War Eusebio nach Hause gekommen und hatte seine Mutter tot aufgefunden? Oder hatte Margherita die Schüsse aus dem Wohnzimmer gehört, als sie gerade zu Bett gehen wollte?

Das Grammofon im Wohnzimmer war verstummt, aber die Nadel lag noch in der Rille. Eine flackernde Laterne spendete das einzige Licht.

Die Schweine folgten Cenzo und der Laterne in die Scheune. Sie drängten sich um die Maissäcke, grunzten und schnaubten und schoben einander zur Seite. Zwei Tiere stießen zusammen und warfen ein paar Heuballen um, sodass die Holzdielen darunter zum Vorschein kamen. Ein mächtiger Eber legte sich auf die Dielen und schien entschlossen, sich nicht mehr von der Stelle zu rühren. Als Cenzo die Pistole abfeuerte, um seine Aufmerksamkeit zu erregen, rappelte der Eber sich auf und zog widerwillig ab. Strohstaub wirbelte im Licht der Laterne. Cenzo drückte die Bodendielen zur Seite. Giulia schaute aus dem Dunkeln herauf, und er hob sie heraus.

»Warum hast du so lange gebraucht? Warum hast du so lange gebraucht? Warum hast du so lange gebraucht?«, flüsterte sie an seinem Ohr.

»Er ist tot. Seine Mutter auch.«

»Hast du *ihn* gesehen?«, fragte sie.

»Wen?«

»DaCosta. Er ist hier.«

»Wer immer hier war, ist jetzt weg.« Cenzo trug sie aus der Scheune.

Er hob zwei flache Gräber für Eusebio und Margherita aus und scheuchte die Schweine mit dem Spaten weg. Mit ihren runden Rücken waren sie ein passender Trauerzug.

# 28

Als sie in Salò ankamen, dämmerte grau der Morgen, streifig vom Regen. Cenzo war klar, dass er nicht ins Hotel Golfo zurück und sich auch sonst nicht in Orsinis Reichweite begeben durfte. Vera war verschwunden; sie hatte sich Claretta und Mussolini angeschlossen und ihr Haus in ihrer Verzweiflung offen gelassen. Cenzo trug Giulia hinein.

Sie zitterte immer noch. Wortlos brachte Cenzo sie unter die Dusche und wusch sie, bis das letzte Körnchen Schmutz von ihrem Körper verschwunden war, dann frottierte er sie, bis ihre Haut glatt wie Marmor war.

Was wünschte er sich?, war die Frage an den Fischer. Diamanten? Perlen? Eine goldene Krone? Noch besser, gab es irgendeine atemberaubende Einsicht, die einem Mann helfen konnte, sein Boot zu steuern? Ja. »Es gibt jede Menge Fische im Meer.« Das war sie, die uralte Weisheit. Wenn ein Mann mit diesem Körnchen Wissen zufrieden sein konnte, dann konnte er sein Leben lang zufrieden sein.

»Jede Menge Fische?« Aber nur mit einer Frau dazu. Und nicht irgendeiner, sondern der störrischsten, unmöglichsten Frau, die ihm je begegnet war. Er nahm sie in die Arme, bis das Zittern aufhörte, und dann erweckte er sie mit einem Kuss zu neuem Leben.

Sie schliefen bis in den Nachmittag hinein. Als Giulia aufwachte, lag Cenzo auf der Seite und schaute sie an. Sie zog die Decke hoch.

»Was starrst du denn so? Was gibt's da zu sehen?«

»Farben.«

»Mach dich nicht lustig.«

»Mach ich nicht. Du warst zu lange verschwunden. Du siehst nicht, wie dein schwarzes Haar sich um deine schneeweiße Wange schmiegt.« Er strich mit dem Finger über ihren Mund. »Und wie rot und voll deine Lippen sind. Kurz, du hast keine Ahnung, wie schön du bist.«

Ihm war klar, dass seine Worte unzureichend waren. Byron hätte vielleicht ein paar poetische Beschreibungen losgelassen, als wäre das ein Kinderspiel, und mit einem Skizzenblock hätte ein Meister wie Tizian ihr wahrscheinlich gerecht werden können. Aber Cenzo, so nah bei ihr im Bett, dass er ihre Wärme spüren konnte, war überwältigt.

»Nicht zu dünn?«, fragte sie.

Er zog die Decke zurück. »Überhaupt nicht. Ich würde sagen, du bist reichlich ausgestattet.«

»Dann sollte es dafür einen Preis geben.«

»Ich glaube, den gibt es.«

Sie schnappte nach Luft, als er sie entfaltete. Sie wirkte angespannt und absolut still wie ein kleiner Vogel, der bereit war, wegzufliegen. Dann führte sie ihn zu sich, und ihre Haut schmeckte salzig.

Schüsse in der Ferne scheuchten sie schließlich aus dem Bett. Sie hatten Mordshunger, und Cenzo trieb zum Frühstück altbackenes Brot, harten Parmesan und ein paar ungeöffnete Flaschen billigen Wein auf.

»Sind wir hier sicher?«, fragte Giulia.

»Relativ. Das hier ist nicht Neapel oder Rom. Wenn die Deutschen abgezogen sind, wird Salò leer sein.«

»Wieso bist du so sicher?«

»Es wird keinen Kampf zwischen Italienern und Deutschen geben, sondern zwischen italienischen Partisanen und italienischen Faschisten.«

»War Eusebio kein Partisan?«

»Eusebio war unabhängig. Er hat sich manchmal aus der Klemme manövriert, indem er den Eindruck erweckte, einerseits mit den Deutschen zu kollaborieren, andererseits mit den Partisanen, aber niemals mit den Schwarzen Brigaden. Er hatte seine Grundsätze.«

»Er hat mir das Leben gerettet. Zwei Mal.«

»Erzähl mir, was passiert ist, nachdem du mit Russo verschwunden bist. Fang mit dem zweiten Ruderer an. Die Überfahrt von Pellestrina nach Venedig ist weit, und deshalb verstehe ich, dass Eusebio noch ein Paar Ruder haben wollte. Aber ich war trotzdem überrascht, noch einen Mann in seinem Boot zu sehen.«

»Es war sehr merkwürdig. Ich konnte sein Gesicht nicht sehen. Wir waren mit diesen schwarzen Tüchern verhüllt, und es war Nacht. Ein bisschen wie eine Beerdigung.«

»Hat er etwas gesagt?«

»Nein. Aber es gab einen Augenblick, mitten auf der Lagune, da hörte er auf zu rudern. Es war merkwürdig, wir in unserem schwarzen Boot mit den schwarzen Tüchern – als ob wir nicht existierten. Dann erschienen drei Rochen unter dem Boot. Sie leuchteten. Du weißt, wie Rochen unter Wasser fliegen.«

»Ja.«

»Sie blieben fast eine Minute bei uns. Eusebio hat die ganze Zeit gebetet. War er religiös?«

»Nein, aber zutiefst abergläubisch.«

»Dann sagte Eusebio: ›Das Geschäft ist geplatzt.‹ Mehr nicht. Komisch – bis dahin hatte ich Angst gehabt. Von da an nicht mehr.«

»Der andere Mann machte dich nervös?«

»Ja.«

»Glaubst du, es könnte DaCosta gewesen sein?«

»Ich weiß es nicht. Vielleicht. Er hat kaum ein Wort gesagt. Aber ich erkenne DaCosta weniger an seiner Stimme als vielmehr an seiner Präsenz. Ich sehe ihn nicht, aber ich fühle ihn. Leuchtet das ein?«

»Absolut. Wo seid ihr in Venedig an Land gegangen?«

»Am Gondelanleger vor San Trovaso. Da haben wir uns getrennt«, sagte Giulia. »Eusebio und ich sind in die eine Richtung gegangen, der zweite Mann in die andere. Er war aufgebracht, das konnte ich immerhin erkennen.«

»Du musst ihn doch gesehen haben. Er muss das Tuch abgenommen haben.«

»Nein. Er ist eilig weggelaufen und hat sich nicht mal verabschiedet. Ich habe Eusebio gefragt, wo wir hinwollten, und er sagte, früher wären wir zur Seufzerbrücke gegangen, denn dorthin brachte man Leichen zur Identifikation. Du kennst Eusebios Humor. Er ging eine Weile auf und ab und brachte mich dann zum Bahnhof.«

»Um jemanden zu treffen?«

»Nein. Er hat sich mit niemandem getroffen.«

Vielleicht hatte Eusebios Kontakt am Bahnhof sich verspätet, dachte Cenzo, oder er hatte nicht damit gerechnet, dass Giulia es tatsächlich nach Venedig schaffen würde. Möglicherweise hatte er das geisterhafte Erscheinen der Rochen als eine Art göttliche Intervention gedeutet. »Wir sind dann in einen Bummelzug gestiegen und haben uns draußen bei seiner Mutter auf dem Schweinehof versteckt. Ich glaube, sie hoffte, er und ich würden zusammen durchbrennen. Ich bin dort geblieben und habe ihnen auf dem Bauernhof geholfen.«

»Das hätte ich gern gesehen.«

»Er ist für eine Weile verschwunden – geschäftlich, wie er sagte. Sie redete unablässig von seinen fabelhaften Aussichten, und sie wollte für uns beten. Für uns und die Schweine. Wir aßen dort nichts als Trüffel und Schinken. ›Wie die Millionäre‹, sagte die alte Frau. Sie sah wild aus, aber tatsächlich war sie sehr nett. Sollte jemand fragen, war ich Giulia Vianello aus dem Fischerdorf Pellestrina. Falls das jemand bezweifelte, konnte ich zum Beweis ein Netz flicken. Dann kam Eusebio zurück. Er wollte mich zur Fahrradsegnung in die Kathedrale von Salò bringen. Ich sollte mich dort hineinschleichen, und wir würden uns vor ihrer Nase verstecken. Clever?«

Kompliziert, dachte Cenzo. Es ging ja nicht nur darum, ein jüdisches Mädchen zu verstecken. Sie musste auch vor einem Feind beschützt werden, der ihren Vater verraten hatte.

»Aber dann ging eine Luftschutzsirene los, und alles rannte davon. Ich sah, wie Eusebio auf den Rücksitz eines schwarzen Fiats gestopft wurde. Er warf mir durch das Rückfenster einen Blick zu, und ich fuhr mit dem Fahrrad weg, so schnell ich konnte.«

»Wer hat ihn festgenommen?«

»Die Schwarze Brigade. Ich bin dem Wagen dann mit einigem Abstand gefolgt, bis sie am Hauptquartier der Brigade waren. Da habe ich den ganzen Tag gewartet, bis sie ihn freiließen. Als er weit genug entfernt war, habe ich ihn eingeholt.«

»Und dann hat Eusebio dich wieder auf den Hof seiner Mutter gebracht?«

»Ja. Doch diesmal sorgte er dafür, dass ich mich verstecken konnte. Als er DaCostas Wagen hörte, brachte er mich in die Scheune und in ein Loch unter ein paar losen Dielen. Nachdem er die Heuballen daraufgestapelt hatte, war ich zwar versteckt, aber auch eingesperrt. Später hörte ich Schüsse, das Scheunentor wurde geöffnet, und DaCosta ließ die Schweine hinaus. Und er rief meinen Namen, genau wie bei der Razzia im Krankenhaus.«

»Bist du sicher, dass es nur DaCosta war?«

Sie nickte.

»Wie viele Schüsse hast du gehört?«

»Vier oder fünf.«

Cenzo war überrascht. Eusebio hätte nicht gezögert, eine Waffe zu benutzen, und seine Mutter war auch kein Lämmchen, wenn es darum ging, sich zu wehren. Aber sie waren unterlegen.

»Wie lange warst du in diesem Loch?«

»Mehrere Stunden. Ich habe die Augen geschlossen und mich hypnotisiert. Weißt du, woran ich gedacht habe? An Fische.«

»Du warst zu lange auf der *Fatima*.«

»Ich hätte noch länger bleiben können.«

Warum die Zeit auf der *Fatima* ihnen beiden wie eine glückliche Zeit erschien, war Cenzo ein Rätsel. Soweit er sich erinnern konnte, hatten er und Giulia die ganze Zeit nur gestritten.

»Erzähle mir mehr von DaCosta«, sagte er. »Hat er noch irgendetwas gesagt?«

»Nein.«

Cenzo wurde plötzlich bewusst, dass er DaCosta noch nie gesehen hatte. Die Suche nach ihm war wie die Jagd nach dem Oktopus. Man sah ihn erst, wenn er blinzelte. Aber wie brachte man eine Kreatur wie DaCosta zum Blinzeln?

# 29

Cenzo saß mit einer Pistole auf dem Schoß in einem Sessel, und Giulia lag in Veras Bett und schlief. Es war erstaunlich, wie viel sie schlafen konnte. Zusammengerollt wie in einem Kokon lag sie da, während er darauf wartete, dass Reitstiefel die Treppe heraufpolterten.

Im Radio lief endlose Musik von Beethoven und Wagner, und dazwischen sprach Giorgio Vianellos Stimme zum Publikum: »Bleiben Sie zu Hause. Melden Sie Plünderungen. Vermeiden Sie jede Panik.« Gute Ratschläge – aber Cenzo musste lachen, wenn er Giorgio als Stimme der Vernunft hörte.

Er hörte den Schlag einer Heckklappe und ging zum Fenster. In Dunkelheit und Regen wurde er Zeuge eines Verrats, der an den Judaskuss denken ließ. Deutsche SS-Offiziere ließen ihre italienischen Gegenüber antreten, nahmen ihnen Pistolen und Gewehre ab und stießen sie auf die Lastwagen. Die italienischen Offiziere waren empört und verwirrt und verlangten, dass Hitler persönlich angerufen werde. Die deutschen SS-Leute waren doch bisher ihre Kollegen und Lehrer gewesen. Es war ein Irrtum. Es musste ein Irrtum sein. Aber Tatsache war, dass die Deutschen sie entwaffneten und in Arbeitslager bringen wollten. Die Italiener hatten sich in die Hände der falschen Herren gegeben, und jetzt lag eine interessante Zukunft vor ihnen. Ausgebildet in den Techniken der Massenbeherrschung und des Verhörs, wussten sie nur allzu gut, was sie zu erwarten hatten.

Cenzo schüttelte Giulia wach. »Wir müssen weg. Die Deutschen verhaften die italienische SS.«

»Das betrifft uns doch nicht.«

»Noch nicht. Aber du hast keine Papiere. Ich glaube, wir müssen verschwinden.«

»Wohin?«

»Ich habe eine Freundin im argentinischen Konsulat.«

»Woher kennt ein Fischer vom Lido jemanden im argentinischen Konsulat?«, fragte Giulia.

»Mein Bruder hat uns bekannt gemacht«, sagte Cenzo.

»Und das ist eine Empfehlung?«

»Es ist unsere letzte Möglichkeit.«

Sie zogen sich an, verließen Veras Bungalow und schlichen sich an den Lastwagen vorbei, deren Motoren im Leerlauf blauen Qualm verbreiteten. Die Straße glitzerte nass vom nächtlichen Regen.

»Du!« Ein Scharführer der SS stieß Cenzo seine Pistole in den Rücken und schob ihn auf einen Lastwagen zu. »Aufsteigen!«

»Was ist los?«, fragte Giulia.

»Gar nichts«, sagte Cenzo. »Ich kläre das. Scharführer, ich gehöre nicht zur SS. Ich bin der Schauspieler Vianello.«

»Auf den Laster!«

»Ich arbeite bei Radio Salò.«

»Ich höre den Mist nicht.«

»Ich bin beim Film.«

»Ich schaue mir den Mist nicht an. Steig auf den Laster,

oder ich schieße dir deinen verdammten Fuß ab. Dann werden wir ja sehen, wie du auf einem Fuß hüpfend schauspielern kannst.«

Cenzo überdachte die Lage neu. Der Scharführer war offensichtlich ein Mann mit kurzem Geduldsfaden. Andererseits, wenn Cenzo erst einmal auf dem Lastwagen wäre, könnte er Giulia so wenig helfen, als säße er in einem Tresor. Aber jetzt konnte er auch nicht mehr erklärten, er sei Fischer, und zum Beweis seine rauen Hände vorzeigen. Verdammt.

»Verzeihen Sie. Ich bitte um Entschuldigung. Ein einziger Telefonanruf, und die Sache ist geklärt.«

»Stell dich in die Reihe. Heute Nacht will jeder hier Goebbels anrufen.«

»Wenn ich Ihnen nur meine Papiere zeigen dürfte? Sie sind völlig in Ordnung«, sagte Cenzo. Das stimmte nicht, aber er würde alles sagen, um Zeit zu schinden.

»Und hat sie auch Papiere? Dein Schätzchen?«

»Die hat sie bei einem Luftangriff verloren.«

»Kann sie nicht sprechen?«

»Sie ist Französin.«

»Sie ist ein bisschen dürr, aber wir behalten sie und lassen dich laufen. Ist das ein Angebot?«

»Offen gesagt, sie ist sehr beliebt beim Oberkommando.«

»Tatsächlich? Beim ganzen Oberkommando? Hat sie ein spezielles Talent?«

Giulia hatte das Gespräch mit angehört, und ihre Augen glänzten. Cenzo wünschte, sie sähe weniger interessant aus.

»*Je donne des leçons d'équitation au général Kassel*«, sagte sie.

Persönlicher Reitunterricht für den General? Der Scharführer sah plötzlich eine ganze Reihe von Gründen zum Zögern.

»Haut schon ab«, sagte er schließlich. »Schert euch zum Teufel.«

Giulia war auf Giorgio nicht vorbereitet. Seine körperliche Ähnlichkeit mit Cenzo war verblüffend. Er hatte das gleiche breite Gesicht und die dunklen Augen, doch während Cenzo einzigartig wirkte, hatte Giorgio die Geschmeidigkeit eines Mannes, der schon viele Rollen gespielt hatte. Er war Froschmann bei der Marine gewesen, Bergsteiger, Polarforscher, Matinee-Idol und vieles mehr. Er konnte jede Art von Hauptrolle spielen, aber vielleicht verlor er mit jeder Rolle ein Stückchen von sich selbst.

»Ah, der verlorene Bruder«, sagte Giorgio. »Ich habe mir Sorgen um dich gemacht. Du hast ein paar von meinen besten Kleidungsstücken.«

»Mach dir keine Sorgen um mich.«

»Halte nur den Kopf unten«, sagte Giorgio. »Ich will nicht, dass mein Hut Löcher bekommt. Wo bist du gewesen?«

»Er war bei mir«, sagte Giulia.

Giorgio betrachtete sie. »Ist das die schöne Giulia? Cenzo hat mir nicht gesagt, dass Sie so attraktiv sind. Aber ich bin sicher, er hat Ihnen auch über mich nichts Gutes gesagt.«

Giulia sah Cenzo an. »Vielleicht sollten wir woandershin gehen«, schlug sie vor.

Giorgio protestierte. »Maria wäre sehr unglücklich, wenn ich Sie verjagen würde.«

Giulia fragte Cenzo: »Ist das wahr?«

»Ja.«

»Maria Paz wird gleich unten sein«, versprach Giorgio. »Sie muss ihren kranken Mann versorgen. Sie können sich vorstellen, wie schwierig es ist, in Kriegszeiten Medikamente und

Pflegebedarf heranzuschaffen, doch sie ist erfindungsreich. Und sie mag Cenzo gern. Keine Ahnung, warum.«

Alle drehten sich um, als das Gitter vor einem Aufzug sich öffnete und eine reife, wenn auch sehr verführerische Frau hinaustrat.

»Willkommen. Ich bin Maria Paz Rodriguez, und dies ist die Residenz des argentinischen Konsuls. Bitte kommen Sie auf die Veranda hinaus. Ich wünschte, ich könnte Ihnen eine bessere Gastgeberin sein, aber Porzellan und Gläser sind bereits eingepackt.«

»Ich bin überrascht, dass Otto und Vera nicht da sind«, sagte Cenzo.

»Meine Dauergäste«, erklärte Maria für Giulia.

»Eher blinde Passagiere«, sagte Giorgio.

»Ich fürchte, das sind wir jetzt auch«, sagte Giulia.

»Unsinn«, sagte Maria. »Der Krieg macht uns alle gleich. Wir sind dabei, auszuziehen. Oder sollte man sagen, unterzutauchen? Setzen Sie sich doch bitte. Jeden Tag haben wir eine neue Anordnung der Möbel, neue Möglichkeiten, darüber zu stolpern. Wie alt sind Sie, meine Liebe?«

»Achtzehn.«

»Mein Gott, jetzt fühle ich mich steinalt.«

»Sie braucht einen Pass«, sagte Cenzo.

»Warum so dringend?«

»Jemand will sie umbringen.«

»Wer?«

»Das wissen wir nicht. Ihr Vater war an Kapitulationsverhandlungen beteiligt, und seine Gruppe wurde verraten.«

»Von wem? Können Sie ihn identifizieren?«, fragte Maria.

»Ich würde ihn überall erkennen«, sagte Giulia.

»Ah, ich sehe den Servierwagen«, sagte Giorgio. »Ein Martini kann nicht mehr weit sein. Cenzo, ich weiß, du würdest mich gern erschießen, aber vorher sollten wir feiern. Ein paar Patrioten von der Marine waren bei mir. Ich sollte ein Ein-Mann-U-Boot nehmen und ein britisches Schlachtschiff versenken.«

»Das hast du doch schon getan«, sagte Cenzo.

»Da war ich noch jünger. Weißt du, wie viel Mann Besatzung auf einem Schlachtschiff sind? Ungefähr tausend. Die Versenkung des Schiffs sollte eine letzte Geste sein. Ich hätte es vielleicht getan, wenn es noch eine Chance für den Sieg gäbe, aber jetzt wäre es bloß noch Mord. Verzeihung, ich schweife ab. Also – wie macht man einen perfekten Martini? Man füllt ein Martini-Glas mit Gin, gibt einen diskreten Tropfen Wermut dazu und rührt um. Versuch's mal.«

»Nein danke«, sagte Cenzo.

»Spaßverderber.«

»Die Deutschen verhaften die italienische SS und bringen sie ins Arbeitslager«, sagte Cenzo.

»Das bricht mir das Herz«, sagte Maria.

»Und mich haben sie entlassen«, sagte Giorgio.

»Dich? Den Löwen von Tripolis?«, fragte Cenzo.

Giorgio kippte seinen Martini hinunter und räusperte sich, um Platz für den nächsten zu machen. »Vielleicht möchte eine der Damen auch etwas trinken? Ja, ich bin eine Stimme aus der Vergangenheit. Jetzt lassen sie einen jüngeren Sprecher sein Glück versuchen. Einen, der keine Verbindung zum alten Regime hat.«

»Wer sind ›sie‹?«, fragte Giulia.

»Die Propagandabehörde. Die kommende Macht.«

»Beobachten sie dich?«, fragte Cenzo.

»Wie meinst du das?«

»Sie haben dich gefeuert und lassen dich gehen? Ich könnte mir vorstellen, du kennst alle möglichen peinlichen Geheimnisse. Mit Betonung auf ›peinlich‹.«

»Ich nehme an, jemand wird mich beschatten. Sollen sie ruhig. Ich werde nicht ständig über die Schulter schauen.«

»Du hast keine Angst?«, fragte Cenzo.

»Sagen wir, ich bin auf der Hut. Übrigens, die Bar ist jetzt schon seit zehn Minuten geöffnet, und wir haben noch nichts von Otto und Vera gesehen. Kein gutes Zeichen.«

»Wo Vera ist, wird man auch Claretta finden, und wo Claretta ist, findet man Mussolini. Seit Tagen hat niemand Claretta gesehen«, sagte Maria. »Oder übrigens Otto.«

»In Salò hat der Krieg noch nicht angefangen«, sagte Giorgio. »Wenn der Angriff losgeht, werden die Partisanen von Tür zu Tür gehen und nach Faschisten suchen.«

»Also auch nach Ihnen?«, fragte Giulia, die kaum etwas gesagt hatte, seit sie im Konsulat waren.

»Du hast eine Ausrede«, sagte Cenzo zu Giorgio. »Du hast versucht, Oberst Steiner zu helfen, eine Kapitulation auszuhandeln.«

»Das reicht nicht für Partisanen wie Dante«, erwiderte Giorgio. »Der verlangt eine moralische Säuberung. Was habt ihr beide vor, du und Giulia?«

»Das Beste ist, wir verschwinden von hier.« Cenzo sah Maria an. »Aber sie braucht einen Pass. Können Sie ihr einen machen?«

Maria verschwand im Empfangszimmer und kam mit einem Pass zurück. »Das Problem ist, ich bin nicht mehr im Passgeschäft. Ich habe überhaupt keine Papiere mehr, bis auf den hier. Da ist ein anderes Foto drin, und die Frau sieht nicht gerade aus wie Schneewittchen.« Das Passbild zeigte eine Frau

Mitte dreißig, hohlwangig von Trauer, mit grauem Haar und dunklen Halbmonden unter den Augen.

»Kriegen Sie das hin?«, fragte Giulia.

»Kann ich eine Frau in ein junges Mädchen verwandeln? Eine Fiedel in eine unbezahlbare Violine zu verwandeln, ist leichter, als die Jahre aus dem Gesicht einer Frau zu entfernen. Wir werden sehen, ob ich noch Wunder wirken kann.«

# 30

Maria Paz saß im Keller des Konsulats und behandelte den Rand des Ausweises mit Sandpapier. Blies den Staub weg. Durchfeuchtete die Seiten mit dünnem Kaffee. Trocknete sie mit einem Föhn und nutzte die Misshandlung des Fotos, um alte Falten zu verstärken und neue hinzuzufügen.

Giulia saß neben ihr auf einem Hocker und sah ihr bei der Arbeit zu. Ab und zu schaute sie zu den Geigen hinauf, die in verschiedenen Stadien der Vollendung unter der Decke hingen. Manche glänzten wie Honig, andere wirkten nackt ohne Lack oder kopflos ohne die Schnecke.

»Wir machen das Gesicht heller und das Haar dunkler«, sagte Maria, »und suchen nach Ähnlichkeiten wie Muttermalen, sinnlichen Lippen und intellektueller Stirn. Das schlucken sie immer. Da wir keine Farbe auf der bedruckten Fläche hinterlassen wollen, benutzen wir einen Bleistift.« Sie betrachtete das Foto aus allen Blickwinkeln, als wäre es ein Gemälde von Leonardo. »Kleine Beamte unterschreiben immer mit großen Schnörkeln. So zeigen sie ihre Macht.« Sie tauchte ihre Feder in eine Flasche Pelikan-Tinte. »Wie alt waren Sie noch mal?«

»Achtzehn.«

»Und wie lange waren Sie mit Cenzo auf seinem Boot?«

»Drei Wochen.«

»Und …?«

»Was?«

»Nichts ist passiert? Ein Mann und eine Frau sind drei Wochen lang allein auf einem kleinen Boot, und Sie erzählen mir, da ist nichts passiert?«

»Das geht Sie nichts an.«

»Na, wenn ich drei Wochen lang allein mit einem Mann auf einem kleinen Boot wäre, dann wüsste er es aber. Verzeihung. Ich habe meine Jungfräulichkeit nicht verloren, ich habe sie an den Meistbietenden verkauft. Und da war ich schon eine tüchtige Fälscherin.«

»Ich glaube, ich brauche kein solches Talent.«

»Das weiß man nie. Was noch wichtiger ist, ich habe gelernt, Männer glauben zu lassen, sie nutzten mich aus. Man verkauft kein Gemälde, keine Violine, sondern eine Geschichte. ›Behalte kühlen Kopf, dann wirst du ihn nicht verlieren.‹ Das war der Rat, den mein erster Liebhaber mir gegeben hat. Er war Franzose. Leider verlor er seinen eigenen Kopf auf der Guillotine.«

»Und was ist mit Ihnen und Giorgio?«, fragte Giulia.

»Es ist nicht zu bestreiten, dass wir miteinander geschlafen haben, aber wir sind erwachsen. Es bedeutet weder ihm noch mir etwas.«

»Nicht? Und was ist mit Gina? Hat er sie nicht geliebt?«

»Der arme Mann. Er war noch nie zuvor verliebt, und ich glaube, zum ersten Mal in seinem Leben hat er gelitten.«

Während die beiden Frauen unten in Marias Atelier beschäftigt waren, hockten Cenzo und Giorgio im Empfangsraum des Konsulats wie zwei Schlangen in einem Korb.

»Das ist eine großartige Zeit für dich, nicht wahr?«, meinte Giorgio. »Glaubst du, du wirst zu Hause in Pellestrina wieder glücklich sein, nachdem du die große weite Welt gesehen hast?«

»Keine Sorge. Es wird mir Spaß machen, dich untergehen zu sehen, und danach werde ich mit Vergnügen in Pellestrina fischen. Nur aus Neugier: Wie hast du deine Ehrenposition verloren? Wenn ich jemals einen gesehen habe, der um seines Aufstiegs willen Kröten schluckt, dann bist du es.«

»Weißt du, es gab Zeiten, da hast du mir tatsächlich gefehlt. Aber dann dachte ich: Nein, eher würde ich dich unter einen Zug stoßen.« Giorgio schüttelte Zigaretten aus einer Packung, eine für Cenzo, eine für sich.

Giorgio macht sich größere Sorgen, als er sich anmerken lässt, dachte Cenzo. Er wirkte wie ein Mann, der es gewohnt war, alles unter Kontrolle zu haben, doch wie konnte er ohne seine Stellung beim Rundfunk noch behaupten, er sei die »Stimme eines neuen Italien«?

Maria Paz und Giulia kamen mit Wein und Gläsern die Treppe herauf, und Maria zeigte Cenzo den Ausweis. »Plump, aber es wird reichen. Er muss noch trocknen. Als letzte Vollendung kommt dann der ›Arierstreifen‹.« Das war ein roter diagonaler Streifen auf der Seite mit dem Foto.

»Sie glauben doch nicht ernsthaft, dass jetzt noch jemand die Rassengesetze anwendet«, sagte Giorgio.

»Nur ungefähr tausend SS-Leute an den Kontrollpunkten«, sagte Cenzo.

»Und dann?«

»Dann komme ich endlich zurück zum Lido und kann meine Netze leeren. Da sind inzwischen sicher eine Million Fische drin.«

»Das ist alles, woran du denken kannst?«, fragte Giorgio. »Ans Fischen?«

Cenzo hatte nicht ernst gemeint, was er sagte, aber nachdem er es ausgesprochen hatte, begriff er, dass man es missverstehen konnte.

»Was haben *Sie* vor?« Maria sah Giulia an.

»Ja, was habe ich vor?«, fragte Giulia Cenzo.

Er zögerte, denn bei Giulia konnte jedes Wort schiefgehen.

»Ich kann mir nicht vorstellen, dass Sie für den Rest Ihres Lebens Fische ausnehmen wollen«, sagte Giorgio.

»Das hängt nicht ausschließlich von mir ab«, erwiderte Giulia.

Das klang nicht richtig, dachte Cenzo – als hätte er sie weggeschickt. Sie wandte den Blick ab. »Sie wird wissen, was sie will«, sagte er.

»Wirklich?«, fragte Giulia.

Sie wäre eine Außenseiterin in Pellestrina, dachte Cenzo. Es wäre selbstsüchtig von ihm, wenn er ihr Leben kompliziert machen wollte. Sie konnte als Lehrerin oder als Touristenführerin arbeiten oder einfach reich sein. Er war ein Fischer, weiter nichts, und im besten Fall konnte er darauf hoffen, sie wohlbehalten nach Venedig zu bringen.

»Sie kann das selbst entscheiden. Giorgio hat recht«, sagte er. »Ich denke in kleinem Rahmen. Er sieht das große Ganze, ob er nun für Mussolini ist oder gegen ihn.«

»Soll ich das als Kompliment auffassen?«, fragte Giorgio.

»Eigentlich nicht. Weißt du, ich habe mich gefragt, ob du den Duce im Radio anklagen wirst. Es wäre eine brillante Aktion gewesen. Aber jetzt, da deine Karriere beim Rundfunk im Eimer ist, musst du etwas Neues finden, wofür du eintreten kannst. Vielleicht amerikanische Schokolade? Irgend so etwas.«

Maria wechselte das Thema. »Ich dachte, Otto hätte sich

vielleicht Mussolinis Konvoi angeschlossen. Ich begreife nur nicht, warum. Ich habe nie erlebt, dass Otto nicht mit gezinkten Karten gespielt hätte. Und übrigens, warum fährt Mussolini ziellos zwischen den Seen herum?«

»Das ist nicht ziellos«, sagte Giorgio. »Er fährt zu den Banken und sammelt Goldbarren ein. Und wer könnte ihm besser dabei helfen, das Gold schnell bei Schweizer Banken zu deponieren, als Otto Klein?«

»Wie kann er das tun?«, fragte Giulia.

»Wer kann ihn hindern?«, fragte Cenzo. »Er ist immer noch Mussolini.«

Das Gespräch brach ab, als plötzlich die Erde bebte.

»Du lieber Gott, was war das?«, rief Maria.

Sie liefen hinaus und sahen schwarzen Rauch, der im Norden über dem Horizont aufstieg.

»Der Ufertunnel am Gardasee«, sagte Giorgio. »Die Alliierten bombardieren ihn.«

»Nein«, sagte Cenzo. »Da sind keine Flugzeuge. Anscheinend zünden die Deutschen ihre Sprengladungen, damit die Amerikaner nicht durchkommen.«

Was waren starke Explosionen anderes als unschuldige Gase, die sich schnell genug bewegten, um Metall und Fleisch zu zerfetzen? Mehrere Soldaten saßen mit blutverkrusteten Mündern und Ohren am Straßenrand. Andere irrten umher, benommen vom Knall einer Explosion, die immer noch in ihren Köpfen hallte. Das Feuer war nicht so groß, wie Cenzo erwartet hatte; die meisten Brände waren von der Druckwelle gleich wieder gelöscht worden. Aber zahllose kleinere Flammen sprangen wie Lebewesen umher, und als die Rettungswagen erschienen, mussten sie verbogenen, nicht identifizierbaren Artillerieteilen ausweichen. Der Roboterpanzer lag da, in seine eigenen losen Ketten verwickelt.

Oberst Steiner war schwarz wie ein Bergmann, aber er stand an der Tunneleinfahrt und dirigierte einen Zirkus von Krankentragen und Lastwagen, und sein Rufen übertönte den Lärm schwerer Maschinen. Gesicht und Hände waren schwarz verbrannt, weil er Leute aus dem Feuer gezogen hatte, und seine Augenbrauen waren versengt. Wenn er ins Krankenhaus käme, dachte Cenzo, würden sie ihm die Uniform vorsichtig vom Leib schälen müssen.

»Was ist passiert?«, fragte Cenzo.

Steiner wusste es nicht. »Ich glaube, ein Granatwerfer ist von allein losgegangen. Da ist immer noch Munition im Tunnel, die nicht explodiert ist, und mindestens ein Mann, der noch lebt.«

Cenzo hörte einen gedämpften Schrei, der aus der Mitte der Erde zu kommen schien. »Bekommen Sie ihn heraus?«

»Der arme Junge ist eingeklemmt«, sagte Steiner.

»Das wird die anderen Männer verrückt machen«, meinte Giorgio.

Es war der Albtraum jedes Soldaten, nach stundenlangen Qualen zu sterben. Da wurde nach Morphium, Mutter und Gott gerufen – in dieser Reihenfolge.

»Haben Sie versucht, zu ihm durchzukommen?«, fragte Cenzo.

»Unmöglich. Alles ist zu instabil«, sagte Steiner.

»Haben Sie Morphium?«

Giulia wusste, was Cenzo vorhatte. »Tu das nicht«, bat sie.

»Ich war in Äthiopien in Bergbauschächten. Ich bin daran gewöhnt.« Cenzo ließ sich von einem Sanitäter eine Taschenlampe und eine Morphiumspritze geben und band sich ein Tuch vor Mund und Nase.

»Das ist nicht dein Ernst«, sagte Giorgio.

»Nein.«

»Du beeindruckst niemanden«, sagte Giorgio.

»Es ist auch nicht schlimmer als im Arschloch eines Drachen«, sagte Cenzo, um sich selbst Mut zu machen, und trat in den Tunneleingang. *Lasst, die Ihr eintretet, alle Hoffnung fahren.* Noch nie hatte er Dantes *Inferno* so gut verstanden.

Im Tunnel gab es keine Farben, nur das graue Licht seiner Taschenlampe, das von dem gewundenen Schlund geschluckt wurde.

»Kannst du mich hören?«, rief er.

Cenzo kannte sich seit Afrika mit Landminen aus. Eine Sorte war rund und schwer wie ein Kochtopf. Eine »hüpfende Hilda« konnte hüfthoch springen, bevor sie explodierte. Die orangegelben und grünen Wimpel, die er gesehen hatte, waren weggefegt. Er erinnerte sich, dass Panzerminen normalerweise im Abstand von drei Metern und Personenminen im Abstand von vier Metern platziert wurden. Theoretisch konnte man überleben, wenn man dieses Muster kannte. Cenzo bewegte sich schlurfend voran, damit er die Minen zur Seite schieben konnte, statt daraufzutreten.

Er duckte sich unter die Rauchschwaden, und manchmal schob er sich nicht mehr geduckt, sondern fast kriechend voran. Die Sprengsätze, die er erlebt hatte, waren so eingestellt gewesen, dass sie nacheinander explodiert waren. Hier hatte es wie ein einziger Blitzschlag geknallt.

»Hallo?«, rief Cenzo, aber seine Stimme wurde verschluckt. Weiter vorn hörte er wieder einen Schrei. Er durfte sich von den irrlichternden Flammen, die zwischen den Sprengsatzhülsen tanzten, nicht erwischen lassen. Manchmal musste er sie ausschlagen, wenn sie an seinem Hosenbein heraufkriechen wollten.

»Kannst du mich hören?«, rief er wieder und zwängte sich zwischen dem Panzer und der Tunnelwand hindurch. Beides war glühend heiß.

Die Schreie brachen unmittelbar vor ihm ab, und das Licht seiner Taschenlampe erfasste die glänzenden Augen eines Mannes am Rande des Todes. Cenzo hatte das Gefühl, dass der Tunnel um ihn herum sich verschob. Der Soldat war ein halbes Kind. Er deutete auf seinen Gürtel. *Gott mit uns* war in die Schnalle graviert.

Cenzo kroch näher heran und löste die Schnalle. Das Gesicht des Soldaten zeigte grenzenlose Erleichterung. Dann quollen seine Eingeweide hervor, sein Kopf rollt zur Seite, und er war tot.

»Mein Gott.« Cenzo konnte sich nicht vorstellen, welcher Gott solche Qualen schicken sollte.

»Ich habe schon Schlimmeres gesehen«, sagte eine Stimme hinter ihm.

Cenzo drehte sich herum.

»Giorgio?«

Er konnte nur den Kopf seines Bruders sehen. In den schmalen Lichtstrahlen zweier Taschenlampen war es, als teilte er die Hölle mit dem Teufel.

Überall war Blut. Fromme Medaillons hingen an den Hälsen polnischer Arbeiter, Eiserne Kreuze waren es bei den deutschen Pionieren.

Cenzo nieste, und plötzlich setzte der Panzer sich in Bewegung. Seine Reaktion hatte etwas Komisches, fast wie die Spätzündung eines Komikers, doch die Panzerkette erwischte sein Hosenbein und zog ihn langsam, aber entschlossen zu sich heran. Ein Panzer wog ungefähr vierzig Tonnen. Es war ein ungleicher Kampf, und Giorgio versuchte, Stahlstücke, die auf dem Boden lagen, zwischen die Kettenglieder zu schieben, ohne einen Finger zu verlieren.

»Hast du schon mal Kümmelblättchen gespielt?«, fragte er.

Cenzo nickte.

»Und gewonnen?«

»Nein.«

»Na, aber diesmal musst du gewinnen.«

Giorgio wieselte davon. Cenzo war allein. Er spürte die machtvolle Wucht des Panzers, der über den Boden des Tunnels mahlte.

»Noch da?« Giorgio tauchte wieder auf. Er hatte ein Stemmeisen mitgebracht, ein Zahnstocher im Verhältnis zu dem Panzer, aber als er das Eisen in den Spalt zwischen zwei Stahlplatten schob, kam das Ungetüm erschauernd zum Stehen, wippte zurück und bewegte sich nicht mehr.

Cenzo streifte die Hose herunter und rollte sich zur Seite, auf die Mündung des Tunnels zu.

»Das war Scheiße«, sagte er.

»Doppelscheiße.« Giorgio krümmte sich vor Lachen. »Noch nie habe ich einen Mann so schnell aus seiner Hose schlüpfen sehen.«

Sie nahmen den Leichnam des Soldaten mit, als sie sich rückwärts aus dem Tunnel zurückzogen. Die Szenerie glich weniger einem Schlachtfeld als vielmehr einem Verbandsplatz. In all dem Lärm und dem Durcheinander blickte Giulia kaum auf, während sie einem Soldaten das blutende Bein abband.

»Sag mir, Cenzo, ist der Krieg für diesen Jungen hier vorbei? Und musst du noch mehr Leichen suchen?«

»Er weiß, was er tut«, sagte Giorgio.

»Nein, weiß er nicht. Er hat keine Ahnung, genauso wenig wie der Junge hier. Was glauben Sie, wie alt er ist? Sechzehn? Siebzehn?«

»Fünfzehn«, sagte Steiner. »Cenzo, ziehen Sie sich bitte Schuhe an, und Giorgio, finden Sie Mussolini und sagen Sie ihm, unser Fluchtweg nach Norden ist blockiert.«

»Sie meinen, ich soll die deutsche Wehrmacht finden«, sagte Giorgio.

»Es gibt keine Wehrmacht mehr. Finden Sie Mussolini. Er wird Sie erkennen.«

»Wir sollten Sie ins Krankenhaus bringen«, sagte Giulia. »Sie sind ja auch verwundet.«

»Und meine Männer im Stich lassen?«, fragte Steiner. »Ein paar werden immer noch vermisst.«

»Sie sind verrückt«, sagte Cenzo. »Gott hat sie vergessen. Er hat keine Ahnung, wo sie sind.«

# 31

Zwanzig Jahre lang war es den Großen der italienischen Wirtschaft als Partnern des Duce sehr gut gegangen. Jetzt standen sie mit ihren Autos am Golfplatz von Salò Schlange und warteten darauf, auf dem Luftweg in Sicherheit gebracht und gerettet zu werden. Mussolini saß mit Claretta in den weichen Polstern des Rücksitzes eines gepanzerten Mercedes, bewacht wie Humpty Dumpty von zwanzig deutschen SS-Leuten. Wobei nicht klar war, ob sie ihn schützten oder unter Arrest gestellt hatten.

Cenzo und Giulia schauten von der anderen Seite des Golfplatzes zu, wie es Giorgio nicht gelang, Oberst Steiners Nachricht zu übermitteln. Er ging von einer Gruppe zur anderen und wurde jedes Mal zurückgewiesen. Angesehene Finanziers und geachtete Industrielle waren bereit, ihrem Führer zu demonstrieren, dass sie loyal bis zuletzt waren, aber keiner wollte als Überbringer schlechter Nachrichten auftreten, und niemand hatte Mussolini von der Explosion des Tunnels erzählt.

Der Flugplatz von Salò lag auf einem welligen Fairway, der von Unkraut überwuchert war. Es war ein kleiner Neun-Loch-Golfplatz mit einem Fairway von zweihundert Metern Breite. Das Green hatte einen Durchmesser von zehn Metern. Am Rand des Platzes waren Soldaten postiert, aber sie ignorierten Cenzo und Giulia als Teil einer bizarren italienischen Szene.

»Wie viele Passagiere können denn fliegen?«, fragte Giulia.

»Sie glauben, sie fliegen alle mit«, antwortete Cenzo. »Deshalb wollen sie keine Unruhe stiften. Sie wollen ihren Platz nicht verlieren. Wenn die Deutschen einen schönen dicken Bomber schicken, eine Junkers zum Beispiel, dann können sie ungefähr zwanzig Personen hineinquetschen. Zwei Junkers macht vierzig. Die Alternative ist ein Aufklärungsflugzeug wie die Storch, die nur zwei oder höchstens drei Passagiere befördern kann.« Wie so oft bei Mussolini hatte Cenzo nicht den Eindruck einer gut geplanten Operation. Eher wirkte das alles wie ein Wanderzirkus.

»Wieso glauben sie, dass überhaupt ein Flugzeug kommt?«, fragte Giulia.

»Es bleibt ihnen nichts anderes übrig, als daran zu glauben. Sie machen sich selbst etwas vor.«

»Und was ist, wenn kein Flugzeug kommt?«

»Dann sitzen sie hier in Salò in der Falle.«

Mussolini sollte lieber hoffen, dass die Neunte Armee der Amerikaner ihn erreichte, bevor die Partisanen kamen, dachte Cenzo. Die Sherman-Panzer der Neunten Armee mochten vor dem Tunnel festsitzen, aber Dantes Partisanen konnten über Nacht auftauchen.

»Ich sehe deinen Bruder nicht mehr«, sagte Giulia.

»Wahrscheinlich hat er sie überredet, ihn ins Klubhaus zu lassen. So etwas kann er gut.«

Mussolini trat heraus auf das Trittbrett seines Wagens und schrie: »Also haben die Deutschen sich im Ufertunnel in die Luft gesprengt. Da seht ihr, was deutsche Tüchtigkeit ist. Diese unerträgliche Angeberei, die wir ertragen mussten.« Mussolini blähte die Brust und verschränkte die Arme, als hätte er soeben einen größeren Sieg davongetragen. Diese

Pose hatte Italien mehr als ein Dutzend Jahre lang hypnotisiert. »Die Welt wird sich wundern, und wer den Duce verrät, wird am Schwanz aufgehängt wie eine Ratte.«

Es gab immer die Verheißung einer neuen Waffe. Eine Riesenrakete. Eine Superbombe. Ein Düsenjäger, der alles zerstörte, was sich in der Luft befand. Cenzo hatte sich die Geschichten der Faschisten sein halbes Leben lang angehört, und er fand das Ausmaß ihres Irrsinns immer noch atemberaubend.

Als es dunkel wurde, zogen sich der Duce, Claretta und Vera mit dem inneren Zirkel der Faschisten in das alte Klubhaus zurück und unterhielten sich mit Beschreibungen darüber, auf welche Weise sie an den Deserteuren Rache nehmen würden. Die Deutschen tarnten unterdessen ihre Lastwagen, aßen ihre spartanischen Rationen und füllten Kanister mit Benzin.

Spät am Abend führten Mussolini und Claretta Napoleons Flucht von Elba auf. Marschall Ney hatte versprochen, Napoleon in einem eisernen Käfig nach Paris zurückzubringen, konnte aber dem Ruf seines früheren Kaisers nicht widerstehen, als dieser erklärte: »Soldaten, euer General, den die Wahl des Volkes auf den Thron rief, den ihr auf eure Schilde gehoben habt, ist euch wiedergegeben.« Sodann schlug er seinen berühmten Mantel auf, steckte sich eine blau-weiß-rote Kokarde an den Hut und rief: »Möge derjenige unter euch, der seinen Kaiser töten will, jetzt feuern!«

»Und kein Schuss fiel«, sagte Claretta mit einstudierter Ehrfurcht.

Sie erwähnten dabei nicht, dass Napoleons Flucht bei Waterloo geendet hatte.

Cenzo und Giulia zogen sich unter die Birken zurück. Sie verschränkte ihre Finger mit seinen. »Ich weiß noch, wie ich das erste Mal deine Hände berührte und dachte, wie hart sie sind. Weißt du noch, wie wir für Garnelen getanzt haben? Ich war sicher, die Deutschen würden auf uns schießen.«

»Du warst sehr vielversprechend, als Fischerin und als Tänzerin.«

Sie ließ seine Hand los. »Was für eine traurige Geschichte von dem Mädchen und dem Fischer. Du hast gesagt, es sei meine Entscheidung, ob ich bleibe oder gehe. Vielleicht wäre es mir lieber gewesen, du hättest gesagt, ich soll bleiben.«

»In Pellestrina würdest du verrückt werden. Dabei möchte ich dir nicht zusehen.«

»Du hast recht. Das Leben wäre ein bisschen langweilig.«

Cenzo suchte noch nach einer passenden Antwort, als jemand hinter ihm zwischen den Bäumen hervorkam und ihm eine Garrotte um den Hals legte – nicht so stramm, dass es blutete, aber stramm genug, um ihn still zu halten.

»Ganz leise«, sagte der Spanier.

»Ich *bin* leise«, sagte Cenzo.

»Und das Mädchen?«

»Ich bin auch leise.«

Der Spanier ließ die Garrotte heruntergleiten. Es sah aus, als wäre er ehrlich erleichtert, dass er Cenzo nicht den Kopf abzuschneiden brauchte. »Ist das das Mädchen, das du gesucht hast? Sie wird nicht schreien und herumrennen wie ein Huhn?«

»Nein.«

»Es könnte uns alle in eine scheußliche Lage bringen.«

»Das ist mein Freund«, sagte Cenzo und machte Giulia mit dem Spanier bekannt.

»Freund? Das ist schwer zu sagen. Du bist ja weniger ein unehrlicher Mann als vielmehr ein schlechter Lügner.«

»Bist du hergekommen, um mir das zu sagen?«

»Dante hat es sich anders überlegt. Er will nicht, dass Giorgio stirbt. Jedenfalls noch nicht.«

»Was will er dann?«

»Er will deinen Bruder lebend.«

»Wirklich?«, fragte Cenzo. »Ist ein toter Giorgio Vianello nicht das, worum jeder Partisan betet?«

»Keine Ahnung. Ich bin Atheist.«

»Und warum hat Dante es sich anders überlegt?«

»Du solltest nicht so viele Fragen stellen.« Der Spanier rollte seine Garrotte zusammen und stopfte sie in die Jackentasche. »Ich mag dich trotz allem. Warum bist du noch hier? Geh zurück nach Pellestrina. Morgen wird Mussolini aussehen wie eine alte Socke – und du auch, wenn du bei ihm bleibst. Das willst du doch nicht.«

»Nein, ich nicht«, sagte Cenzo, aber der Spanier war schon in der Dunkelheit verschwunden.

# 32

Um Mitternacht stellten sich die Lastwagen in zwei Reihen einander gegenüber auf und beleuchteten die Landebahn mit Scheinwerfern so groß wie Bratpfannen. Es war eine perfekte Nacht zum Fliegen. Mussolini trat aus dem Klubhaus in ein Meer von Licht. Alles, was dieser Szene noch fehlt, ist ein Trommelwirbel, dachte Cenzo, und er fragte sich, was der Pilot eines alliierten Flugzeugs, das über ihnen hinwegzog, wohl denken würde. Eine mitternächtliche Golfpartie? Die Scheinwerfer wurden abgeschaltet und besser ausgerichtet. Dann strahlten sie wieder auf.

Ein leises Brummen kam über die Baumwipfel, und ein Flugzeug, nicht viel größer als ein Spielzeug, schaukelte herein und landete am Ende einer aerodynamischen Kurve. Deutsche und italienische Flugzeuge waren nicht gern lange in der Luft. Der Pilot brauchte weniger als zehn Sekunden für seine Landung, holperte über das Fairway heran und rollte aus. Die Seitenluke öffnete sich, und er sprang heraus. Es war derselbe Pilot, den Cenzo schon bei seinem vorigen Besuch mit Klein auf dem Flugplatz gesehen hatte, und es war auch dasselbe Aufklärungsflugzeug, eine Fieseler Storch.

Mussolini kam heran, nahm den Salut des Piloten entgegen und verkündete großmütig, das Band zwischen Italien und dem Dritten Reich werde niemals aufgelöst werden. Er werde kämpfen bis zum bitteren Ende, erklärte er, und bald würden andere, größere Flugzeuge kommen. Niemand glaubte ihm, aber was blieb ihnen übrig?

Jetzt ging plötzlich alles ganz schnell. Goldbarren wurden aus dem Klubhaus zum Flugzeug getragen, und Mussolini kletterte hinterher. Claretta stand mit geschlossenen Augen an der Tragfläche und drückte die Daumen. Es war davon die Rede gewesen, dass sie mit Mussolini fliegen sollte, aber offensichtlich war sie mit noch mehr Gold aufgewogen worden. Die Fieseler Storch war vom selben Modell, das Mussolini schon einmal in den Alpen gerettet hatte, und der Duce setzte sein ganzes Vertrauen darauf.

Der Plot nahm die Keile vor den Rädern weg, drehte den Propeller zweimal gegen den Uhrzeigersinn, sprang dann auf seinen Sitz und stellte fest, dass ein großer Teil des Fußraums jetzt von einzelnen Goldbarren mit dem Stempel »99 % Pure London Good Delivery« ausgefüllt war. Mussolini setzte eine Fliegerkappe auf, und unter seinen Jüngern breitete sich Bestürzung aus. Das Armaturenbrett bebte. Der Motor dröhnte. Es hatte wenig Sinn, Funkkontakt mit dem Tower zu suchen, denn es gab weder eine deutsche noch eine italienische Funkleitstelle, die den Ruf hätte erwidern können. Cenzo entdeckte Otto Klein in dem weißen Anzug, der sein Markenzeichen war, und er dachte daran, wie Maria den Mann als Direktor eines Flohzirkus bezeichnet hatte. Er war also bis hierher gekommen. Aber was hatte er jetzt vor?

Der Pilot schrie über die Schulter nach hinten: »Zu schwer!« Eine peinliche Fehlkalkulation. Er reichte ein Dutzend Goldbarren herunter, und das Flugzeug wackelte wie eine Gans zum Anfang der Startbahn. Mussolini, Mann des Schicksals, erhob sich, um zum Abschied noch einmal zu winken, und im selben Augenblick zersprang die Windschutzscheibe des Flugzeugs um ein Kugelloch herum. Der Pilot rollte getroffen über die Tragfläche herunter.

Weitere Kugeln schwirrten vorbei. Nachdem der Spanier das Feuer eröffnet hatte, fingen auch andere Partisanen an zu schießen. Deutsche Soldaten schoben Mussolini in seinen Mercedes. Die Fieseler Storch rollte steuerlos und mit rotierendem Propeller weiter, und Cenzo rannte hinterher und sprang hinein. Giulia folgte ihm und kletterte gelenkig zwischen den Streben hinauf wie ein Kind auf einem Klettergerüst.

Das Flugzeug holperte auf seinen Gummireifen weiter und wurde auf dem abschüssigen Fairway immer schneller. Otto Klein rannte mit einer Pistole in der Hand neben der Fieseler Storch her. »Sofort anhalten!«, verlangte er. Das war ein ganz neuer, ein selbstbewusster Filmproduzent.

»Nicht anhalten!« Giulias Stimme übertönte den Motor. »Das ist DaCosta!«

»Klein?« Cenzo gab Gas, und das Flugzeug machte einen Satz nach vorn. Am Boden herrschte einige Verwirrung. Sollte man auf das Flugzeug schießen oder nicht? Niemand sah es gern, dass die Goldbarren einfach davonflogen.

»Sie werden anhalten!«, schrie Klein. Er packte die Kante einer Tragfläche, aber das Flugzeug war nicht annähernd so zerbrechlich, wie es aussah, und rollte weiter.

Aus einem Kasten im Cockpit nahm Cenzo eine dickläufige Signalpistole und reichte sie Giulia. Eine Leuchtkugel brannte tausend Grad heiß.

»Erschieß ihn!«

Giulia stieß die Fensterklappe auf und feuerte. Otto duckte sich und ließ die Tragfläche los. Die Leuchtkugel fuhr in einer roten Linie zischend in den Himmel.

# 33

Es war lange her, dass Cenzo ein Flugzeug gesteuert hatte. Die Luft, die durch das Schussloch in der Windschutzscheibe strömte, war kalt und frisch. Er flog dicht über dem Boden und beobachtete die alliierten Bomber, die hoch über ihnen zu den Eisenbahnknotenpunkten von Verona flogen. Viel zu bombardieren gab es dort nicht mehr, und mit Widerstand war auch nicht zu rechnen.

Das grüne Licht der Instrumente beleuchtete Giulias Gesicht. »DaCosta hätte uns beide umgebracht.«

»Ich wette, es gibt niemanden in diesem Krieg, der uns nicht gern umbringen würde. Alliierte, Deutsche, Faschisten, Partisanen. Was willst du mit dem vielen Gold anfangen?«

»Ich weiß es nicht«, sagte Giulia. »Was willst du damit anfangen?«

»Na ja, wir könnten in die Schweiz fliegen. Ich höre, die haben viel übrig für das Zeug.«

»Im Ernst?«

»Keine Ahnung. Ich wollte das Flugzeug eigentlich nur stoppen. Ich hatte nicht vor, es zu stehlen.«

»Hast du Giorgio gesehen?«, fragte Giulia.

»Nachdem das Flugzeug losgerollt war, nicht mehr.«

»Er hat auf die Partisanen geschossen, glaube ich. Aber es war schwer zu sagen, auf welcher Seite er stand.«

»Das ist bei Giorgio oft so.«

Glassplitter wehten von der Windschutzscheibe. Der Comer See und der Lago Maggiore zogen wie zwei nasse Fußabdrücke unter ihnen vorbei, und das Flugzeug sackte in einer Turbulenz ab und zog wieder hoch.

»Das Wetter wird unangenehm«, stellte Cenzo fest.

Mit so viel Gold an Bord musste Cenzo mit Vollgas fliegen, um in der Luft zu bleiben. Die Barren in Ledertaschen und die, die lose auf dem Boden lagen, wogen zusammen sicher dreihundert Kilo zusätzlich. Niemand hatte Zeit gehabt, die Ladung ordentlich zu stapeln und festzuzurren. Wenn die Barren verrutschten, schwang das ganze Flugzeug zur Seite.

»Wir sind zu schwer«, sagte Cenzo zu Giulia. »Ich habe zu wenig Höhe, und ich habe die Maschine nicht unter Kontrolle. Wir müssen Last abwerfen.«

»Wie viel?«

Cenzos Mund wurde trocken. Es tat weh, so etwas zu berechnen. »Wie viel Gold haben wir?«

»Um die zwanzig Barren, schätze ich.«

Cenzo warf einen Blick über die Schulter. Die Goldbarren glänzten wie wunderschöne Fische. »Fang mit zwei Stück an.«

Sie öffnete die Fensterklappe und warf zwei Goldbarren hinaus. Sie sah ihnen nach, als sie hintereinander in die Dunkelheit fielen. Cenzo spürte, wie das Flugzeug aufstieg, aber dann ging es wie in einem Fahrstuhl wieder hinunter.

»Mehr«, sagte er.

Giulia warf noch zwei Barren hinaus, und sie fielen hinunter wie goldene Tränen.

Bald schwebte das Flugzeug tief über Venedig in seiner kleinen Ecke des Mittelmeers. Noch hundert Herzschläge, und sie überquerten die Insel. Er sah die alten Irrenhäuser auf

San Servolo und San Clemente, das Krankenhaus, aus dem Giulia entkommen war. Fischerboote lagen wie Lichtpunkte auf der Lagune.

Cenzo hatte seit Jahren nicht mehr versucht, ein Flugzeug zu landen. Die Anzeigen für Geschwindigkeit und Fluglagenwinkel funktionierten nicht mehr, der Höhenmesser zeigte steilen Sinkflug an, und zum Teufel mit den Scherwinden.

»Den Rest auch noch«, sagte Cenzo. »Schmeiß alles raus.«

Sie flogen jetzt so tief, dass sie sehen konnten, wie die Barren ins Wasser fielen. Cenzo rief sich die Prozedur ins Gedächtnis. Nase hoch. Landeklappen. Landung. Hoffentlich hatte er nichts vergessen. Er schaltete die Lichter aus, und die Fieseler Storch sank in die Dunkelheit, geradewegs auf die Mole zu. Er stellte den Motor ab und glitt lautlos über das Dorf Pellestrina hinweg – zu tief für Fallschirme, zu hoch, um einfach abzuspringen.

»Hast du irgendeine Ahnung, wo wir landen werden?«, fragte Giulia.

»In etwa. Es dürfte kaum schwieriger sein, als ein Auto einzuparken.«

Er zog die Nase des Flugzeugs hoch.

»Halt dich fest«, rief er.

»Was soll das heißen?«

»Dass du dich festhalten sollst.«

Was Cenzo hier versuchte, war weniger eine Landung als vielmehr ein kontrolliertes Absacken. Die Fieseler Storch war jetzt nur noch ein Gleitflugzeug, und das Problem bei einem Gleitflugzeug war, dass man nicht durchstarten konnte. Im letzten Moment schaltete er die Lichter wieder ein und glitt über die Netze hinweg, die an Stangen hingen, und über die Dinghis auf dem Wasser. Giulia beugte sich über die Knie und betete: »*Merda, merda, merda.*« Cenzo sah, dass es bald keinen Landeplatz mehr geben würde, als die Fieseler Storch sich durch die Bohnenstangen eines Gemüsegartens pflügte und in einen Gartenschuppen krachte. Ein Spalier von Weinranken milderte den Aufprall.

Sein Kopf dröhnte, als er die Augen öffnete und zu Giulia hinüberschaute. Ihr Kopf lag auf der Seite, das Haar bedeckte ihr Gesicht, und Blut lief ihr über die Stirn. Cenzo schnallte sich los, damit er ihren Gurt ebenfalls öffnen konnte, und fing sie auf, als sie vornüberkippte.

Er drückte sie an die Lehne und legte ihr sein Halstuch an die Stirn. Sie öffnete die Augen. »Sind wir gelandet oder abgestürzt?«

»Von beidem ein bisschen«, sagte er. »Alles in Ordnung?«

»Mir ist ein bisschen schwindlig.«

Nido kam im Nachthemd aus seiner Bar. Mit einer Taschenlampe näherte er sich dem Flugzeug und spähte herein.

»Cenzo? Bist du das?«

»Sieht so aus.«

»Bist du absichtlich in meinem Garten gelandet?«

»Mehr oder weniger.«

»Wer ist da bei dir?«

»Giulia. Kannst du mir helfen, sie herauszuheben?«

Sie trugen sie in die Bar und legten sie behutsam auf eine der Bänke. Cenzo konnte den Blick nicht von dem Blut wenden, das über ihre Wange gelaufen war.

»Es hat ihr den Atem verschlagen«, sagte Nido. »Das habe ich im Ring schon hundert Mal gesehen. Sie sollte sich aufsetzen und tief durchatmen. Wenn du die Schrammen sauber gemacht hast, wird sie sich schon viel besser fühlen. Ich frage mich nur, wie du auf die Idee kommst, im Dunkeln ein Flugzeug zu landen. Darf ich fragen, ob jemand hinter dir her ist?«

»Jeder ist… hinter Cenzo her«, sagte Giulia.

»Glaubst du, du kannst Arme und Beine bewegen?«, fragte Cenzo.

Giulia nickte. »Bist du verletzt?«

»Ich habe kaum einen Kratzer.«

»Das Leben ist unfair«, sagte Nido. »Ich habe aber festgestellt, dass ein kleiner Grappa fast jede Situation verbessert.«

»Sogar Wasser wäre schön«, sagte Giulia.

Nido brachte ein Glas Wasser für Giulia und Grappa für Cenzo und sich selbst. Er war milde gestimmt, und Cenzo fühlte sich enorm erleichtert. Er hielt das Glas Wasser, und Giulia hob den Kopf, um zu trinken.

»Warum ein deutsches Flugzeug?«, fragte Nido.

»Das war eine Augenblickssache.«

»Glaube ich gern. Und was hast du jetzt vor?«

»Zu verschwinden«, sagte Cenzo.

»Und das Flugzeug? Wird das auch verschwinden? Alle Welt wird wissen, dass ihr von Salò mit einem deutschen Flugzeug hergekommen seid«, sagte Nido. »Damit hast du eine Zielscheibe auf dem Rücken. Ich übrigens auch, nachdem du in meinem Garten gelandet bist.«

»Das tut mir leid«, sagte Cenzo.

»So was kommt vor.« Nido wurde ernst. »Aber du hast versprochen, dass du dich nicht in Schwierigkeiten bringst.«

»Ich hab's versucht«, sagte Cenzo. »Weiß Gott, ich hab's versucht.«

»Ich muss mich anziehen«, sagte Nido. »Das wird ein langer Tag werden. Weißt du, ich habe mein Leben lang in dieser Bar meine Lügengeschichten über Meisterschaftskämpfe und fremde Länder erzählt. Aber es ist das erste Mal, dass ich eine solche Geschichte zu erzählen habe, und es ist einfach zu viel. Niemand wird mir glauben.«

»Und das ganze Gold«, sagte Giulia. »Das glaubt auch niemand.«

Nido hob schwerfällig den Kopf, wie es eine Riesenschildkröte tun würde. »Welches Gold?«

»Zerbrich dir nicht den Kopf«, sagte Cenzo. »Wir haben es abgeworfen. Es war zu schwer.«

»Zu schwer! Ihr habt ein Flugzeug voller Gold gestohlen und das Gold abgeworfen?«

»Ja.«

»Glauben die Leute, du hast es noch?«

»Wahrscheinlich.«

»Und da bist du hergekommen? Ich fühle mich fast schon wie ein reicher Mann.«

Mit jeder Einzelheit wurde die Geschichte schlimmer.

»Und was ist mit *ihr*?« Nido deutete mit dem Kopf auf Giulia.

»Sie bleibt bei mir.«

»Bei dir? Das klingt mehr als kompliziert«, sagte Nido. »Sollst du nicht Celestina heiraten, wenn der Krieg zu Ende ist? Das sagt deine Mutter jedenfalls. Sie sagt, es würde alle deine Probleme lösen – von denen das größte anscheinend die Achtbarkeit ist.«

»Nein. Das größte Problem wäre, Celestina zu heiraten.«

»Aber du hast es versprochen. ›Wenn der Krieg vorbei ist.‹«

»Ich dachte, Mussolini hält noch ein bisschen länger durch.« Cenzos Glieder wurden steif. Die Blutergüsse machten sich bemerkbar. Er stand auf und ging hinaus.

Die Morgendämmerung wechselte zusehends die Farbe.

Stahlgrau wurde zu Flamingo-Rosa. Fischerboote dümpelten auf dem Wasser. Ein pummeliger Junge, der Sohn der Wölfin, stand in Nidos Garten. Völlig still stand er da, gebannt vom Wrack der Fieseler Storch.

# 34

Als es hell war, versammelten die Kinder von Pellestrina sich um das Flugzeug wie die Zeugen einer wundersamen Erscheinung. Sie strichen mit den Fingerspitzen über Einschusslöcher, spähten durch die zerschossene Windschutzscheibe und rannten unter den Tragflächen hin und her. Die Fieseler Storch war ein phänomenal zuverlässiges Flugzeug mit übergroßen Tragflächen, die man wie Geierflügel ausbreiten oder wie bei einer Zikade zurückfalten konnte.

Cenzo befreite den Propeller von den Weinranken, in denen er sich verheddert hatte. »Es ist ein Wunder, dass wir uns nicht das Genick gebrochen haben. Es tut mir leid um deinen Garten.«

»Du bist gelandet, wo du gelandet bist«, sagte Nido. »Die Frage ist, wie willst du das Ding da rausbringen?«

Cenzo war klar, dass er die Straße erreichen musste, und dazu musste er das Flugzeug zwischen Mariengrotte und Kapelle hindurchbugsieren. Auf der Straße müsste er den Schlaglöchern ausweichen, um die nötige Geschwindigkeit zu erreichen.

Auf die Grotte am Ende von Nidos Garten hatte er nie weiter geachtet. Sie war nicht viel größer als das Schutzdach an einer Bushaltestelle, eine weiß gestrichene Hütte, die Unserer Heiligen Frau von Fatima geweiht war. Von dort aus hätte er dreißig Meter für den Start, ehe er ins Wasser stürzte.

Aber sie konnten nirgendwohin. Wie ging die alte Redensart noch?, dachte Cenzo. »So nah und doch so fern.« Nach ihrer langen Flucht waren sie wieder da, wo sie angefangen hatten: in des Teufels Westentasche.

»Wer ist der Junge?«, fragte Giulia.

»Der Sohn der Wölfin, obwohl er eher aussieht wie ein kleiner Bär«, sagte Cenzo.

»Er ist der Sohn unseres Staffelführers«, erklärte Nido. »Er heißt Umberto.«

»Glaubst du, er ist ein Spitzel?«

»Ich weiß es nicht«, sagte Nido. »Ich hätte einmal Ja gesagt, aber ich stelle fest, dass er neue Vorlieben entwickelt. Gestern habe ich ihn dabei erwischt, dass er hinter der Bar Comic-Hefte las.«

»Alles hat sich verändert«, sagte Cenzo.

»Alle – die Deutschen, die Partisanen, die Faschisten –, alle denken also, du hast das Gold«, sagte Nido. »Wie viele Barren, glaubt ihr, habt ihr aus dem Flugzeug geworfen?«

»Vielleicht zwanzig«, sagte Giulia. »Vielleicht auch mehr.«

»Mir wird schlecht«, sagte Nido.

»Aber in deren Augen haben wir immer noch ein Vermögen in Gold«, sagte Cenzo.

Die beiden alten Rentner Enrico und Salvatore kamen zusammen die Straße herauf wie zwei gut gekleidete Krebse. »Habt ihr Netze, die wir flicken können?« Enricos Blick huschte zu dem Flugzeug hinüber.

»Diese Geschichte hat allmählich so viele Elemente des Wahnsinns, wie man es sich nur wünschen kann«, befand Nido.

»Haha. Das wird nur noch besser«, sagte Salvatore.

Atemlos erschien Sofia Vianello dicht hinter den beiden.

»Cenzo, wie lange wolltest du warten, bis du es uns erzählst? Du kommst nicht nach Hause, und dann sagst du es uns nicht, wenn du es doch tust. Weißt du, wie sehr uns das kränkt?«

Celestina folgte ihr mit schmalen Augen.

»Hallo, Mama«, sagte Cenzo und ließ den Propeller los.

»Warum nennst du mich so? Behandelt ein Sohn so seine Mutter? Meinst du, die Nachbarn bekommen nichts davon mit?« Tatsächlich streckten überall an der Straße die Leute die Köpfe aus den Türen. »Und wer ist das?« Sie schaute Giulia an.

»Das ist meine Freundin.«

»Deine Freundin?«

»Ja.«

»Und wie alt ist dieses Mädchen?«

»Ich bin achtzehn«, sagte Giulia.

»Achtzehn?«, wiederholte Sofia. »Dann bist du verheiratet, nehme ich an.«

»Nein.«

»Mit achtzehn sind die meisten Mädchen verheiratet.« Sofia schaute zu dem Flugzeug hinüber, das am Rand von Nidos Garten stand. »Wo ist dein Bruder? Du bist doch nicht selbst hergeflogen.«

»Er ist noch in Salò, soweit ich weiß.«

»Nicht ein gutes Wort über deinen älteren Bruder, der dir wahrscheinlich den Hals gerettet hat. Und unterdessen muss die arme Celestina warten und warten.« Jetzt erst schien Sofia zu bemerken, dass die Nachbarn an ihren Lippen hingen. »Die Vianellos regeln ihre Familienangelegenheiten nicht auf der Straße. Komm nach Hause, frühstücken.«

»Vielleicht kann Giulia auch mitkommen? Deine Polenta mag sie ganz besonders gern.«

Am Küchentisch servierte Sofia harte Biscotti und Espresso. Giulia lehnte beides ab. Sie betrachtete die Küche mit dem dunklen Holzwerk und den Kupfertöpfen unter der Decke. Die ganze Einrichtung war von der dunklen, bedrückenden Art, die die Männer auf ihre Boote trieb.

Sofia fragte Giulia: »Deine Familie ist keine Fischerfamilie, oder?«

»Aber sie kann fischen«, sagte Cenzo.

»Cenzo kann allein fischen«, sagte Sofia. »Er ist ein guter Ernährer, wenn er nicht vergisst, dass seine Familie zuerst kommt, und wenn er sich nicht von jeder Aufregung ablenken lässt, die ihm in die Quere kommt.«

»Wie der Krieg, meinst du?«, fragte Cenzo.

»Wir werden heiraten, sobald der Krieg vorbei ist«, sagte Celestina. »So ist es vereinbart.«

»Die Familie hat eine Vereinbarung«, erklärte Sofia, an Giulia gewandt. »Ich habe meinen jüngsten Sohn Ugo verloren, Celestinas Ehemann. Ich habe einen Orden als heldenhafte Mutter bekommen.«

»Mussolini persönlich hat ihn ihr angeheftet«, sagte Celestina.

»Und Cenzo hat sich bereit erklärt, Ugos Platz einzunehmen«, fuhr Sofia fort. »Eigentlich brauchen sie nur noch einen Priester und einen Standesbeamten.«

»Ich glaube, noch ist der Krieg nicht zu Ende«, sagte Cenzo. »Es gibt immer noch ein paar Widerstandsnester. Gekämpft wird noch an vielen Stellen.«

»Wir werden sehen.« Sofia hielt Giulia einen Keks hin. »Warum übernachtest du heute nicht hier? Wir können sagen, du bist eine Cousine. Cenzo kann in seiner Hütte schlafen. Ich glaube, so ist es am besten.«

»Wir sind in Pellestrina«, sagte Cenzo. »Hier ist jeder mit jedem verwandt. Da machen wir niemandem etwas vor.«

»Trotzdem geht es immer noch um deinen guten Ruf. Und wenn nicht um deinen, dann um den Ruf deiner Freundin. Was werden die Leute von einem Mädchen halten, das die Nacht mit einem Mann verbringt, der mit einer anderen Frau verlobt ist?«

»Vielleicht halten sie sie für eine Decksgehilfin?«

»Du nimmst das nicht ernst. Weißt du, Innocenzo, ich kenne dich besser als jeder andere. Du hast deinem Vater auf dem Sterbebett ein Versprechen gegeben. Du hast ihn geliebt, und ich weiß, du würdest ein solches Versprechen niemals brechen.«

»Ich glaube, wenn ich nur eine Deckshelferin bin, ist es doch nicht wichtig, wohin ich gehe«, sagte Giulia.

»Sichst du, sie ist einverstanden.« Sofia klatschte in die Hände, denn endlich hatte sie das Gespräch in die richtige Bahn gelenkt. »Ich mache Polenta zum Frühstück, und dann kann sie mit uns zur Kirche gehen.«

»Selbst wenn ich Jüdin bin?«

»Da machen wir eine Ausnahme.« Sofia ließ sich nicht beirren. »Wie der Papst.«

# 35

Zwei Jahre lang war Venedig eine verängstigte, überfüllte Stadt gewesen, eingeschüchtert durch Ausgangssperren und das Klopfen der Polizei an der Wohnungstür. Am Tag der Befreiung erhob sich ein neues Venedig, auch wenn noch faschistische Scharfschützen auf den Dächern saßen. Partisanen schossen mit Gewehren zurück, die von den Kanälen in die Fenster der Palazzi gereicht wurden. Sie banden sich rote Tücher um die Arme und schwenkten die Flagge des geflügelten Löwen auf der Kathedrale von San Marco. Manche Huren erwiesen sich als Patriotinnen. Frauen, die sich mit Deutschen eingelassen hatten, wurden von den Partisanen brutal kahl geschoren. Mussolini selbst war von einem Partisanen entdeckt worden, der schrie: »Heh, da ist ja der Großkotz!« Er wurde zusammen mit Claretta, seiner Geliebten, die ihm treu bis zum Ende war, an einer Mauer erschossen.

Auf den Tag der Befreiung folgten Tage der Ungewissheit. Wer bis dahin oben gewesen war, fand sich jetzt wahrscheinlich ganz unten wieder. Nicht nur Soldaten und Faschisten mussten sich umgewöhnen, sondern auch die Techno- und Bürokraten, die das Getriebe des Staates in Gang gehalten hatten, tauschten jetzt die Porträts des Duce gegen den Papst aus. Manche Häftlinge mussten unter allen Umständen hinter Gittern bleiben, andere waren morgens Gefangene, mittags Partisanen und abends Minister der Regierung. Und umgekehrt. Es war schwer zu sagen, wer verwundbarer war, die Prominenten oder die Namenlosen, aber allgemein war man sich einig, dass dicke Köpfe am besten rollten.

Cenzo wartete darauf, dass sich in Pellestrina irgendeine Form von Autorität manifestierte, ganz so, wie er damit rechnete, dass Giulia jeden Augenblick verschwand. Was wollte eine gebildete, schöne Frau wie sie mit ihm anfangen? Sie konnte jeden Knoten binden und Witze in drei verschiedenen Sprachen erzählen. Sie erfüllte ihn sogar mit einem irrationalen Optimismus, und das war ohne Zweifel ein Verstoß gegen die natürliche Ordnung der Dinge.

Der Frieden war gut zu Oberst Steiner gewesen. Er hätte in einem Gefangenenlager landen können, doch stattdessen internierte man ihn in einem venezianischen Palazzo mit Wandmalereien, auf denen Römer auf Kissen ruhten und Trauben aßen. Die Ärzte kamen zweimal am Tag, und Krankenschwestern behandelten seine Brandwunden mit Salbe.

Er spähte durch seine Verbände und sprach mit rasselnder Stimme. »Amerikaner respektieren den Rang. Sie geben uns alles außer Pantoffeln und Bademänteln. Kriegsgefangene sollen arbeiten, aber sie werden dafür bezahlt, und die oberen Dienstgrade müssen gar nicht arbeiten.«

»Es geht Ihnen also gut?«, fragte Cenzo.

»Abgesehen davon, dass ich mir vorkomme wie eine Mumie. Die Ärzte ermuntern mich zur Bewegung, was mir etwas Unbehagen bereitet, aber es ist zu meinem eigenen Besten. Vor dem Krieg hätte ich mir solchen Luxus nicht leisten können.« Der Oberst schaute über das Fensterbrett hinaus zu dem Wachtposten unten. »Ist das zufällig Giulia Silber?« Eine

Woche war seit der Bruchlandung vergangen, und von einem Bluterguss auf der Stirn abgesehen war es fast unnatürlich, wie schnell sie sich von allem erholt hatte.

Cenzo nickte. Sie hätte eine in ein Buch vertiefte Studentin sein können, aber er wusste, dass sie sich vollständig auf sein Gespräch mit Steiner konzentrierte. Sie blickte auf und strich sich das Haar aus der Stirn. »Die Wache gestattet Ihnen jeweils nur einen Besucher. Sonst wäre sie mit heraufgekommen.«

»Ich habe sie am Tunnel gesehen. Sie hatte Mut.«

»Den hat sie immer noch. Wann rechnen Sie damit, entlassen zu werden?«

»Das hängt von den Ärzten und dann von den Richtern ab.«

»Und was fangen Sie dann an?«

»Ich habe daran gedacht, meine Memoiren zu schreiben, bevor die Amnesie einsetzt. Es wird eine landesweite Amnesie geben, warten Sie nur ab. Was hat die junge Dame jetzt vor? Will sie Italien verlassen?«

»Ich habe keine Ahnung.« Das war etwas, worüber er lieber nicht nachgedacht hatte. »Sie ist eine Intellektuelle. Sie kann mit jedem über alles diskutieren.«

»Ich weiß, dass ihre Eltern tot sind, aber vielleicht hat sie noch andere Verwandte, die ihr weiterhelfen können?«

»Da sind nicht viele Verwandte übrig«, sagte Cenzo.

»Ich glaube, in Italien sind ein paar Juden davongekommen. Ich hoffe es wenigstens. Ich weiß, dass von Venedig aus mehr als zweihundert ins Lager gebracht worden sind und achttausend aus ganz Italien. Aber wir sind nicht in Polen oder Deutschland. Wären Sie so freundlich, mir eine Zigarette anzuzünden?« Cenzo tat es, und Steiner nahm einen genussvollen Zug, der mit einem krampfhaften Husten endete.

»Ich wollte Sie noch etwas fragen«, sagte Cenzo. »War das ein Unfall?«

Steiner sah ihn fragend an. »Was?«

»Die Explosion im Tunnel. Sie dachten da, es könnte vielleicht Sabotage sein. Denken Sie das immer noch?«

»Kann sein. Es wird eine Untersuchung geben. Ich weiß, ich habe nie etwas getan, was ein Soldat nicht tun konnte, ohne seine Ehre zu beschädigen. Sie wissen selbst, wie ich mich um die deutsche Kapitulation bemüht habe. Wollen Sie wissen, wovon ich träume? Vom Skifahren. Ich fahre einen makellos weißen Hang hinunter. Meine Frau und mein Sohn sind dicht hinter mir, ich kann das Geräusch ihrer Skier hören, und wir halten einfach nicht mehr an. Aber das ist ein Traum.«

Cenzo hätte es dabei belassen und gehen können. Wenn es eine Untersuchung gab, würde es dann nicht auch Ermittlungen geben?

»Erinnern Sie sich an die SS-Razzia im Krankenhaus auf San Clemente?«

»Sie meinen, wo ich einen Geist zum Wasser habe laufen sehen?«

»Das war kein Geist, das war Giulia. Sie und Untersturmführer Hoff waren mit einem Kanonenboot unterwegs und haben sie gesucht.«

»Hoff hat sie gesucht. Er hatte eine Liste.«

»Aber es gab zwei Verschwörungen – den Silber-Ring, der den Krieg beenden wollte, und den Hoff-Ring, der ihn weiterführen und möglichst viele Juden ermorden wollte. Der Silber-Ring hatte nie eine Chance, oder? Im Grunde nicht.«

»Alles in allem würde ich sagen, Sie haben recht.«

»Das bedeutet, auch Giulias Vater hatte nie eine Chance. Er wurde über den Leisten gezogen.«

»Das könnte man sagen. Ich habe mich ungefähr ein Jahr lang mit Silber und seiner Gruppe getroffen. Meistens habe ich im Auftrag von General Kassel gehandelt. Silber hatte die geschäftlichen Verbindungen, Kassel trug das Prestige eines Berufssoldaten bei. Aber die Pläne sickerten durch; das tun sie meistens, wenn sie zu lange nicht umgesetzt werden. Es war eher eine Sache des verpassten Zeitpunkts. Sechs Monate zuvor war es zu früh. Die Deutschen waren noch nicht bereit zum Aufhören. Sechs Monate später waren sie bereit, aber wir waren kompromittiert. Die Amerikaner forderten die gleiche bedingungslose Kapitulation, aber mit anderen Akteuren.«

»Und Silbers Ring wurde nicht gewarnt, nicht wahr?«, sagte Cenzo. »Weil er immer noch eine Rolle spielte.«

»Was wollen Sie andeuten?«

»Ich will sagen, da Silbers Karten bereits auf dem Tisch lagen, taten die Alliierten so, als wollten sie damit spielen«, sagte Cenzo. »Sie ließen ihn glauben, sein Plan sei noch aktiv. War er deshalb so effizient als Täuschung?«

»Er diente zur Ablenkung«, sagte Steiner. »Die Schweiz war voll von Spionen und solchen als Ablenkung gedachten Personen, die sich allesamt gegenseitig beobachteten. Je mehr Spione ihre Zeit damit verschwendeten, Silber und seine Freunde zu beobachten, desto weniger kümmerten sie sich um die Alliierten. Getäuscht wird immer. Vor der Invasion in der Normandie füllten die Alliierten den Ärmelkanal mit Sperrholzschiffen und Pappsoldaten.«

»Wann haben Sie von der Razzia im Krankenhaus gehört?«

»Hoff hat es mir am Abend erzählt. Deshalb hat er gefeiert. Er war so stolz auf sich, weil er die letzten paar Juden eingesammelt hatte.«

»Er wusste nicht, dass Sie zu Silbers Ring gehörten?«

»Nein. Ich wäre sonst verhaftet worden.«

»Nichts für ungut, aber was hatten Sie zu bieten?«

Steiners Antwort lag auf der Hand. »Was glauben Sie? Den Garda-Tunnel.«

»Als Fluchtweg für die Deutschen oder um die Amerikaner aufzuhalten?«, fragte Cenzo.

»Das ist eine Frage des Zeitpunkts, oder?«

Das Puzzle war also immer noch nicht vollständig. Cenzo schaute hinunter auf eine Kolonne deutscher Soldaten in Uniform, die von Partisanen im Laufschritt am Kanal entlanggetrieben wurden.

Steiner verfolgte das Spektakel ebenfalls. »Ich habe gehört, man hat SS-Leute mit Pflastersteinen beschwert und ins Wasser geworfen.«

»Solche Gerüchte gibt es am Ende eines Krieges immer«, sagte Cenzo.

»Man hört auch fantastische Geschichten über Mussolinis Gold.«

»Und dann ist da noch der Mann, der Silbers Gruppe verraten hat. DaCosta«, sagte Cenzo. »Er ist wie eine Katze, die von einem Zimmer ins andere schleicht.«

»Haben Sie ihn gefunden?«

»Wir haben ihn in Salò gesehen. Er nennt sich Otto Klein und behauptet, er sei im Filmgeschäft. Ich bin sicher, er will Giulia immer noch tot sehen.«

»Dann würde ich, wenn ich Ihre Freundin Giulia wäre, so schnell wie möglich aus Italien verschwinden. Und an Ihrer Stelle würde ich mich damit abfinden, dass der Krieg vorbei ist. Wir alle sollten weitermachen, so gut wir können, und zu einem normalen Leben zurückkehren. Ich habe gehört, Sie haben mit einem Flugzeug in Pellestrina eine Bruchlandung hingelegt. Das ist nun wirklich nicht normal.«

Normal? Was war das?, fragte sich Cenzo.

Auf der Rückfahrt nach Pellestrina erzählte er Giulia, was Steiner ihm erzählt hatte – nur eines ließ er aus: Er hielt es nicht für notwendig, die Beschreibung Vittorio Silbers als Attrappe zur Täuschung des deutschen Nachrichtendienstes zu wiederholen. Ihr Vater hatte tapfer sein Leben geopfert. Von jetzt an sollte sie sich darauf konzentrieren, sich selbst zu retten.

»Glaubst du Steiner?«, fragte sie.

»Ja und nein. Er hat mich belogen und wollte mir einreden, Russo sei tot. Aber ich glaube, bis zu einem gewissen Grad ist er ehrlich.«

Sie warf ihm einen Seitenblick zu. »Das ist nicht hilfreich.«

»Ich glaube, er versucht seine Ehre zu bewahren. Für einen deutschen Offizier ist das heutzutage nicht so einfach.«

Eine Zeit lang segelten sie schweigend weiter. Sie streifte sich das Haar aus dem Gesicht, und unvermittelt beugte er sich hinüber und küsste sie.

»Warum hast du das getan?«, fragte sie.

»Es sah aus, als stündest du zur Verfügung.«

Sie sah ihn an und lachte. In Wahrheit hatte er das Gefühl, sie werde bald nicht mehr zur Verfügung stehen, und er merkte, dass er anfing, Erinnerungen zu speichern.

Aus heiterem Himmel fragte Giulia: »Was glaubst du, wo Giorgio ist?«

»Ich habe keine Ahnung.«

»Und es ist dir auch egal.«

»Stimmt.«

»Hast du ihn immer schon gehasst?«

»Wir waren mal die besten Freunde. Aber das hat sich geändert.«

»Du scheinst aber nicht mehr so wütend auf ihn zu sein.«

Cenzo merkte, dass sie recht hatte. Er fühlte sich wie ein Kranker, der aufwacht und spürt, dass das Fieber gesunken ist.

»Ich bin nicht mehr eifersüchtig«, sagte er. »Aber Rivalen waren wir immer.«

»In welcher Hinsicht?«

Cenzo überlegte kurz. »Erinnerst du dich an den Vergnügungspark auf dem Lido? Da gab es ein Riesenrad und eine Achterbahn, aber die Hauptattraktion war ein tonnenförmiger Stahlkäfig, in dem ein tollkühner Motorradfahrer mit einem weißen Schal im Kreis herumfuhr, immer schneller, bis er in eine vertikale Kreisbahn von echten dreihundertsechzig Grad kam. Schließlich kam er wieder herunter und forderte die Zuschauer heraus, es ihm nachzumachen. Man rechnete nicht damit, dass jemand sich melden würde. Aber Giorgio nahm die Herausforderung nicht nur an, sondern fuhr die Maschine auch wie ein Profi. Als er abstieg, gab er die Herausforderung an mich weiter und band mir persönlich den Schal um den Hals. Ich hatte keine Wahl. ›Was hat du zu verlieren?‹, fragte er. Ich machte meine Sache ziemlich gut, aber bei meiner dritten Runde in der Tonne geriet der Schal ins Vorderrad und hätte mir beinahe den Kopf abgerissen. Das war eine wertvolle Lektion für mich. Du hast immer etwas zu verlieren.«

# 36

Offenbar hatte Giorgio gewusst, dass er von den Partisanen in Salò die Festnahme oder Schlimmeres zu erwarten hatte. Der einzige Ort, wo der Löwe von Tripolis noch willkommen war, war Pellestrina, das Fischerdorf, das er Jahre zuvor verlassen hatte.

Cenzo beobachtete, wie er lange Spaziergänge an der Mole unternahm. Anfangs waren es einsame Ausflüge gewesen, doch dann begleitete ihn Umberto, der ehemalige Sohn der Wölfin. Der Junge ging neben ihm her und peitschte die Luft mit Seegrasbüscheln.

»Umberto spricht nicht mit mir«, erzählte Farina Cenzo. »Er gibt Mussolini die ganze Schuld.«

»Das tun viele«, sagte Cenzo.

»Er und seine Freunde treiben sich nur noch bei dem Flugzeug in Nidos Garten herum.«

»Na, das fliegt ihnen nicht weg«, sagte Cenzo.

Aber nach ein paar Tagen begannen Cenzo und Giorgio, an der Fieseler Storch zu arbeiten. Der Krieg hatte Italien mit Flugzeugwracks übersät, und die Amerikaner gingen besonders nachlässig mit ihrem Nachkriegsschrott um. Als Erstes rollten sie mithilfe von Giulia und Umberto das Flugzeug zurück. Dazu mussten sie es auf unglaublich engem Raum zur Straße umdrehen. Sie entriegelten die Tragflächen am Rumpf, klappten sie wie Insektenflügel nach hinten und schoben das Flugzeug durch den Gemüsegarten. Auf der Straße klappten sie die Tragflächen wieder aus und verriegelten sie.

Giorgio stemmte sich durch die Seitenluke hinein und begutachtete die Instrumententafel. »Es könnte schlimmer sein. Der Wendezeiger, der Höhenmesser, der künstliche Horizont, der Kompass und der Fahrtmesser sind kaputt. Aber die Treibstoffanzeige funktioniert, und ich rieche kein Benzinleck; das ist auf jeden Fall ein Plus.«

Cenzo inspizierte das Äußere der Fieseler Storch. »Wir haben mindestens sechs Löcher im Rumpf, ein verbogenes Querruder, einen abgebrochenen Sporn und ein Loch in der Windschutzscheibe.«

Giorgio betätigte den Zündschalter, und der Motor bekam einen Schluckauf. »Außerdem würde ich sagen, der Tank ist fast leer.«

»Seht mal!« Umberto zeigte zum Himmel. Ein Wasserflugzeug zog ein rot-weißes Banner mit der Aufschrift »Coca-Cola« hinter sich her. Es kreiste über ihnen. Irgendwie sah es nicht freundlich aus.

»Amerikaner.« Giorgio beobachtete das Flugzeug. »Sie lassen wirklich keinen Trick aus. Umberto, ein Quiz: Was, glaubst du, war das letzte deutsche Flugzeug, das einen Gefechtseinsatz gesehen hat? Würdest du sagen, ein schwerer, starker Bomber?«

»Vermutlich.«

Giorgio flickte einen Draht an einem Anzeige-Instrument. »Falsch. Würdest du sagen, ein Jagdflugzeug?«

»Ich nehme es an.«

»Nein, nicht einmal eine Messerschmitt hätte sich in den letzten Tagen herausgewagt. Das letzte deutsche Flugzeug am

Himmel war ohne Zweifel eine Fieseler Storch wie die hier auf einem Rettungseinsatz in der Hölle.«

»Wie wollt ihr all diese Einschusslöcher reparieren?«, fragte Umberto.

»Wir werden sie flicken und anstreichen«, sagte Cenzo. »Das wird deine Aufgabe sein. Es ist nicht schwierig. Stell dir vor, es wäre ein Segel.«

Umberto fühlte sich geehrt, als wäre er soeben zum Ritter geschlagen worden.

Die Arbeit ging reibungslos voran, bis auf der Straße eine Staubwolke herankam.

»Vielleicht solltest du für einen Augenblick hineingehen«, sagte Cenzo zu Giorgio.

»Ist das die Polizei?«, fragte Giorgio.

»Schlimmer. Partisanen.« Unausgesprochen blieb das Wissen, dass die Polizei Leute verhaftete, während die Partisanen sie erschossen.

Ein schwarzer Fiat hielt an, und der Spanier und sein Schützling Peppino stiegen aus. Der Krieg war kaum vorbei, und schon wirkte der Spanier, als ob er ihm fehlte. Seine Baskenmütze war zerknautscht und staubig, und seine Augen sahen aus, als hätte er seit Tagen nicht geschlafen. Eine Thompson-Maschinenpistole baumelte lässig an Peppinos Hals. Sie gingen um das Flugzeug herum, als besuchten sie zwei harmlose Irre.

»Wir haben von der Sache gehört«, sagte der Spanier. »Peppino wollte mir nicht glauben, aber ich habe gesagt, dieser verrückte Cenzo Vianello ist zu allem imstande. Ich habe ihn abfliegen sehen wie ein Heiliger, der in den Himmel auffährt, und er hatte sehr viel mehr als Fische an Bord. Und jetzt bist du hier mit deinem Bruder Giorgio und arbeitest an dem

Flugzeug, das ich gesehen habe. Aber warum? Warum stecken zwei Brüder, die einander nach allem, was man hört, nicht ausstehen können, so viel Mühe in ein Flugzeug, das nicht fliegen kann? Wo wollen sie hin? Und übrigens, wo ist das Mädchen, das auf dem Flugplatz in Salò bei dir war?«

»Keine Ahnung«, sagte Cenzo. »Sie ist mit dem Fahrrad weggefahren.«

»Dann muss ich mich an dich halten. Wo ist das Gold?«

»Es gibt kein Gold mehr. Wir haben es aus dem Flugzeug geworfen. Es war zu schwer.«

»Es war zu schwer! *Jesu.* Diese Worte sollten auf deinem Grabstein stehen.« Der Spanier rieb sich das Gesicht. »Das ist nicht die Antwort, die ich brauche. Ganz und gar nicht.« Sein Blick fiel auf Umberto, der auf einer Strebe stand, ein Stück Segeltuch in der einen Hand, eine Dose Leim in der anderen. »Und wer ist das?«

»Unser Chefmechaniker«, sagte Giorgio.

»Er sieht eher aus wie euer Anstreicher. Komm herunter, *chico*, damit ich dich im Auge behalten kann.«

»Bleib, wo du bist«, sagte Cenzo.

»Warum machst du es so schwierig?«, fragte der Spanier und trat gegen eine Steckrübe. »Dieser Garten ist wirklich eine Katastrophe.«

»Wenn die Leute anfangen, mit dem Flugzeug in deinem Gemüsegarten zu landen, wird alles umgegraben, und zum Teufel mit den Steckrüben«, sagte Cenzo.

Der Spanier lachte und sah Giorgio an. »Und du willst mit diesem Wrack einfach wegfliegen?«

»Es wird fliegen wie ein Vogel«, behauptete Umberto.

»Eines Tages ganz sicher«, sagte der Spanier. »Und eines Tages sind wir alle Engel im Himmel. Ich war Partisan, jetzt bin ich Bestatter. Also!« Eine Pistole rutschte aus dem Ärmel des Spaniers in seine Hand. »Komm, Giorgio, lass uns einen Spaziergang machen. Du und ich. Einen letzten Spaziergang für zwei alte Krieger. Was Cenzo angeht, habe ich keinen Befehl. Er und Peppino können hier bei dem Jungen bleiben. Und aus professioneller Höflichkeit biete ich dir verschiedene Möglichkeiten der Hinrichtung an. Mit oder ohne Augenbinde. Guillotine, Garrotte, Kugel, Messer, Gift oder Ersticken. Im Stehen, im Sitzen oder auf den Knien.«

»Das hört sich an wie eine Speisekarte«, sagte Giorgio. »Wie wär's mit einem Flugzeugabsturz? Ich könnte mit meinem eigenen Flugzeug abstürzen. Ich rede nicht von einer Bruchlandung, sondern von einer richtigen Katastrophe.«

»Leider habe ich meine Befehle.«

»Bist du nicht müde?«, fragte Cenzo.

Der Spanier ließ die Schultern hängen. »Du ahnst nicht, wie sehr.«

»Ich weiß, du würdest dich niemals bestechen lassen«, sagte Giorgio. »Ich würde es dir auch nicht anbieten. Aber eine Spende ist etwas anderes.«

»Inwiefern?«

»Bei einer Bestechung wandert Geld von einer Hand in die andere. Bei einer Spende wandert das Geld in den Himmel.«

»Du meinst die Kirche? Leider bin ich Atheist.«

»Umso besser. Du kannst ein Wunder fordern, wann immer du willst.«

»Wie groß wäre das Wunder?«

»Das liegt bei dir«, sagte Cenzo.

»Ich will das Gold, dessentwegen ich gekommen bin. Sag mir, mit wie vielen Barren du und deine Freundin abgeflogen seid.«

»Ich weiß nicht, wie viele es waren«, sagte Cenzo. »Aber wie gesagt, wir haben alles abgeworfen.«

»Sag mir nur, wie viele du noch hast!«

»Keinen.«

»Doch, einen«, korrigierte Umberto. »Er war unter den Sitz gerutscht.«

»Und wo ist er?«, fragte der Spanier amüsiert.

»Komm mit«, sagte Umberto. Er ging zu der Grotte Unserer Lieben Frau von Fatima und öffnete die Tür. Drinnen brannte eine einzelne Votivkerze, und ein Goldbarren glänzte wie die Sonne.

# 37

Ich glaube nicht, dass ich vor Gericht so leicht davonkommen würde«, sagte Giorgio. »Ich bin kein Kriegsverbrecher, aber als Kriegsunschuldigen könnte ich mich auch nicht bezeichnen.«

»Er hatte den Auftrag, Giorgio hinzurichten«, erklärte Cenzo. »Unter anderem.«

»Ich hatte den Eindruck, dass der Spanier jemand ist, der nur selten mit leeren Händen weggeht«, sagte Giulia. »Wie seid ihr ihn losgeworden?«

»Wir haben ihm einen Goldbarren gegeben«, sagte Giorgio.

»Woher hattet ihr den?«, fragte Giulia.

»Umberto hat ihn unter dem Sitz im Flugzeug gefunden«, sagte Cenzo. »Gleich zu Anfang. Wie sich zeigt, ist er religiöser als wir alle.«

Umberto nahm es als Kompliment und nickte energisch.

»Wir brauchen uns also keine Sorgen mehr zu machen.«

»Vielleicht doch«, sagte Giorgio. »Der Spanier sagt, es sind noch mehr Leute unterwegs. Man wird mich schnappen. Nicht verhaften, sondern von der Straße wegschnappen, als Rundfunk-Kriegsverbrecher wie Lord Haw-Haw oder Axis Sally.«

»Das dürfen sie nicht«, sagte Giulia.

»Sie sind jetzt an der Macht«, sagte Cenzo. Er sah, dass der

Korb an ihrem Fahrrad leer war. Er hatte gedacht, sie sei zum Einkaufen gefahren. Hatte sie vielleicht einen amerikanischen Offizier getroffen, der Byron-Experte war? Möglich war vieles, aber es kam ihm doch undankbar vor, sie zu befragen, wenn sie hier neben ihm stand.

Als hätte sie seine Gedanken gelesen, sagte sie: »Ich war bei unserem alten Haus. Es war zu traurig.«

»Das tut mir leid«, sagte Cenzo. »Wir fahren noch mal zusammen hin und stellen fest, was damit passiert ist.«

Sie wischte sich über die Augen und blies auf das Windrädchen, das Cenzo in der Hand hielt.

»Das ist unser behelfsmäßiger Aerometer«, erklärte Cenzo.

»Du willst doch nicht heute abfliegen?«, fragte sie Giorgio.

»Warum nicht? Ich habe guten Gegenwind. Und wie es sich anhört, bekomme ich bald Besuch.« Er schlug mit der flachen Hand an den Rumpf. »Ich brauche nur zehn Sekunden, um über die Häuser hinwegzukommen.«

»Warum nur zehn Sekunden?«

»Je leichter das Flugzeug ist, desto leichter bekomme ich es in die Luft. Wir haben ja alles Unnötige abmontiert.«

»Bleibt der Propeller denn wenigstens dran?«, fragte Giulia. »Im Ernst. Die Hälfte der Instrumente ist kaputt.«

»Weißt du, in dieser Situation haben die Instrumente höchstens beratende Funktion«, sagte Giorgio. »Wenn ich nur das Meer erreiche, ist alles in Ordnung.«

»Welches Meer?«

»Egal. Das, das zuerst kommt.«

»Und wann willst du starten?«, fragte Giulia.

Die Brüder schauten einander an.

»Ich glaube, jetzt wäre ein ausgezeichneter Augenblick«, sagte Giorgio.

»Wird es denn fliegen?«, fragte Giulia.

»Theoretisch ja.« Giorgio kletterte auf den Pilotensitz.

Cenzo ging noch einmal um das Flugzeug herum und inspizierte es. Dann streckten sie beide den Daumen hoch. Er drehte den Propeller zweimal gegen den Uhrzeigersinn, während Giulia die Keile wegzog und dann schnell aus dem Weg sprang. Giorgio betätigte die Zündung, und der Motor erwachte zum Leben und hustete Qualm. Umberto salutierte, und das Flugzeug rollte an.

Nach zehn Sekunden holperte das Flugzeug über unebenen Boden und durch Schlaglöcher. Nach achtzehn Sekunden sah Cenzo, wie sein Bruder den Steuerknüppel zurückzog, viel zu früh für ein gewöhnliches Flugzeug, aber die Fieseler Storch stieg senkrecht in die Höhe und wäre beinahe hintenübergekippt, als balancierte sie auf dem Schwanz. Köpfe streckten sich aus den Schlafzimmerfenstern und zogen sich gleich wieder zurück, als das Flugzeug dicht über den Dächern dahinstrich, sich ausrichtete und Kurs auf den blauen Horizont nahm.

# 38

Cenzo ruderte mit dem Dinghi nach Pellestrina, und was da wie ein Mond über den Horizont ragte, war Celestina, die in Besitz nehmen wollte, was ihr zustand. Er wusste nicht, was er zu ihr sagen würde, nachdem er das Gemälde mit den drei Brüdern jetzt verstanden hatte, auf dem der Jüngste versuchte, den Ältesten zu ertränken. Ugo hatte Giorgio verehrt, und in gewisser Weise hatte Giorgio seinem eigenen Charme nicht widerstehen können. Frauen waren stolz, wenn sie mit einem berühmten Schauspieler flirten konnten, und Celestina erging es da nicht anders. Sie strahlte ihre Sinnlichkeit aus wie ein Telegraf, und das war keine geringe Waffe. Ugo würde immer noch auf der *Fatima* segeln und an Deck seine Witze machen, wenn Celestina nicht gewesen wäre.

Wie dumm musste Ugo sich vorgekommen sein, genau wie Cenzo vor ihm. Zumindest hatte es zwischen Giorgio und Gina echte Gefühle gegeben – ein kleiner Trost für einen betrogenen Ehemann. Celestina war für Giorgio ein Spielzeug gewesen.

Eine offizielle Feier der Befreiung hatte nicht stattgefunden. Im Laufe der Tage hatte sich spontane Freude ausgebreitet. Jetzt dümpelten die Boote reihenweise am Anleger, als atmeten sie im gleichen Rhythmus. Cenzo wollte nicht, dass Giulia die Fragen seiner Mutter noch länger ertragen musste.

Als sie am Kai ankamen, setzte er sie bei Nido ab und ging allein zum Haus seiner Mutter. Sofia und Celestina erwarteten ihn an der Tür.

»Sag's ihm«, befahl Sofia.

»Was soll sie mir sagen?«, fragte Cenzo.

»Celestina will nicht, dass Giulia zur Hochzeit kommt.«

»Ist ja nicht so, dass sie mit uns verwandt wäre«, fügte Celestina hinzu. »Die Leute werden Fragen stellen, meinst du nicht?«

»Ich glaube, du hast recht«, sagte Cenzo. »Es wird sicher Neugier wecken.«

»Und es wird nur eine kleine Hochzeit werden, denn es ist meine zweite, und wir sind ja auch noch im Krieg.« Celestina ließ es patriotisch klingen. »Wir wollen nicht allzu viel Aufsehen machen.«

»Lass uns spazieren gehen«, schlug Cenzo vor.

»Du bist gerade erst nach Hause gekommen«, beschwerte sich Sofia. »Wo wollt ihr beiden Turteltäubchen denn hin?«

»Nur spazieren gehen«, sagte Cenzo.

»Wie romantisch. Bleibt nicht zu lange draußen.«

Am Kai herrschte beinahe Jahrmarktsstimmung. Die Deutschen hatten sich abgesetzt und ihre verhassten Verdunklungsvorschriften mitgenommen. Jemand hatte ein altes Grammofon auf einen Stuhl gestellt und mit der Kurbel aufgezogen, um 78er Schallplatten zu spielen. »*Baciami! Baciami!*« Kinder feierten den Tag, indem sie lange aufblieben und am Kai auf und ab liefen. Sie hatten aus Papier gefaltete Kegel mit Eisspänen und Kirschsirup in den Händen.

»Hast du was dagegen, wenn ich mir auch ein Eis hole?«, fragte Celestina.

»Nur zu.«

»Es ist so warm wie im Sommer.« Sie kam mit ihrem Eis zurück und warf ihm über die Schulter einen koketten Blick zu.

Cenzo wischte eine Bank ab, damit Celestina sich hinsetzen konnte.

»Es muss wohl etwas Ernstes sein«, sagte sie.

»Das ist es.«

»Ich habe dich noch nie ernst erlebt.« Sie kicherte, und ihre Lippen waren leuchtend rot vom Kirschsirup.

»Findest du, Giorgio sollte bei der Hochzeit dabei sein?«, fragte er.

»Warum nicht?«

»Weil er mit der Braut geschlafen hat.«

Celestina war verwirrt. Sie stand halb auf und reckte den Hals, um zu Sofias Haus hinüberzuspähen. »Das ist nicht komisch«, sagte sie schließlich.

»Das fand ich auch nicht.«

»Wer hat dir das erzählt?«

»Wer wohl?«

»Giorgio? Er hat gelogen.«

»Der Löwe von Tripolis hat gelogen?«

»Das ist ein Missverständnis.«

»Na, er wird jeden Tag eintreffen. Dann können wir ihn zusammen fragen.«

»Das ist lange her«, sagte sie.

»Als du noch mit Ugo verheiratet warst.«

Sie ließ sich auf die Bank zurücksinken. »Giorgio wollte Probeaufnahmen mit mir machen.«

»Und hat er?«

»Wir haben damit angefangen, aber Ugo hat uns erwischt.«

»Du hast also keine Probeaufnahmen für Giorgio gemacht.«

»Keine richtigen.«

»Was soll das heißen?«

»Nur Fotos. Absolut unschuldig, die meisten.«

»Du kleckerst.« Kirschsirup tröpfelte vorn auf ihr Kleid.

Es war nicht zu übersehen, dass Celestina ernüchtert war. Gerade war sie noch eine begehrenswerte Witwe gewesen, und jetzt war sie eine verschmähte Frau.

»Es ist dieses Mädchen, nicht wahr?«

»Giulia? Sie kam erst danach.«

»Was soll ich deiner Mutter sagen?«

»Sag ihr, die Hochzeit ist abgesagt. Den Rest überlasse ich deiner Fantasie.« Allmählich bekam er Mitleid mit Celestina. »Hör zu, ich bin jetzt schon berüchtigt. Du kannst was Besseres finden. Scarpa zum Beispiel. Ich wette, du kannst ihn dir angeln, bevor die Nacht um ist.«

»Er lungert immer in meiner Nähe herum«, gab sie zu.

»Siehst du. So ist es richtig.«

# 39

Normalerweise traf man nur männliche Gäste in der Bar, aber an diesem Abend drängten sich ganze Familien in Nidos Etablissement, um zu feiern. Die alten Fischer Salvatore und Enrico schnorrten Getränke und sangen zahnlos: »*Baciami! Baciami!*«

»Du siehst zufrieden aus«, sagte Cenzo zu Nido.

»Warum auch nicht? Der Laden ist voll, und in der Kasse klimpert das Geld.« Nido drückte Cenzo ein Glas in die Hand. »Und bald habe ich Benzin für mein schönes Motorboot. Weißt du, was den Amerikanern gefällt? Sie rasen gern auf der Lagune hin und her. Würde dir zur Abwechslung nicht auch ein amerikanischer Whiskey schmecken?«

»Warum nicht?«, antwortete Cenzo. »Hast du Giulia gesehen? Wir wollten uns hier treffen.«

»Ich habe sie vor ein paar Minuten gesehen, aber sie ist gegangen.« Nido hob sein Glas. »Auf Giulia, dein kleines Irrlicht.«

»Wie meinst du das?«

»Ich meine, pass auf, dass du dir nicht wieder das Herz brechen lässt. Das sage ich als Freund.«

Scarpa vom *Bellenden Hund* bahnte sich mit den Ellbogen den Weg zur Bar. »Ich muss dir sagen, Cenzo, ich habe noch nie eine hübschere Deckarbeiterin gesehen als deine. Bist du nicht mehr mit Celestina verlobt?«

»Ich glaube, sie interessiert sich für jemand anderen.«

»Der Glückliche«, sagte Scarpa und schob sich weiter.

Cenzo spähte über das Gedränge hinweg und entdeckte Klein in einer hinteren Ecke. Er trug eine interessante Verkleidung: ein Hanswurst in einem weißen Anzug.

»Ich hole mir ein bisschen Proviant aus dem Hinterzimmer, wenn es recht ist«, sagte Cenzo zu Nido.

»Proviant wofür?«

»Ich bin vielleicht für ein, zwei Tage weg.«

Auf der Dorfpromenade war es voll von Ehepaaren, die Arm in Arm spazieren gingen. Gesang wehte durch die Dunkelheit. Giulia musste Klein auch gesehen haben. Sie besaß die Fähigkeit, mit den Schatten zu verschmelzen, wenn es nötig war.

Aber wer sich da aus den Schatten löste, war der ehemalige Staffelführer Farina. Ohne seine faschistische Uniform sah er aus wie ein Priester ohne Soutane. Er zog Umberto, seinen Sohn, am Arm hinter sich her.

»Wohin so eilig?«, fragte er Cenzo.

»An die frische Luft.« Cenzo wollte sich an ihm vorbeidrücken.

»Das glaube ich nicht. Du hast immer irgendwelche Dummheiten im Sinn.«

»Wollen wir nicht ein andermal über meine Dummheiten reden?«

»Ganz Pellestrina hält dich für so was wie einen Helden«, sagte Farina. »Aber ich weiß, du bist nur ein Dieb. Umberto hat gesehen, wie du den Partisanen einen Goldbarren gegeben hast.«

»Nein, habe ich nicht!« Umberto riss sich los und rannte davon.

»Da läuft dein Zeuge«, sagte Cenzo.

»Das macht nichts, ich zeige dich an. Du wirst den Behörden sagen, was du mit dem Rest angefangen hast.«

»Mit welchem Rest? Ich habe kein Gold. Und von welchen Behörden redest du? Von den italienischen? Von den Amerikanern? Den Partisanen? Ein unbeliebter Faschist würde da vielleicht einen besseren Verdächtigen abgeben. So oder so, eine Polizei gibt es hier noch nicht, oder?«

Farina zog den Kopf zwischen die Schultern und ging.

Cenzo schlug sich zu seinem Dinghi durch, aber Giulia war nirgends zu sehen. Er schaute über das Wasser hinaus und sah ein Plätschern, das für jeden gewöhnlichen Schwimmer zu weit draußen war. Er ruderte mit einem einzelnen Ruder, das er abwechselnd rechts und links ins Wasser tauchte.

Als er näher kam, stand Giulia da und wartete, und die jämmerliche kleine Hütte sah aus wie das Paradies.

# 40

Im Morgengrauen segelte die *Fatima* an den verrosteten Fahrwasserbojen vorbei, die verschwörerisch die Köpfe zusammensteckten. Giulia stand im Bug und hielt eine Laterne hoch, während das Boot sich mit jeder Welle aufrichtete, und als die Lagune zu seicht wurde, zog Cenzo das Steuerruder hoch und ließ das Segel herunter, um durch die gewundenen Kanäle zu fahren.

Die Lagune war abwechselnd ein Kuchen aus Schlamm, ein Vorhang aus Schilf oder ein Labyrinth, das sich Schleife um Schleife auf sich zurückdrehte und immer enger wurde, von *sacco* zu *sacchetto*. Bei Ebbe stiegen sie aus und schoben das Boot zusammen an einen verlassenen Krebsfischeranleger. Sie waren so nass, dass ihre Kleider an der Haut klebten, und im Licht der Laterne verwandelte Giulia sich in eine wilde kleine Nymphe. Cenzo war so abgelenkt, dass er das Boot gegen den Steg laufen ließ. Herrenlose Katzen auf der Insel miauten voller Selbstmitleid.

»Wo sind wir hier?«, fragte Giulia.

»Das ist einer der Lieblingsplätze meines Vaters. Es gibt einen Grund, warum die Fische sich versammeln. Eine Bachmündung oder der Zusammenfluss zweier Strömungen. Du kannst sie nicht sehen, aber sie sind da, und selbst unter Wasser können sie dich tragen.« Er sprang auf den Steg und kurbelte ein extrabreites Netz ins Wasser hinunter. »Wir fischen in den Wolken mit dem schönsten Netz der Welt.«

»Davon hast du mir schon erzählt.«

»Wenn wir zurückkommen, wird das Netz voll sein. Die Hauptsache ist, du behältst deine Mütze auf und deine Würde intakt. Niemand will eine nasse Mütze tragen, wie mein Vater immer sagte.«

»Wird DaCosta uns finden?«

»Irgendwann. Es kommt darauf an, wie clever er ist. Allein findet er uns in einer Million Jahren nicht. Aber wenn er einen Fischer als Führer anheuert, dauert es ein paar Tage. Und...«

»Und? Was wolltest du noch sagen?«

»Wir werden sehen.«

»›Wir werden sehen‹ ist eine äußerst aufreizende Antwort. Das sagen Erwachsene zu ihren Kindern.«

»Du hast recht. Die Sonne geht auf.«

Die aufgehende Sonne ließ Silhouetten über das Wasser kriechen. Als die *Fatima* begann, sich wieder zu bewegen, ging Cenzo zum Bug, um die Weidenzweige auseinanderzubiegen.

»Wie war dein Vater?«, fragte Giulia.

»Mein Vater? Da gibt es nicht viel zu erzählen. Er war ein Fischer. Giorgio sagte, ein ›einfacher‹ Fischer.«

»War er das denn?«

»Nein. Mein Vater war nicht gebildet, aber er war das, was man als ›Naturphilosophen‹ bezeichnen könnte. Ein Träumer. Manchmal fing er nicht so viele Fische, wie er fangen sollte, weil er zu viel damit zu tun hatte, die Welt zu beobachten. Er wusste, wann ein Turmfalke herabstoßen würde oder wie es sich anhörte, wenn die Flügel einer Ente aufs Wasser trommelten. Es war ihm ein Rätsel, wie die Natur so unparteiisch sein konnte und wie das Schöne und das Hässliche die Plätze tauschen konnte. Manche Fischer warfen Dynamit in die Lagune; dann schwammen hunderte Fische tot an der Oberfläche. Das waren Schurken, keine Fischer. Nicht, dass es illegal war, störte meinen Vater so sehr, sondern dass es ein Affront gegen die Natur war. Eines Nachts bekamen diese Schurken Besuch von Enrico Vianello. Er verlangte Achtung für die Fische. Natürlich war er verrückt. Kannst du dir das vorstellen? Achtung für die Fische?«

»Wie haben sie reagiert?«

»Sie haben ihn natürlich grün und blau geprügelt. Aber danach ließen sie die Fische in Ruhe. Mein Vater betrachtete es als lohnendes Tauschgeschäft.« Cenzo deutete auf eine gelbe Schlange, die sich wie ein Band über die Wasseroberfläche schlängelte. »Früher gehörte dieser Teil der Lagune den Entenjägern«, sagte er. »Und vor langer Zeit verlief hier eine Straße des Römischen Reiches. Auf so einer Straße könnte man eine Reise durch die Geschichte machen.«

Sie kamen an einem Schilfstück vorbei, und er machte Giulia auf ein Schrotgewehr aufmerksam, das viermal so groß war wie eine normale Flinte.

»Ein *s'ciópon*«, sagte er.

»Ich erinnere mich«, sagte Giulia. »Hört sich an, als wär's eine Attentäterwaffe.«

Ein *s'ciópon* war ein Boot, aber es war auch ein Schrotgewehr. Es war so konstruiert, dass ein Jäger sich hineinlegen und mit einem einzigen Schuss fünfzig Enten erlegen konnte. Cenzo öffnete die wasserdichte Werkzeugtasche, die er von Nido mitgebracht hatte. Er klappte den Gewehrlauf herunter und reinigte das Innere mit einem Terpentinlappen und einer

Stange. Es war eine prähistorische Waffe, mindestens fünfundvierzig Kilo schwer, und dazu kam ein Pfund Bleischrot. Der Rückstoß konnte einem die Schulter brechen. Es war, als putze er einem Ungeheuer die Zähne.

»Du hast dich vorbereitet«, stellte Giulia fest. »Für wen ist die gedacht?«

»Ich weiß es nicht genau. Aber ich will kein Risiko eingehen.«

Als er sicher war, dass die Flinte sauber war, lud er sie mit einer schweren Zwei-Zoll-Patrone und legte sie in den getarnten Unterstand.

»Zufrieden?«, fragte Giulia.

»Allmählich.« Sie kehrten zur *Fatima* zurück und stakten aus einem schmalen Kanal in den nächsten. Der Sumpf von Centrega wurde zum Sumpf von San Gaggiano, der mündete in den Sumpf von Tralo, und so ging es immer weiter. Im Laufe der Nacht hatte Cenzo an verschiedenen Stellen ein *s'ciópon* und zwei Wolkennetze platziert. Es war nicht wie das Minenlegen in Abessinien, aber doch so ähnlich.

»Mein Vater sagte immer, wenn er wollte, könnte er sich hundert Jahre in der Lagune verstecken.«

»War er ein besserer Fischer als du?«

»Ganz sicher. Der einzige Fischer, der dem Alten das Wasser reichen konnte, war Ugo. Ugo hatte Talent.«

»Und Giorgio?«

»Giorgio hat nicht genug Geduld zum Fischen. Vergiss nicht, er ist ein Löwe.«

Der Abend rief die Mauersegler heraus und ließ sie pfeilschnell durch die Luft schießen. Mit der Flut verbreiterte sich der Kanal, und die *Fatima* schob sich in ein Mangrovendickicht. Sie machten das Boot fest, nahmen ihren Proviant und die Wasserflaschen und wateten durch knietiefes Wasser zu einer anderen Fischerhütte. Nichts deutete darauf hin, dass sie in letzter Zeit benutzt oder bewohnt worden war. Über moosbedeckte Sprossen kletterten sie auf einen roh behauenen Steg. Drinnen lagen Netze, verkrustete Töpfe und Sardinendosen, die nur ein Fischer als hinreichende Nahrung betrachten würde. In einer Ecke standen rostige Spaten und Harpunen, und Postkarten mit der heiligen Jungfrau waren mit Heftzwecken an der Wand befestigt.

»Es hat etwas Rustikales«, sagte Giulia.

»Bist du abergläubisch?«, fragte Cenzo.

»Nein.«

»Gut. Dann können wir heute hier übernachten.«

Das Abendessen bestand aus Zwieback, den sie mit metallisch schmeckendem Wasser aus ihren Flaschen herunterspülten. Sie lagen auf dem Steg und schauten zu, wie der Vollmond von Wolke zu Wolke glitt. Cenzo dachte nicht an die Vergangenheit oder die Zukunft, sondern nur an die Gegenwart.

»Weißt du, was wir zum Vergnügen gemacht haben?«, fragte Giulia.

»Gedichte aufgesagt?«

»Autorennen gefahren.«

»Nicht im Ernst.«

»Das Unternehmen meines Vaters war Sponsor für Rennautos. Bist du schon mal mit hundertsechzig Stundenkilometern Auto gefahren?«

»Nein.«

»Du solltest es mal versuchen.«

»Das werde ich.«

»Warum hast du gefragt, ob ich abergläubisch bin?«

»Nur so.«

»Ärgere mich nicht. Gibt es hier eine Geistergeschichte?«

»Es ist keine richtige Geistergeschichte.«

»Na los.«

»Okay. Vor vielen Jahren lebte eine über die Maßen schöne Frau auf dem Lido, die auf dem Schwarzmarkt mit Zigaretten handelte. Natürlich wurde sie beneidet, und eines Tages war sie verschwunden. Die Leute sagten, sie sei zu plötzlichem Reichtum gekommen, oder, sie sei mit einem Seemann durchgebrannt, oder, sie sei ins Kloster gegangen. Lauter verrückte Ideen. Die Polizei gab nach einer Woche auf, aber dann zogen ein paar Jungen, die in diesem Teil der Lagune schwimmen waren, einen Überseekoffer aus dem Wasser.«

»Und die Frau war drin? Ich weiß, wie diese Geschichten meistens gehen.«

Cenzo erzählte weiter. »Die Frau war in dem Koffer, in Stücke gehackt und mit Tintenfischen und Krebsen bedeckt. Sie war durch einen Schlag auf den Hinterkopf getötet und Stück für Stück zerlegt worden. Die Jungen liefen mit dem Arm voll Tintenfische und Krebse nach Hause, doch dann stellten sie fest, dass die Tintenfische die Augen der toten Frau hatten. Danach haben die meisten Fischer aufgehört, hier zu fischen. Zumindest nach Tintenfischen.«

»Und in windigen Nächten – stöhnt sie da?«

»Natürlich.«

»Wurde der Mörder gefasst?«

»Es waren zwei. Der eine ist auf hoher See verschollen, und der andere ist verrückt geworden. Aber ich sage ja, es ist keine richtige Geistergeschichte.«

»Bist du abergläubisch?«, fragte sie.

»Sehr. Jeder Fischer ist es.«

»Willst du mir Angst machen?«

»Nur ein bisschen.«

Im nächsten Augenblick verschwand das Licht von der Lagune. Sie lauschten dem Wasser, das gegen den Steg plätscherte.

»Manchmal habe ich das Gefühl, ich bin Alice und bin durch den Spiegel gegangen«, sagte sie. »Aber ich folge keinem weißen Kaninchen, sondern einem verrückten Fischer, der mich zu wilden Eskapaden verleitet und Freunde und Verwandte hat, von denen der eine wahnsinniger als der andere ist. Sind sie alle so gefährlich, wie er sie beschreibt? Ich weiß es nicht. Wahrscheinlich sollte ich weglaufen. Aber ich kann nicht. Ich bin seine Gefangene.«

»Ich habe dir nichts zu bieten«, sagte Cenzo. »Nur ein Boot.«

»Und Geistergeschichten.«

»Und Polenta.«

Sie richtete sich auf einem Ellbogen auf. »Ist das ein Spiel?«

»Nein, es ist kein Spiel.«

»Das dachte ich mir.« Sie strich mit der Fingerspitze über seinen Mund. »Du kennst die Welt besser als ich.«

»Ich kenne die Lagune.« Er schwieg lange. »Tut mir leid«, sagte er dann.

Sie rollte zu ihm herum, sodass ihre Körper sich berührten.

»Was tut dir leid?«

»Ich werde nicht länger warten.« Er küsste sie.

»Das musst du nicht.«

Sie hob die Hüften und ließ zu, dass er ihre Hose herunterstreifte, und dann war es wie in einem Auto bei hundertsechzig Stundenkilometern.

# 41

Sie erwachten vom Motorenlärm einer Fieseler Storch, die mit Schwimmern ausgerüstet über den Kanälen hin und her flog und nach einem Platz zum Wassern suchte. Als das Flugzeug sich auf die Seite legte, erkannte Cenzo seinen Bruder Giorgio im Cockpit.

»Wer ist das?«, fragte Giulia.

»Giorgio sitzt am Steuer. Wer sonst noch da ist, konnte ich nicht sehen.«

»Glaubst du, sie haben das Boot gesehen?«

»Ich bin sicher, sie haben sich gut umgeschaut.«

»Dann bleibe ich bei dir«, sagte Giulia.

»Sie werden uns beide erschießen. Aber wenn ich meine Lagune nicht verteidigen kann, dann habe ich sie auch nicht verdient. Das hat etwas von Byron, findest du nicht?«

»Du bist also doch ein Romantiker.«

Die Fieseler Storch verschwand außer Sicht.

»Du musst weg«, sagte er. »Sie wird zurückkommen. Lass dich unter keinen Umständen sehen.« Er gab ihr einen Kuss und einen Schubs, und sie rutschte hinunter ins Seegras.

Cenzo zündete sich eine Zigarette an und wartete. In zweihundert Meter Entfernung vollführte die Fieseler Storch eine enge, akkurate Wende. Im Licht ihrer Scheinwerfer überflog die Maschine Felsen und Äste und landete leicht wie eine

Libelle in der Dunkelheit. Unwillkürlich bewunderte Cenzo die Hand des Meisters.

Einen Augenblick später bohrten sich die Strahlen von Taschenlampen durch die Nacht. Farina stieg auf einen Schwimmer herunter und versank bis an die Knie im Sumpfwasser. Das machte ihm nichts, denn er trug wieder sein faschistisches Schwarz. Otto Klein im gewohnten weißen Anzug pflügte sich durch das Wasser zu dem Anleger bei der Hütte. Cenzo war enttäuscht, seinen Bruder in der Gesellschaft so mieser Typen wie Klein und Farina zu sehen. Beinahe wehmütig dachte er an den heldenhaften Löwen von Tripolis.

»Zwei Brüder Vianello. Wie wahrscheinlich ist das?«, fragte Klein.

»In der Lagune von Venedig ziemlich«, erwiderte Cenzo.

»Sehr treffend bemerkt«, erklärte Klein. »Wir sind nur ein Suchtrupp. Niemandem muss etwas passieren.«

»Sie brauchten einen Piloten, der sich hier auskennt«, sagte Giorgio, aber es klang nicht verlegen.

Cenzo sah Klein an. »Dann haben Sie in Salò nur geschauspielert.«

»Ich habe den Trottel gespielt«, sagte Klein. »Aber das Stück ist zu Ende.«

Ex-Staffelführer Farina tastete Cenzo nach einer Waffe ab und nutzte die Gelegenheit, ihm einen Stoß zu versetzen. »Gib mir dein Messer. Das, mit dem du die Fische ausnimmst.«

Cenzo reichte ihm ein Messer mit breiter Klinge hinüber. »Was glaubst du, wie stolz dein Sohn der Wölfin wäre, wenn er dich jetzt sehen könnte?«

»Das ist der Lauf der Welt. Irgendwann musste er es erfahren.«

Cenzo sah, dass alle drei Pistolen hatten. »Ihr seht aus wie eine Invasionsarmee, nicht wie ein Rettungstrupp.«

»Lauter Freiwillige, das versichere ich Ihnen«, sagte Klein. »Der Staffelführer war besonders scharf darauf, mitzukommen. Aber wir wollen nicht trödeln. Wo ist das Mädchen?«

»Weg.«

»Sie meinen, sie hat sich versteckt«, sagte Klein. »Oh, ich wette, Sie könnten uns auf eine fröhliche Schnitzeljagd durch diesen Sumpf schicken, wenn Sie wollten. Von Liane zu Liane, wie Tarzan. Aber ich bezweifle, dass unser kleines Fräulein Silber sich allzu weit von Ihnen entfernen wird.«

»Nachts werden Sie in diesem Sumpf niemanden finden«, sagte Giorgio.

»Na, eine Maus fängt man auf zweierlei Weise. Man jagt sie, oder man lässt sie kommen.« Klein hielt seine Pistole in die Höhe und gab einen Schuss ab, der die Dunkelheit durchbohrte. Der Knall hallte zwischen den Bäumen wider. »Es ist ganz einfach. Wenn dem Mädchen an Cenzo nichts liegt, wird es weglaufen. Wenn doch, wird es zurückkommen.«

»Sie wird weglaufen«, meinte Farina.

»Aus irgendeinem Grund glaube ich das nicht«, sagte Klein. »Einstweilen könnten wir uns doch in der Hütte umsehen, oder?«

Beflissen kletterte Farina die Leiter hinauf und leuchtete mit der Taschenlampe in die Hütte. Man sah Netze und Fischereigeräte, und wie das Schicksal es wollte, lag ein toter Tintenfisch zusammengerollt in einem Eimer.

»Okay, das Mädchen ist vorläufig weg«, sagte Klein. »Und wo ist das Gold?«

»Welches Gold?«, fragte Cenzo.

»Wir wissen, dass du es hast«, sagte Farina. »Mein Sohn hat

einen Goldbarren gefunden, und du hast einen Partisanen damit davonspazieren lassen. Als sein Vater bin ich aber für dieses Gold verantwortlich.«

Cenzo sah Giorgio an. »Was hast du mit diesen Dieben zu schaffen? Du warst frei und in Sicherheit. Warum bist du nicht verschwunden?«

»Ich war nicht frei und nicht in Sicherheit. Das Leben als Zielscheibe macht keinen Spaß. Überhaupt keinen Spaß.«

»Im Film nennt man so etwas *Mexican Standoff*«, sagte Klein. »Ein mexikanisches Patt. Keiner hat gewonnen.«

In der Dunkelheit kamen sie nur langsam voran. Cenzo leitete Farina, Klein und Giorgio auf einen kaum sichtbaren Pfad, der sie an dem *s'ciópon* vorbeiführen würde. Sie stolperten durch ein sumpfiges Gelände, wo der Boden eben noch fest und beim nächsten Schritt schlammig war. Ab und zu glaubte Cenzo Schritte zu hören, die nicht ihre waren, und er spürte, dass Giulia sie begleitete. Keiner von ihnen konnte mehr als den eigenen Vordermann sehen, aber allmählich dämmerte der Morgen.

»Wissen Sie, was wirklich kränkend ist?«, fragte Klein. »Die Alliierten haben Salò nicht bombardiert, nicht ein einziges Mal. In ganz Italien haben sie Soldaten in die Luft gesprengt, aber Mussolini war ihnen nicht eine einzige Bombe wert. Mir tun die Trottel leid, die sich freiwillig gemeldet haben. Sie wollten für das Vaterland sterben. Na, jetzt liegen sie anderthalb Meter tief drin.« Er lachte. »Wissen Sie noch, wie Mussolini die Frauen gebeten hat, ihre Eheringe für die Kriegsanstrengung zu spenden? ›Ein großherziges und bewegendes Opfer der italienischen Frauen‹, sagte er. Eingeschmolzen ergab es Tonnen von Gold.«

»Vielleicht sollten Sie sich beeilen«, sagte Cenzo. »Man

weiß nie, ob nicht ein amerikanisches Jagdflugzeug uns aus der Luft entdeckt und der Pilot sich fragt, wieso ein deutsches Flugzeug sich in der Lagune versteckt.«

Cenzo hörte, wie etwas ins Wasser fiel. Farina tastete um seine Füße herum.

»Ich habe meine Pistole fallen lassen«, sagte er.

»Wir warten nicht auf Sie«, sagte Klein.

»Nur einen Augenblick, bitte.«

»Wenn wir Sie zurücklassen, gibt es kein Gold für Sie.«

»Immer optimistisch«, sagte Cenzo. »Aber mehr, was Sie selbst und Giorgio angeht, nicht wahr?«

»Waren Sie nie ein bisschen eifersüchtig auf Ihren Bruder?«, fragte Klein ihn. »War er nicht immer der Held in der Hauptrolle?«

»Kann sein. Aber würde ich mit ihm tauschen? Nein.«

Sie näherten sich dem *s'ciópon*. Das Stapfen durch den Sumpf war anstrengend, und Klein ließ Farina aufholen. »Haben Sie Ihre Pistole gefunden?«

»Nein.«

»Wir sollten Sie barfuß weitermarschieren lassen«, sagte Klein. »Ich glaube, Sie gehen jetzt vor uns her.«

Der Kanal wurde mal breiter, mal schmaler, aber die Flut ging sichtbar zurück, und immer mehr Schlammboden trat zutage. Cenzo sah die Mündung des *s'ciópon*, die vor ihnen aus dem Schilf ragte. Farina, der jetzt an der Spitze der Kolonne gehen musste, entdeckte sie als Erster. Er hob den Lauf, doch der Schaft war so schwer, dass er ihn nicht unter Kontrolle halten konnte, und als er schließlich den Hahn spannte und abdrückte, war der Rückstoß so stark, dass er weit danebenschoss. Der Schuss hatte die Wucht einer kleinen Kanone und verspritzte genug Schrot, um Cenzo zu Boden zu werfen.

»Cenzo!«, schrie Giulia.

»Alles in Ordnung! Bleib in Deckung!«, schrie Cenzo zurück.

»Holt das Mädchen!«, befahl Klein.

Cenzo kroch in die Richtung, aus der Giulias Stimme kam. Solange es dunkel war, waren sie in relativer Sicherheit, aber die Nacht verblasste, und es wurde heller. Giorgio hatte nicht gesprochen oder geschossen, und Cenzo fragte sich, ob er getroffen war.

»Giulia«, rief Klein, »Giulia, wo zum Teufel sind Sie?«

Cenzo hörte ein triumphierendes »Ich hab sie!« von Farina, und als er sich umdrehte, sah er Giulia, die Klein anstarrte, als hätte sie ein Gespenst gesehen – oder umgekehrt.

»DaCosta«, sagte sie,

»Sie dürfen mich Klein nennen.«

»Ich darf Sie nennen, wie ich will. Sie hießen DaCosta, als Sie meine Eltern ermordet haben.«

»Offen gesagt, meine Liebe, das interessiert niemanden einen Dreck.«

Sie wollte ihn schlagen, aber Klein hielt ihre Hand fest.

»Mehr haben Sie nicht zu sagen? Haben Sie zugesehen, wie sie starben?«

»Nein, aber der Tod ist immer gleich. Ich kann Ihnen versichern, sie waren tot, bevor sie am Boden lagen.«

»Halten Sie die Klappe, Klein«, sagte Cenzo.

»Mutige Worte für einen unbewaffneten Mann«, sagte Klein. Er packte Giulia und drehte ihr den Arm auf den Rücken. »Wenn es hier irgendwo Gold gibt, führen Sie uns hin. Wenn nicht, kann ich Sie beide jetzt erschießen, und man wird Ihre Knochen in einem Jahr finden und Sie, wie die Deutschen es nennen, für *kaputt* erklären.«

»Noch nicht«, sagte Giorgio. Er humpelte heran, und sein Ärmel war blutgetränkt.

»Was ist mit Ihnen passiert?«, fragte Farina.

»Was passiert ist? Sie hätten mich mit dieser beschissenen Kanone beinahe umgebracht, Sie Idiot!«

»Das war ein Unfall«, beteuerte Farina.

»Können Sie in Ihrem Zustand ein Flugzeug fliegen?«, fragte Klein. »Ich habe Ihren Bruder Cenzo in Reserve, falls nicht. Zum Ausgleich für Ihre großen Schmerzen geben wir Ihnen einen seiner Goldbarren. Oder wir werfen eine Münze.«

»Ich habe eine Lieblingsmünze«, sagte Giorgio.

»Natürlich hast du die«, sagte Cenzo. »Und ein Kartenspiel, das dir Glück bringt, oder einen Satz Glück bringende Würfel. Das Problem ist nur, es gibt kein Gold.«

»Was soll das heißen?«, fragte Farina.

»Es gibt kein Gold. Ich hab's euch schon gesagt.«

»Aber ich habe mit meinen eigenen Augen einen Goldbarren gesehen. Da muss doch noch mehr sein.«

»Du leidest an Wunschdenken«, sagte Cenzo. »Gold wirkt manchmal so.«

»Immer weitergehen«, sagte Klein.

Sie wateten durch den Sumpf. Insekten summten mit silbrigen Flügeln, und eine träge Wärme durchdrang die Luft.

»Sind wir nicht schon einmal an dieser Weide vorbeigekommen?«, fragte Klein beiläufig. »Oder mache ich mir da auch etwas vor?«

»Alle Weiden sehen gleich aus«, sagte Giorgio.

»Warum sind Sie so gelassen?«, fragte Farina Klein.

»Weil es ihm egal ist«, sagte Cenzo. »Wenn wir Gold finden würden, wäre das schön. Es würde ihn reich machen. Aber vor allem muss er Zeugen wie Giulia loswerden. Sonst kommt er an den Galgen.«

»Weshalb?«, fragte Farina.

»Weil er ein Kriegsverbrecher ist und sie gegen ihn aussagen kann.«

»Giorgio«, sagte Klein, »wenn ich Sie darum bäte, könnten Sie Ihrem Bruder eine Kugel in den Kopf jagen? Würde ihn das zum Schweigen bringen?«

»Ganz sicher. Aber nur er weiß, wo das Gold ist, wenn es welches gibt. Ich glaube, bald werden wir es erfahren.«

Sie waren bei dem alten Krebsfischerposten mit der Winde auf dem Anleger angekommen. Katzen kamen auf den Steg, um die Besucher in Augenschein zu nehmen. Krebse krabbelten aus offenen Kisten. Die Sonne glühte am Horizont und verwandelte das Wasser in goldenen Schaum.

Klein betrachtete das Netz auf dem Grund des Kanals und wandte sich dann an Giulia. »Das ist Ihre letzte Chance. Ich habe Sie mit einem Vermögen in Goldbarren von Salò abfliegen sehen.«

»Wir haben es aus dem Flugzeug geworfen«, sagte sie.

Ein triumphierender Ausdruck legte sich auf Kleins Gesicht. »Ich glaube, so etwas Perverses habe ich noch nie gehört.« Er hob seine Pistole.

»Es ist in Kisten unter Wasser«, sagte Cenzo hastig.

»Schon besser.« Klein ließ Giulia los. »Sieh nach, ob es da unten ist«, befahl er Farina.

»Was soll das heißen?«, sagte Farina. »Ich kann nicht schwimmen.«

»Mir egal. Spring ins Wasser und hol das verdammte Gold hoch. Mach schon. Und Sie, Cenzo, gehen weg von der Winde.«

»Verstehen Sie etwas vom Fischen?«, fragte Giorgio.

»Nein.«

»Dachte ich mir.«

Cenzo drehte die Winde und tat, was Fischer taten, wenn sie in den Wolken fischten.

Mit seinem gesunden Arm packte Giorgio ein Seil.

Giulia sprang ins Wasser. Klein war verblüfft. Er ging am Steg entlang, um sie zu erschießen, wenn sie auftauchte, aber sie glitt durch Licht und Schatten und goldglänzenden Schaum. Cenzo wusste nicht, wann er und sein Bruder beschlossen hatten, zusammenzuarbeiten – ob im letzten Moment oder von Anfang an –, aber die vier Ecken des Netzes hoben sich aus dem Wasser und schwebten wie eine schimmernde Wolke in der Luft. Klein schaute hoch, als das Netz über ihn schwenkte und Giorgio an dem Seil zog, mit dem er alle Fische ins Meer entließ.

# 42

Seltsame Dinge passierten auf dem Wasser. Wie zum Beispiel konnte der Schweizer Filmproduzent Otto Klein ausrutschen, sich den Hals brechen und in einem Berg von Fischen auf einem Anleger ertrinken? Wie konnte ein Leichnam sich mit den Lebenden zum Essen setzen? Wie konnten die Toten auf leeren Flaschen pfeifen? Wie konnten die Augen einer Toten in einem Tintenfisch blitzen?

Das Allerseltsamste, dachte Cenzo, war der Anblick einer Frau beim Fischen. Giulia war sehr geschickt geworden. Wenn ein Wolfsbarsch vom Haken ging, sprang sie ihm nach. Sie konnte den Sand aufwühlen und die Plattfische auf magische Weise erscheinen lassen, und wenn sie eine Grundel aus ihrer Röhre holte, tat sie es mit dem Geschick eines Falschspielers.

Sie konnte nicht gehen, und sie konnte nicht bleiben. Als sie Anspruch auf ihr Zuhause erhob, verlangten die Banken in Venedig eine Urkunde, die bescheinigte, dass ihre Eltern in einem Konzentrationslager ermordet worden waren.

»Diese Drecksbande!«, schimpfte Giulia.

»Du weißt, du brauchst nicht zu fischen, wenn du nicht willst«, sagte Cenzo. »Du hättest es überall sehr viel bequemer.«

»Willst du mich loswerden?«

»Nein, ich will dich nicht loswerden, aber du könntest etwas anderes tun.«

»Was denn zum Beispiel?«

»Übersetzen, schreiben, Lyrik unterrichten.«

»In ein anderes Leben flüchten, wie Giorgio?«

Cenzo wusste nicht, ob Giorgio überhaupt noch lebte. Er wusste nur, dass das Flugzeug in Zürich gefunden worden war. Also war er ziemlich weit gekommen. Cenzo stellte sich gern vor, dass sein Bruder als Croupier arbeitete.

Wie war das nur mit der Erinnerung?, dachte Cenzo. Was man für jemanden empfand, begriff man so oft erst, wenn er nicht mehr da war. Die Waagschalen hatten sich am Ende geneigt, und Cenzo erkannte, dass er Giorgio vergeben hatte. Sein Bruder war ein Mensch voller Fehler, aber letzten Endes war er auch Prince Charming. Das war sein Schicksal.

Maria Paz und ihr Mann, der Konsul, hatten etwas Tragisches – die eine voller Lebenslust, während der andere langsam davonglitt wie ein Boot im Ufergewässer. Farinas Schicksal war weniger bedeutsam gewesen: Er hatte nach Goldbarren gesucht, die erschienen und wieder verschwunden waren wie Würmer im Schlick.

Das ferne Pfeifen einer Lokomotive war das Signal für Cenzo und Giulia, dass es Zeit wurde, ihren Fang auf den Markt zu bringen. Sie bewässerte die Fische unter einer nassen Plane, während er das Segel setzte.

»Vielleicht bewerbe ich mich an der Universität«, sagte Giulia.

»Wenn es das ist, was du willst«, sagte Cenzo.

»Weißt du, was ich will?«, fragte Giulia. »Ich will wissen, ob es dich kümmert, ob ich gehe oder nicht.«

Die Segel der *Bellender Hund* und der *Einhorn* glitten auseinander, als die *Fatima* sich dem Kai am Rialto näherte und Körbe mit Seezungen und silbernen *branzini* an Land brachte.

Geld ging von Hand zu Hand, und die *Fatima* legte wieder ab.

»Und?«, fragte sie.

»Weißt du das nicht? Ich kann ohne dich nicht leben.«

Giulia zog eine Hand durchs Wasser. Sie lächelte.

»Das ist ein Anfang«, sagte sie.

Der Canal Grande hatte das funkelnde Licht von früher schon wiedergefunden. Er war eine Fassade insofern, als viele der Kriegsflüchtlinge Venedig sofort nach der Befreiung wieder verlassen hatten. Nichts dagegen, dachte Cenzo. Die *Fatima* war auch ein Rettungsboot, das seinen Zweck erfüllt hatte.

Das Segel füllte sich mit scharfem Knattern. Das Boot glitt hinaus ins offene Wasser, und Venedig blieb zurück.

# Dank

Eine Geschichte, wie ich sie schreibe, ist ein Geschöpf, das halb aus Fiktion und halb aus Tatsachen besteht. Oder aus einer Fiktion, die so angelegt ist, dass sie die Wahrheit erzählt. Man könnte auch sagen, ich werfe ein breites Netz aus. Die Folge ist, dass einer Vielzahl Menschen Dank gebührt.

In Venedig sind es Fabio Carrera, Alberto Bullo, Gianfranco Bonesso, Bepi Rossi, Marco Borghi, Erla und Lino Zwingle, in Salò Giancarlo Cipiani und Professor Antonio Arrigoni. In Pellestrina sind es die Fischer Giovanni und Roberto Mucciardi sowie Gianfranco Vianello, Kapitäne ihres Schicksals.

In London ist es mein lieber Freund und Agent Andrew Nurnberg, in New York mein Lektor Jofie Ferrari-Adler, der alles verzeiht außer schlechter Prosa, in Kalifornien Nell und Nelson Branco und Luisa Cruz Smith für ihre aufmerksame Lektüre, Don Sanders und Sam Smith für ihre Geduld und Bill Hanson für seinen burmesischen Python.

Niemals kann ich mich angemessen revanchieren bei meinen Reisegefährten Francisco und Barbara Aguilera sowie Mark und Elizabeth Levy oder bei der besten und unermüdlichsten aller Reiseführerinnen Laura Sabbadin, die in so vieler Hinsicht dafür sorgte, dass wir uns nicht verirrten.

Obwohl – sich in Venedig zu verirren, ist nicht das schlimmste Schicksal, das man haben kann.